아름다운
우크라이나로
가는 길

아름다운
우크라이나로
가는 길

나길주 지음

지금
우크라이나는,
그리고 우리는…

좋은땅

지금 우크라이나는, 그리고 우리는…

우크라이나에서는 한밤중에 공습경보가 울려도 매번 방공호로 바로 뛰쳐나갈 수 없는 경우가 많다. 샤워를 하는 중이거나, 만사 포기하고 술에 취해 잠들었거나, 특히 다음 날 아침에 우크라이나 VIP가 참석하는 주요 회의가 있으면 미리 제안서를 준비해야 하기 때문이다. 꼭 그럴 때면 지붕 위로 날아오던 미사일이 쿵 하고 요격되고, 드론을 향하는 불붙은 발컨포 총알이 분당 수천 발씩 떼 줄을 지어 날아가며 드론을 맞추는 순간, 유리 창문이 떨리고 밖은 온통 적색으로 물든다.

이제는 이렇게 매일 밤 벌어지는 미사일 요격 장면이 너무 익숙해졌다. 우크라이나 군인들의 요격 실력도 점차 믿게 되면서 나는 그렇게 난리가 난 밤하늘을 마치 외과 수술을 받는 환자가 자기 수술 장면을 한번은 보고 싶어 하듯이, 와인병을 들고 발코니에 나가서 아슬아슬한 요격 장면을 지켜보면서, 설상 저들 미사일이 나를 향해 날아온다고 하더라도 나는 피하지 않을 것처럼 계속 와인을 들이켠다. 이럴 때 마시는 와인은 정말 피 냄새와 피 맛이 난다. 그렇게 미사일을 안주 삼아 마시는 술한 잔은 나의 철학을 완전히 바꾸어 놓았다. 전쟁은 어느 나라에서나 한순간에 일어날 수 있고 나에게 의미 있던 모든 것들이 다 사라져 버릴 수있기에, 더는 존재하지 않을 수 있는 미래를 위하여 더 이상 열심히 살 수없을 것 같다.

우크라이나의 밤하늘은 날씨가 맑은 날은 마치 판타지 영화에서 인공 조명으로 꾸며 낸 색상처럼 항상 갓 푸르고, 달도 터질 듯이 크게 보이고 빨리 움직인다. 별똥별도 선명하게 빛나며 떨어지고, 그중에는 바쁘게 오 가는 별들도 많이 보이는데 그건 모두 정찰위성으로 별들과 섞여서 그것 마저도 참 아름답게 변한다. 특히 키이우는 우크라이나에서 가장 높은 지 대에 자리 잡고 있어서 별과 달이 가깝게 보인다. 정말 천문 망원경이 없 어도 달 표면이 훤히 들여다보인다. 아쉬운 점은 이런 멋진 밤이 너무 짧 게 끝나서 새벽 5시면 벌써 동이 튼다. 내가 10여 년 전 사하라의 '타마라 세트 고원지대'에서 환상적인 별똥별 무리를 지켜본 이래로 다른 아름다 움을 가진 별 무리를, 그것도 이 큰 도시인 키이우 한가운데서 보고 있다. 내가 본 지구상에서 가장 아름다운 별들을 볼 수 있는 곳은 우크라이나 헤르손 지역(크림반도와 경계선)에 위치한 아조우만 '핑크 레이크(Lake Lemuria)'로 밤과 낮이 섞이는 괴상한 날씨에는 엷은 태양 그림자와 달과, 핑크빛 해변 위로 쏟아지는 별 모두를 동시에 감상할 수 있다. 마치 디즈

니랜드의 테마파크에서 '피터 팬의 하늘 여행'을 체험하는 것 같다.

그래서 여기까지는 현실인지, SF 영화인지 헷갈리지만, 잠시 후 어느 곳인가에서 차마 요격 못 한 드론과 미사일이 지상에 착탄되는 듯한 둔한 '쿵' 충격음이 들려오고 몇 초 후 우리 호텔 전등이 깜박거리면서 죽어 버리고, 갑자기 투숙객들이 계단을 따라서 출입구로 달려 내려가는 소리와 마지막으로 구급차들의 요란한 사이렌 소리가 호텔 옆 거리를 울리며 지나갈 때, 나도 좀 전에 지상에서 사라진 사랑받던 그들처럼, 나 자신도 모르게 섬광처럼 사라질 거라는 공포가 닥치며, 나 자신 또한 살기 위해 밖으로 뛰쳐나간다. 한번은 얼마나 정신없이 급하게 달려 나갔으면 내가 쥔 쇠로 된 방문 손잡이가 부러지면서 잘려 나갔다. 또 한번은 발전소 주변에 위치한 한국 기업 S 지점 건물에 미사일이 떨어져서 건물 외부가 해어진 걸레처럼 전체가 흉하게 파손이 되었는데도 불구하고 200보 정도 떨어진 24층에 위치한 우리 사무실은 아무런 피해가 없었다. S 지점 건물 입구에는 장사 잘되던 큰 레스토랑과 술집이 있었는데 미사일이 정통으로 떨어져서 완파되었다. 그 레스토랑 주인은 쌓인 잔해를 천천히 직접 치우면서 마치 모든 파괴된 물체가 그의 지난 모든 노력과 시간과 추억이었고, 그것을 다시 짜 맞추며 회생시키려는 것처럼 보였다.

전쟁은 어른들의 보이지 않는 울음소리를 많이 보게 만든다. 그들의 울음은 눈에서 나오지 않고 아랫배 속 깊은 곳에서 솟아오르다 목 중간에서 결심한 듯이 눌러 버린다. 우크라이나 사람은 통곡은 절대 하지 않고 이런 식으로 울고 또 그렇게 참는다. 국민이 모두 오늘 전쟁에서는 소중한 것들은 잃었지만 곧 다가올 숙명적인 결전을 준비해야 하기에 비탄에 빠질 여유 없는 전사들의 담담한 모습이다.

연일 너무 많은 희생자가 발생하기에 이 전쟁은 어떻게 끝날까 궁금해
진다. 우크라이나에 진정한 미래를 보장하는 승리를 안겨 줄까? 아니면
단지 피로스의 승리일까?

그런데 S 건물 폭격 이후로 우리 사무실 안에서 외부서 지나가는 차 소
리가 계속 크게 들렸다. 일주일에 한 번 정기적으로 오시는 청소하시는
아주머니가 벽 앞에 놓인 소파 뒤를 청소하시다 기겁하신다. 어른 팔뚝
처럼 생긴 긴 쇳덩어리가 벽을 뚫고 사무실에 날아들었었는데 소파 뒤편
에 박혀서 아무도 못 본 것이었다. 이 모든 가상현실 게임 같은 상황이 너
무 가깝게 자주 벌어지기에, 나는 당장은 순간적으로 멍해지지만, 시간이
지나면서 더 강하게 떠오르면서 죽어서도 기억날 것 같은 장면들이 날 항
상 괴롭힌다. 눈앞에 벌어지는 폭격 장면도 그렇고 인간이 어떻게 또 다
른 인간에게 이렇게 게임처럼 미사일을 마구 쏘아 댈 수 있는 것인지 한
참을 생각해 본다.

러시아는 내가 반항기 청소년기부터 아주 좋아하던 나라였다. 그들의 음악, 문학, 시와 영화는 나에게 많은 감동과 가르침을 주었었는데 나는 요즘 전쟁의 한가운데 있으면서 엄청난 혼동에 휩쓸린다. 그리고 밤새 폭격이 지나가고 아침에 눈을 뜨면서 제일 먼저 뉴스란을 찾아 공습 사실을 확인하면서 나의 꿈이었기를 바랐던 희망은 사라진다. 많은 사람이 또 죽었다.

오늘 나는 어느 세기에서 눈을 뜬 것일까? 어떻게 이런 참상이 매일 쉴 새 없이 20개월 동안 벌어질 수 있단 말인가? 또한 이런 곳에서 떠나지 않고 처자식과 노부모를 모시고 동요 없이 살아가는 이곳 사람은 또 누구인가? 한국인으로서는 이해하기 힘든 이런 상황에 되풀이되는 질문과 궁금 증으로 나는 계속 무언가에 끌려서 떠나지 못하고 계속 살아가고 있다.

우크라이나는 잠시 들른 외국인들을 평생 잡아 두는 묘한 마력을 가지고 있다. 북아프리카 오랑 지역에는 '이곳에 오거든, 외지인들은 젊은 여자가 내주는 음료수를 절대 받아 마시지 말라!'라는 전설이 전해져 내려온다. 그것을 받아 마시고 취해서 깨어났을 때는 매우 오랜 시간이 이미 흘러 버렸고 그는 자신의 옆에 음료수를 대접했던 여자가 늙은 부인이 되어 있고 많은 자손이 생겼음을 발견하게 된다. 우크라이나의 마법의 음료수는 부족한 부유한 남자를 차지하기 위한 오랑의 것과는 다르다. 현대 도시 문명이 잃어버렸지만 행복한 인간의 조건으로 꼭 필요한 것들-대가족 제도의 아름다움이나 고향의 정, 사랑의 진지함, 한가한 일상생활 등-이 우크라이나에는 아직도 존재하기에, 나는 이곳의 마력에 어느새 빠져들었다.

우크라이나와 한국의 정서는 매우 유사하다고 하지만 양국의 전쟁에 관해서는 차이점들이 많이 있다. 우크라이나에서는 미사일이 떨어지는 것을 제외하면 후방에서는 전쟁을 거의 느끼지 못한다. 도로에는 오가는 장갑차도 전혀 보이지 않고 지방 고속도로에서도 하루 종일을 달려도 군트럭을 몇 대 볼 수 있을 뿐이다. 키이우 시내는 하루에 두 번 순찰하는 경비대만 보일 뿐 무장 군인도 보이지 않는다. 심지어 벨라루스 국경 지역을 가 보아도 군인들이 보이지 않는다.

전쟁 초기에 비하면 전장의 변화도 거의 없으며 우크라이나 국민은 한반도에서 남북이 서로 자행했듯이 싱호 긴에 극도의 적대감도 보이지 않는다. 또한 우리는 꿀꿀이죽을 먹을 정도로 추위와 굶주림에 고통받았지만, 우크라이나는 일부 지역을 제외하면 먹거리도 부족하지 않다. 사실 현재 전쟁 중인 우크라이나와 휴전 중인 한국의 상황을 비교하면, 오히려 한국이 도시에 군인들이 더 많이 보이는 것 같다.

그럼에도 불구하고, 우크라이나에 오면 가장 견디기 힘든 것은 내 숙소나 사무실 근처가 폭격 당하여 주변에서 사상자가 발생하고 초조하게 생사를 기다리는 피해자 가족들의 떨리는 모습을 직접 옆에서 지켜보게 되는 끔찍한 상황이다.

무너져 버린 집터 주위로 모여든 가족들은 소방관이 건네준 흰 종이에 가족의 집 구조를 떨리는 손으로 그려 주며 소방관이 혹여나 생존 가능성이 있는 구역에 있다는 답변을 온몸을 덜덜 떨며 기다린다. 몇 초간 나의 심장도 떨리는 것을 느끼며 기적을 함께 기다릴 때, 몇 마디 소방관 입술 움직임이 끝나면, 이제는 끝났다고 가족들은 땅바닥에 맥이 빠져 주저앉는다. 지켜보는 나는 눈물을 흘리지만, 그들은 절대 울거나 통곡하지 않았으며 멍하게 주변을 바라본다. 그리고 그들은 일어나서 바지에 묻은 흙먼지를 털고 유령처럼 몸을 흔들거리며 어디론가로 발소리 없이 사라진다. 우크라이나 사람들은 큰 충격으로 공황장애가 발생하면 표정과 소리가 없어지고 공통으로 이렇게 반응한다. 앞으로 3걸음 가서 잠시 서서 하늘을 보았다가 다시 뒤돌아서 2걸음 갔다가 잠시 땅을 보았다가, 다시 한 발짝 앞뒤로 움직였다가 최종적으로 제자리에 서서 하늘과 땅을 응시하다가, 이렇게 여러 번 같은 동작을 반복하다가, 결정한 듯이 멀리 천천히 떠나간다. 그리고 며칠 후에 다시 나타나는데 아무 일 없었다는 듯이 정상적으로 행동한다. 극도의 슬픔과 고통이 한국인처럼 표면화되어 발악이나 대성통곡을 하는 대신 우크라이나인은 그런 것들을 내장 깊숙이 삼켜서 소화하듯이 극도로 내면화시킨다. 길을 잃은 듯이 어디를 가야 할지 몰라 방향을 못 잡는 모습이 우크라이나 사람이 가장 슬프고 고통스러울 때 보이는 모습이다.

나는 이 비슷한 떨리는 유족들의 장면을 22년 전 9.11 때도 뉴욕 맨해튼에서 직접 보았다. 9월 11일 오후, 모든 게 무너져 내렸고 나는 먼지 속에서 방향을 잃고 그곳에서 나갈 길을 찾기 위해 헤매고 있었다. 그때도 지금처럼 눈앞에 보이는 것이 모두 환상 같았으며 실종자 가족들을 지켜보는 것이 가장 힘들었다. 겨우 먼지 속을 빠져나와 작은 건물 입구에 도착했는데 아마 임시 소방관 현장 사무실이었던 거 같다. 뉴욕 소방관들이 구조 작업에 탈진하여 흰 먼지를 전신에 온통 뒤집어쓴 채 길바닥에 쓰러져 표현 그대로 뻗어 있었다.

일부 이성을 잃은 희생자 가족들은 탈진한 소방관들에게 엄청 화가 나서 일어나서 계속 가족들을 구조하라고 고함치던 장면이 생각난다. 미국인들이 자신의 견딜 수 없는 극도의 고통과 슬픔을 억누르는 방법을 나는 떨리면서 지켜보았다.

　이렇게 나는 키이우에서 또는 우크라이나 남부 최전선에서 또는 전쟁과 아무 연관이 없는 우크라이나 중부 농촌에서 민간인들이 러시아의 포격으로 희생당하는 것을 본다. 그곳에는 항상 애들의 인형과 신발과 가족들이 먹던 밥그릇과 포격으로 더럽혀진 침대가 있었고 그것들이 움직이며 나에게 참상을 말하는 것같이 느낀다. 폴란드의 한 작가의 글이 생각난다. 인간의 혼은 육신이 죽으면 그들이 애용하던 물건으로 이동한다고, 특히 신발로 스며들어 자신의 억울한 얘기를 들어줄 사람을 기다린다고 한다.

　오늘도 한순간 멀쩡하던 큰 건물이 하늘에서 날아온 포탄으로 폭삭 무너져 내리고, 흰 먼지만 이글거리며 피어오르는 돌 더미 잔해로 변한 그들의 사랑과 삶의 보금자리에서 나도 그들의 가족들처럼 잔해 속 깊이 묻혀 버린 사랑하는 이들이 진정 살아 있기를 검은 구름 속에서도 빛나는 우크라이나 별에게 기원해 본다.

　우크라이나에서 러시아 공습은 대체로 최대 사상자를 발생시키기 위해 사람이 집에서 모두 자는 자정부터 시작되어 새벽까지 이어진다. 평상시에는 매일 밤 30대 정도의 드론이 또는 러시아가 전선에서 크게 패해서 밀릴 때는 30발 이상의 거대한 순항 미사일이 우크라이나의 주요 시설을 겨냥해서 날아온다.

　상상을 해 보자. 북한에서 멀지도 않은 동해로 미사일 한 발만 떨어져도 한반도와 일본 열도가 몇 주 동안이나 난리가 나는데, 단 하룻밤에 한 도시의 상공에서 300만 명의 주민 머리 위로 대형 장거리 미사일 수십 발이 쏟아지고 또 대응하기 위해 수십 발의 요격 미사일이 날아간다면….

　미사일은 요격되어 일부 잔해만 건물에 떨어져도 한 개 층 정도는 날려 보낼 위력을 여전히 가지고 있고 대형 화재를 유발한다. 이런 일이 벌어지면 일반적인 나라에서는 엄청난 엑소더스나 폭동과 약탈이 일어나겠지만 모든 것을 소화하는 우크라이나 민족은 다음 날 아침 너무나 침착하게 또 하루를 맞는다. 오늘날의 우크라이나를 지켜 나가는 것은 젤렌스키 대통령과 이런 극단적 어려운 상황에서도 차분한 국민과 군인들 덕분이다. 내가 지켜본 우크라이나 국민성은 광적이거나 야만적이지 않고 대담하고 유순하며 자신들의 신에 모든 것을 맡기고 평범한 하루에 충실하다. 내가 우크라이나 사람에게서 친밀감을 느끼기 시작한 것은 그들도 옛 우리와 같이 잡신을 모시고 미신에 충실하고 진실로 믿는다는 것을 발견한 후부터이다. 동짓날 우리가 등불이나 쥐불놀이하듯이 이들도 불 넘기를 한다. 자연과 조화되는 얼마나 아름다운 장면인가. 나도 별과 얘기하고 미신을 믿는다.

　나는 별 특별한 일이 없으면, 귀찮고 졸려도 공습 사이렌이 울리면 나를 걱정하는 가족을 위하여 지하철 방공호로 가서 제일 먼저 피신한다. 항상 내가 방공호 도착 일등이고, 다음에 외국인들이 들어오고, 할머니 할아버지들은 의자부터 담요, 커피 보온병까지 모두 챙겨 구석에 모여서 모임 겸 잡담을 즐기신다. 마지막 천천히 걸어서 들어오는 젊은 층은 방공호 입구에 서서 한 발은 밖에 걸치고, 충분한 통신 신호를 확보하며 담배를 피우고 게임을 즐긴다. 매번 검은 머리 외국인은 나 혼자여서 역사 직원이 몇 개 안 되는 간이 의자 중 하나를 특별히 나에게 정중하게 권해 준다. 나는 그 감사의 의미를 잘 안다. 지금 그들과 함께하는 것에 나에게 진심으로 감사한다는 것을….

　지하철 방공호는 대부분 땅속 깊이 100미터에 자리 잡고 있어서 이것 또한 나에게 정신적으로 큰 혼란을 준다. 혹 이 깊은 지하에서 문제가 생긴다면 구출되거나 헤어 나갈 가망성이 제로이다. 게다가 공습이 밤새 지속되는 날은 계속해서 5시간 동안 장시간 앉아 있기 힘들다. 우크라이나 지하철 역사는 쉴 새 없이 물걸레 청소를 해서 먼지 하나 없을 정도로 깨끗하기에 이럴 땐 맨바닥에 그냥 눕는다. 아예 바닥에 누워 보면 밑에 아무리 두껍게 매트를 깔았어도 점차 깊은 지하의 찬기가 몸속으로 스며든다.

이곳에선 아무런 소음도 들리지 않으며 심지어 공기 흐름도 없다. 이곳에선 시간이 멈추었고 시간의 의미도 없다. 그러나 망각의 그곳에서, 언제부터인가 글을 써 내려가면서, 내가 구천지하(九泉地下) 방공호에 있다는 사실을 잊으면 시간이 빨리 지나간다는 것을 깨달았다. 그렇게 매번 방공호에 갈 때마다 나는 노트북을 챙겨 갔다. 내가 보고 느낀 전쟁 중의 우크라이나의 생생한 모습을 기록해 보고 싶었고, 또한 앞으로 우크라이나에 오시는 분들의 편리와 이해를 돕기 위해서 나의 지난 우크라이나에서 사업과 생활 경험을 바탕으로 책을 쓰기 시작했다.

나는 죽어도 책을 쓰지 않으려고 했었다. 이유는 세상엔 너무나 많은 좋은 책들이 넘치기에 글 실력 없는 나까지 시간을 허비하며 책을 쓸 필요가 없다고 생각했다. 그러나 지금 이곳은, 나 이외에는 이곳 상황에 대해 구애받지 않고 한국어로 정확하게 말해 줄 사람이 없다. 그래서 쓰게 되었다.

다른 책에 이미 있는 얘기나, 인터넷에서 검색하면 나오는 역사나 문화에 대한 정보, 또한 속보로 나오는 전장 소식들은 쓰지 않았다. 내가 그들로부터 지난 5년간 직접 들은 얘기, 그리고 내가 느낀 점, 그리고 여러분이 현지에 가게 될 때 내가 들려주고 싶은, 꼭 필요한 경험을 읽기 쉽게 저술하였다. 특히 재건 사업에 관심이 있는 분들을 위하여 변하고 있는 우크라이나 비즈니스 환경에 대해서도 진솔하게 기술하였다. 우크라이나인에 대해선, 그들은 현재 큰 고통을 받고 있기에 좋지 않은 얘기는 자제했다.

한국을 떠나온 지 벌써 40년째이어서 사실 한국어로 글을 쓰는 것도 쉽지 않았고 잊어버린 단어를 생각해 내는 데 시간도 오래 걸렸다.

이상의 특수 상황을 고려하여 책 속에 미비한 점이나, 시대 지난 국어 표현이나 오타가 많이 보이더라도 이해해 주기 바란다.

목 차

러시아 침공
이전과 이후
크게 변한 점

변방에서 월드 파워의 중심으로
그리고 몰려오는 투자

2022년 러시아 침공 이전에는 우크라이나는 세계의 변방임을 입증하듯이 외국 국가 원수들의 방문을 보는 것이 매우 드물었다. 아무도 우크라이나 정부에서 초청해도 러시아 눈치를 보기에 오려고 하지 않았지만, 지금은 수많은 정상이 자발적으로 끊이지 않고 키이우를 방문하며 우크라이나 편에 있음을 강조한다.

우크라이나의 외교, 경제 그리고 무엇보다 군사적 중요성이 세계적으로 크게 두드러졌다. 각 국가의 정상들은 12시간 이상 야간열차를 타고 몇 번씩 키이우에 오고 갈 정도로 열성이다.

이러다 보니 유럽 외교의 중심이 파리나 베를린에서 키이우로 옮겨 온 것같이 느껴진다. 곧 유럽연합은 우크라이나와 몰도바, 조지아를 곧 연합에 포함하고 분쟁 가능성이 높은 세르비아 등 서발칸 지역 국가들까지 모두 궁극적으로 포함하려는 큰 구상을 하고 있어서 시간이 지날수록 이 지역의 중요성은 커져만 갈 것이다.

그동안 유럽연합의 우크라이나와 서발칸 지역으로 확장에 극구 반대였던 독일과 프랑스는 이번 러시아의 우크라이나 침공으로 위기를 느끼며 기존 생각을 바꾸어서 유럽연합의 동부 지역 확대에 적극적으로 되었으며 향후 이들 지역에 수많은 투자를 하여 유럽연합의 단단한 방파제로 만들 구상이다.

2018년 유럽연합은 기존의 완충지대 정도로 간주하던 동유럽 전략을 대폭 수정하여 '글로벌 게이트웨이(Global Gateway)'라는 새로운 전략을 채택한다. 핵심은 우크라이나, 몰도바, 조지아, 아제르바이잔 같은 동유럽 국가들을 유럽연합에 가입시키는 것이다.

러시아의 동유럽 재탈환 후 멈추지 않을 제국주의 야심과 중국의 동유럽에서 경제적 침식 야심을 모두 차단하고 해당 지역의 유럽연합 내 발전을 도모하기 위한 투자를 통한 전체적인 부흥을 추구한다는 전략이다.

결국 이렇게 본다면 현재 우크라이나 전쟁은 러시아의 신제국주의, 중국의 동유럽 경제 식민지 야심, 유럽연합의 동쪽으로 확장이 야기되어 충돌한 결과일 수 있다.

근래 IBRD나 IBD 투자은행들의 비준되는 프로젝트들이 이 지역에 모두 집중되어 있음을 알 수 있고 특히 아제르바이잔에 대한 에너지 분야 투자가 강화되고 있으며 또한 아제르바이잔이 우크라이나의 에너지 인프라 복구에 상당한 장비를 무상 기여하고 있는 것도 눈여겨보아야 한다.

2023년 유럽연합에서는 아제르바이잔의 남아도는 전력을 지중해 해저케이블을 설치하여 유럽 대륙으로 끌어오는 공사를 비준하여 현재 설계 중이다.

우크라이나 재건 사업을 구상한다면 이런 동부 유럽과 서부 발칸 지역 그리고 특히 흑해 지역의 총체적 변화를 보며 더 다각적이고 장기적인 차원에서 분석한 후에 투자를 계획할 필요가 있다.

모든 전문가는 우크라이나의 유럽연합 가입이 결국은 어려울 거라고 예상했었다. 예전에 최빈국 국가인 루마니아와 불가리아를 가입시켜서 비용만 많이 지급하고 별다른 이점을 못 챙긴 경험을 한 유럽연합은 이후 후보국들의 가입 조건을 더욱 엄격하게 제한했는데, 사실은 변명일 뿐이고, 실지 유럽연합의 쌍두마차 격인 독일과 프랑스가 우크라이나를 반대한 진짜 이유는 따로 있었다.

우크라이나의 유럽연합 가입을
원치 않은 나라들과 이유

특히 독일은 경제적으로 밀착 관계였던 러시아와 분쟁을 염려하여 계속 반대하였다. 독일의 경제기반은 아주 유치하다. 저가 러시아산 에너지와 자원을 사서 가공하여 중국에 고가에 파는 것은 만인이 다 아는 사실이다. 또한 독일에는 동독 시절 러시아 추종파들이 아직도 건재하며 그들은 서유럽에서 러시아 정치를 대변하는 친러 단체가 되었다. 동독 지역 출신 정치가들이 바로 독일과 러시아 간 사업을 주도하고 많은 이익을 챙긴 특권 그룹으로 이들은 모두 우크라이나가 러시아 영향력 아래 있기를 바랐고 유럽연합은 러시아나 중국의 전략적 파트너가 되길 원했다.

유럽연합 최대 농업국인 프랑스도 전통적으로 친러파의 로비가 강하다고 생각한다. 역사적 문화제 구역에 새로운 맥도날드 식당이 하나만 들어서도 전국이 난리인 나라에서 에펠탑 옆에 아무도 모르게 러시아정교회 대형 건물이 세워진 것만 보아도 이들의 영향력을 가늠할 수 있다.

앞으로 값싸고 질 높은 우크라이나 농업 생산품이 밀어닥쳤을 때(양파한 개의 가격이 프랑스에서 1유로, 동일 가격으로 우크라이나는 20배 구매) 농업 대국 프랑스의 농작물 수출이 쓰나미처럼 한 번에 무너질 것을 염려해서 우크라이나 가입을 반대했었다. 프랑스의 농업은 미국과 마찬가지로 대단위 경작을 하는 기업형이고 이들은 협회를 만들어 엄청난 로비를 한다. 농림부 장관 출신의 자크 시라크 전 대통령이 대통령을 두 번이나 연임할 수 있었던 데는 농민들의 지지가 큰 역할을 하였다. 프랑스 농민들의 세력은 철도 노조와 더불어 프랑스에서 절대적 힘을 갖추고 있고 극단 이기주의 집단이다. 아프리카 지성인들은 프랑스 농민들을 혐오한다. 그들은 프랑스가 대단위적인 농업생산 기반을 바탕으로 여러 종목의 보조금까지 받으며 엄청나게 싸게 경작하여 아프리카에 헐값에 수출함으로써 가격경쟁력을 잃은 아프리카 농업이 패퇴하게 되었다고 비판한다.

매번 여러 사안의 투표에서 반대표를 던져 우크라이나의 발목을 잡는 헝가리는 또 다른 사정이 있는데 공식적으로는 우크라이나 지역에 거주하는 헝가리인들의 언어 탄압 중지가 이유이지만, 실제는 우크라이나와 국경을 마주하고 있고 수도 부다페스트가 우크라이나 국경에 매우 근접해서 역사적 분쟁이 많았다. 항상 우크라이나가 강해져서 한 번에 수도까지 밀고 들어오는 악몽을 꾼다. 또한 헝가리처럼 유럽연합 빈국으로 앉아서 많은 지원 혜택을 받아 온 나라의 경우, 신규 빈국이 가입될수록 자기 파이가 줄어든다. 그동안 유치한 해외 기업들의 생산기지도 더 싼 노동력을 대량 공급할 수 있는 신규 가입국에 빼앗기게 된다.

유럽 여행을 많이 다니시는 분들은 '유럽연합의 핵심국들인 프랑스, 독일, 이탈리아를 보며 왜 갈수록 못사는 것일까?'라고 질문하셨을 것이다. 이유는 연합 내 빈국 국가들에 항상 대규모 지원금이 빠져나가기 때문이다. 우리는 폴란드나 체코 등 동부 유럽을 방문하면서 참 많이 빨리 발전했다고 경탄하지만, 사실 그들이 열심히 일한 것도 있지만 대부분은 유럽연합의 핵심 국가들로부터의 지원금 덕분이다.

　도리어 인구 400만 명의 크로아티아 같이 작은 나라가 유럽연합에 가입하기는 매우 쉬웠다. 우크라이나는 유럽에서 제일 큰 나라이다. 모든 부분에서 1, 2, 3등을 하였고 나라만 안정되면 또다시 강대국으로 쉽고 빠르게 등극할 수 있기에 다들 경계하는 것이다. 그러나 유럽 쪽으로 서진하는 러시아의 이번 우크라이나 침공으로 유럽연합은 우크라이나의 방파제가 절실히 필요하게 되었다. 우크라이나 같은 군사적으로 강한 나라가 러시아 수중에 들어가는 날에는 과거 구소련 시대처럼 유럽연합에선 막아 낼 재간이 없다.

　현재는 이런 다양한 이유로 상황이 급변하여 유럽 인구의 60% 이상이 우크라이나의 유럽연합 가입에 찬성하고 있고, 가입 후보 자격도 2022년 6월 23일 조지아와 몰도바와 같이 획득하여 이제 남은 단계는 유럽연합 이사회가 유럽연합집행위원회의 의견이 명시된 35개 분야의 조건을 충족하는 답안만 제시하면 완료된다. 현재 몇몇 조항을 제외하면 대부분 답안이 만들어졌다. 항상 고질적인 문제로 제기되는 사법부 개혁과 부정부패 척결이 미흡하다.

　종전과 동시에 유럽연합 가입 및 나토 가입이 본격적인 절차를 밟을 것이다. 유럽연합 정상회의 상임의장은 7가지 조건을 충족하는 보고서가 2023년 12월에 EU 정상회담에서 다뤄지기 시작할 것이며 완전한 EU 가입은 늦어도 2030년까지 완료될 수 있다고 발표했다. 완전한 EU 가입은 기존 EU 회원국의 만장일치가 필요하며 걸림돌이 될 헝가리는 그동안 중지된 지원금을 허가하든가, 아니면 의결 방식을 수정해서 진행한다는 계획이다.

매번 우크라이나 관련 의결 시에 자동으로 튀어나오는 헝가리의 거부권은 또 다른 이유가 있다. 헝가리에는 많은 러시아 자본이 들어와 있으며 동독과 마찬가지로 여전히 친러파의 세력이 강세이다. 나는 프랑스 방송에서 나오는 한 특집 프로를 보았는데 러시아에서 헝가리, 체코, 불가리아 등 동유럽 국가들에 개전 전에 많은 투자를 했었다. 그 결과로 많은 이들 국가 도시가 러시아 추가 투자나 러시아 관광객이 없이는 더 이상 도시를 유지할 수 없는 상황이다.

2023년 10월 2일 키이우에서 열린 EU 외무장관 임시 회의는 우크라이나에 대한 5억 유로 규모의 군사 지원 프로그램 차단을 (헝가리 거부권으로) 해제하는 데 실패했다. 헝가리는 지난 5월부터 원조 거부권을 유지해 왔으며, 양국 갈등에서 중재 역할을 하려던 호세프 보렐 유럽연합(EU) 외교 안보 수장의 거듭된 요구에도 불구하고 꿈쩍도 하지 않았다. 이유는 우크라이나 국가 부패 방지 청(NACP)이 헝가리 최대 은행인 OTP 은행을 '러시아 전쟁 자금 후원자'로 공개 목록에 지정했다. 이후로 헝가리를 화나게 했고 유럽연합의 의사결정 과정이 장기간 교착상태에 빠졌다. 헝가리 정부는 OTP 은행의 포함을 "받아들일 수 없다."라고 거듭 비난했으며, 최근 EU 군사 지원을 차단하는 데 거부권을 행사했다. 몇 달 동안 양보를 거부한 후 NACP는 OTP 은행을 전쟁 후원자 목록에서 일시적으로 중단한다고 발표했다. 최근까지 OTP 은행 웹사이트에는 고객이 무려 240만 명에 달하는 것으로 나타났다. 이렇게 헝가리는 겉으로는 유럽연합이지만 내부로는 국가 경제가 러시아 자본에 상당 부분 침식당해서 러시아 없이는 유지하기 어려운 상황이다.

잘사는 외국을 더 이상 동경하지 않고 되돌아오는 피난민

개전 전까지 내가 만나 본 대부분의 우크라이나 국민은 희망이 안 보이는 조국을 떠날 생각뿐이었다.

한국에서도 한동안 불었던 헬조선과 이민 바람이 우크라이나에서는 생존 문제로 더 절실하게 스탈린 때부터 불었다. 그래도 모험에 운명을 맡기고 뛰쳐나간 사람은 그리 많지 않았다. 이들이 대부분 찾아간 곳은 근접한 거리의 가기 쉽고 언어가 유사한 구소련 연방국들로 폴란드 농장 및 헝가리나 슬로바키아의 공장들이었으며 물가가 비싸고 언어가 완전히 다른 서유럽이나 영미권은 꿈도 꾸지 못하였다. 또한 영미권의 대부분 국가는 이들을 대부분 거절하였다. 한국도 마찬가지여서 우크라이나인이 심지어 학생도 입국비자를 받는 것이 하늘의 별 따기였다.

그러나 전쟁이 발발하자 즉시 난민 지원 정책이 서방국들에게서 발효되어 덕택에 쉽게 합법적으로 외국에 가서 지원금까지 받으며 살 수 있는 길이 열렸다.

그렇게 꿈에 그리던 잘사는 나라에 피난 가서 살아 보니 그동안 동경하던 외국은 또 다른 큰 문제점들이 많았다. 우크라이나는 물가가 싸고, 스트레스 없고, 무엇보다 유럽의 말썽꾸러기 무슬림이 없어 살 만한 나라이고, 특히 기업인들에게는 유럽연합과 나토 가입이 현실이 되어 가고 있어서 확실한 안보 보장과 실현을 할 수 있는 꿈과 미래가 생겼다.

애국심 하나로 젊은이들이 휴대용 미사일 하나로 러시아 탱크 군단을 막아 내면서 피난민들은 아직도 우크라이나 인구 중 대부분이 조국을 위하여 기꺼이 희생할 준비가 되어 있음을 외국에서 지켜보면서, 점령되었던 영토가 차차 재탈환되면서 그들은 대부분 희망과 감동을 가슴속에 품고 고국으로 되돌아왔다. 나는 2022년 4월에 많은 우크라이나 사람과 귀국하는 야간열차를 탔을 때의 감동을 잊지 못한다. 아마 내 죽는 순간까지도 기억할 것 같다.

열차가 폴란드 국경을 넘자, 기차 안 사람은 "우크라이나와 영웅에 영광!"을 외쳤고, 첫 우크라이나역에서 기차가 검문을 위해 정차했을 때 국가가 우렁차게 흘러나왔으며 사람들은 눈물을 흘렸다.

열차는 키이우로 향하면서 사람을 차례로 경유역에서 내려 주었는데, 아직도 기억나는 것은 젊은 부부가 모두 전투복 차림으로 피난에서 혼자 돌아오는 초등생 어린 딸을 역에서 맞이하는 장면이었다.

또 다른 기억은 기차 안에는 많은 강아지도 집으로 되돌아오고 있었는데, 그들은 기차가 키이우 종착역에 가까워지자 다들 알아보고 좋아서 마구 짖어 대었다.

20개월이 지난 지금은 국경에서 국가 연주도 사라지고 열차 안은 대형 짐 가방을 든 피난객보다는 출장이나 여행 갔다 오는 사람이 주를 이루고, 외국인도 많아지고, 이제 남자들도 보인다. 즉 전쟁 이전의 모습으로 많이 회복되고 있다.

이들 중에는 살기 좋은 나라를 찾아서 백방으로 다 찾아다녀 보고 허탕 치고 돌아오는 사람도 많다.

우선 폴란드로 넘어가서 살다 보니 새벽까지 우크라이나보다 더 빡빡하게 일하는 것에 놀라서 피난민 보조금을 모아서 오스트리아로 가 보고, 거기서도 놀고먹는 난민은 좋은 대접 못 받는 것을 눈치채고 다시 떠나서 독일로 갔다가, 자신들보다 먼저 도착한 튀르키예 노동자들이 뼈 빠지게 일하는 것을 보고 다시 꿈꾸던 에펠탑이 있는 프랑스로 와서 먼저 온 북아프리카 이민자들에게 온갖 수모를 다 당하고 이탈리아로 옮겨 가서 살아 보니 거기서도 힘없는 우크라이나 피난 여성들이 다른 난민들의 희생양이 되는 것을 목격하게 된다.

결국 다녀 본 나라들은 환상일 뿐 희망이 없어 보여서 결국 아직도 미사일 날아오는 고국으로 돌아온 사람이 많다. 이들은 항상 자신의 SNS를 통해서 이들 국가에서 자신이 겪은 충격과 실망의 진상을 시시로 알렸고 이제는 우크라이나 전 국민이 직간접적으로 서유럽 및 선진국들의 실상에 대해서 너무나 잘 알고 있다.

되돌아온 사람은 이제는 회피할 곳이 없고 현실의 문제점을 극복하면서 살아남아야 하기에 새벽부터 바쁘게 출근하는 사람이 많아졌다. 전쟁이 한창임에도 그런 이유로 기업들이 신상품을 주문하고 있고 상점은 인테리어를 새롭게 하고, 백화점도 그동안 반복하던 재고 세일을 중단하고 새 계절상품을 전시한다.

무엇보다 은행 창구에 다시 상담 고객들이 줄 서고 있는 것은 다행이다. 시련과 전쟁을 많이 겪은 국민이어서 회복도 무척 빠르다.

우크라이나어와
문화에 대한 애정 고조

당언히 개전 이래 반러 분위기가 고조를 이루고 있으며 국어 사용이 논쟁의 핵심이다.

개전 전까지는 우크라이나 사람은 기득권 티를 내려고 러시아어를 일부러 사용하였다. 우크라이나의 부의 분포가 공업과 무역 항구들이 모여 있는 러시아 쪽의 동부나 남부 지역에 몰려 있던 이유로 이 지역은 주로 러시아어만을 주로 사용했고 수도인 키이우는 러시아어와 우크라이나어를 반반씩 사용했다. 우크라이나 민족주의가 강한 서부 르비우 지역은 초등학교부터 학교에서 오직 우크라이나어를 주로 사용하여서 가령 르비우 지역 변호사가 키이우에서 개업하는 데 있어서 능숙하지 않은 러시아어 때문에 불가능하였다.

어릴 적부터 학교에서는 우크라이나어만을 가르친다. 그러나 학생들의 주변이 대부분 러시아 문화로 둘러싸여 있다. 재미있는 만화 영화도 동화책도 거의 러시아로 되어 있다. 지금은 차단되었지만, 주민들은 위성 안테나를 설치해서 무료로 러시아 방송을 보았다. 이렇게 자연스럽게 학생들은 아무도 가르쳐 주지 않았지만, 러시아어에 물들게 되었다. 하지만 지금은 모든 러시아 방송이 차단되었고 혹 러시아어가 튀어나오거나 예전 러시아 프로그램이면 성우가 해당 러시아어 부분을 우크라이나어로 더빙 처리해서 방송한다.

아직도 우크라이나 최고 라다(의회)에선 러시아어 사용을 지역의 이런 사정을 고려해서 인정하자는 정신 나간 의원들(우크라이나 사람의 표현 인용, 우크라이나 사람은 자국의 국회의원들을 다 도둑놈으로 간주한다.)이 있으나 국민 대다수는 우크라이나어만을 사용하는 지침에 공감하고 있다.

나도 가끔 놀라는 것은 우크라이나에서 우크라이나어를 사용하는 우크라이나인이 그리 많지 않다는 것이다. 우크라이나 공중파 방송사 중에도 러시아어를 주로 사용하는 방송사도 있었고, 많은 사람들은 러시아 방송이나 노래를 항상 즐겼다. 내가 왜 러시아 방송을 보냐고 물어보면 우크라이나 방송보다 더 재미있어서라고 답변하였다. 글자는 키릴문자로 러시아 문자와 같지만, 말은 좀 다르다. 같은 우크라이나인들 끼리도 종종 서로 언어 때문에 대화가 안 된다.

심지어 내가 소속된 국제 에너지 협회에서 재건 관련 공식 총회를 하면 공용어가 러시아어이다. 이유는 복구가 필요한 동남부 지역 전력 전문가들이 영어를 전혀 모르고 우크라이나 말도 서툴고 특히 발트 국가에서 온 지원팀이 대부분 영어보다 러시아어를 잘 구사한다.

나는 이렇게 러시아어로만 진행되는 공식 행사에서 서툴지만, 꼭 우크라이나어를 구사하거나 어려운 문장이면 구글 번역기로 돌려서라도 우크라이나어로 들려주어 종종 우크라이나 동료들로부터 감사하다는 칭찬을 받았다.

왜 이런 작은 나의 행동이 우크라이나 사람에게 큰 감동을 주었는지 협회 회원 한 분이 설명해 주셨다.

'페트로 포로셴코' 전 우크라이나 대통령이나 '볼로디미르 젤렌스키' 현 우크라이나 대통령도 모국어는 러시아어이다. 그들은 모두 대통령이 된 이후 우크라이나어 사용 빈도를 늘렸다. 전문가가 미리 써 준 우크라이나어 연설문을 읽기에 우크라이나어를 잘하는 것같이 보인다. 그러나 당신은 멀리서 온 외국인인데 우크라이나 국민보다 더 열심히 우크라이나 국어를 사용하는 노력을 창피한 우리에게 보여 준다.

나의 구글 번역기 연설 이후로 협회에선 우크라이나어를 공식어로 채택하는 준비에 들어갔다.

구소련 시대의 러시아어 뿌리가 오래도록 우크라이나에 너무 깊게 박혀서 변화하는 데 긴 시간이 필요해 보인다.

나 말고 또 다른 우크라이나어 사용 관련한 감동 사례 한 가지를 더 소개하면, 러시아 공영방송에서 러시아 국경 지역 벨고로드(한동안 우크라이나 영토)에서 러시아 주민 인터뷰가 나왔는데 노령의 할머니가 우크라이나어로만 말해서 우크라이나 전 국민이 매우 큰 감동을 받은 일이 있었다. 러시아에 사는 우크라이나 할머니가 세월이 아무리 흘렀어도 잊지 않고 우크라이나어를 말하는데 정작 침략당한 자신들은 러시아어를 사용하니 많이들 창피했을 것이다.

예전 러시아 유명인 이름을 본뜬 우크라이나 공공건물이나 지하철역, 거리 이름이 모두 우크라이나 이름으로 변경되고 있다. 전혀 들어보지 못한 이름들 이라서 외우기 너무 힘들다. 그전에는 많은 명칭이 '톨스토이', '푸쉬킨'같이 모두가 다 잘 아는 러시아 명칭이어서 한 번에 기억했는데 이젠 에브핸 슈카렌크(Yevhen Chykalenk)같이 생전 한 번도 들어 보지 못한 우크라이나 민족주의 영웅들의 이름으로 변경되어서 새로 바뀐 길 이름을 기억하기 너무 어렵다.

우크라이나 정부에서 지난 6월에 전자식 국민투표를 통해서 과감하게 전국 공공시설이나 거리명에 사용되던 러시아식 명칭을 거의 다 역대 우크라이나 영웅이나 돈바스 전사자 이름으로 변경하였다.

우크라이나에 가시거든 특히 거리명이 이렇게 완전히 변경되어 새 간판을 달았거나, 아직은 둘 다 붙여 놓았거나, 예산 문제로 다 못 바꾸고 길 반쯤만 바꿔 달았거나 한 혼동의 상태이니 길 이름이나 행사장, 지하철역을 찾을 때 주의가 필요하다.

이제는 키이우에서도 일상적으로 많이 사용하는 말은 러시아어보다 우크라이나어가 압도적으로 많다. 전에는 '감사하다'는 말로 러시아어 '스파시바'가 다들 본능적으로 튀어나왔으나 지금은 '댜꾸유'가 전반적으로 사용된다.

전쟁 전에는 '댜꾸유'를 말하는 사람이 소수였고 다들 국어 사용에 큰 의미를 두지 않았기에 엄청난 변화가 일어난 것이다. 특히 법에 따라 공공장소나 공연장에서는 우크라이나어만 사용하게 되어 있다.

나는 우크라이나의 불합리한 부분에 대하여 하고 싶은 말이 정말 많지만, 그러나 그들은 지금 엄청난 고통을 받고 있기에 나까지 보탤 필요는 없다고 생각하고 이 책에선 좋은 일만 언급하겠다.

시민의식의 향상과
민주화의 가속

민주화가 빨라졌으며 특히 SNS 덕분에 비밀이 없어져서 국가 모든 비리나 부정, 행정 미숙이 시시각각으로 죄다 대중에게 폭로된다. 대부분이 국방부 보급, 징집, 사상자 처우나 보상 문제 관련이거나 사법부 고위직들의 월권이나 지나친 권력층 보호 제도이다. 현재는 계엄령 발령 중이어서 집회가 금지되는데도 자주 소규모 집회 행렬을 목격하게 되며 경찰들이 이들의 행사를 막기보다는 아직은 보호하는 듯한 태도를 보인다.

상이용사의 폭증과
빈약한 보상

키이우 거리엔 날이 갈수록 발목이 없어진 목발 짚은 젊은이들이 너무 많이 보인다. 내 두 아들도 이들과 비슷한 나이인데 난 정말 우리 애들을 보는 거 같아서 속이 상한다. 다친 군인이나 그들을 부추겨 주는 애인이나 가족들의 표정에는 아직은 슬픔보다는 당당함이 있다.

키이우 포딜(Podil) 지역과 드니프로강이 훤하게 내려다보이는 '성 안드리 교회' 밑 산책로를 가면 많은 사람이 무명 화가들의 그림도 보면서 다람쥐 먹이도 주고 가족사진을 찍으며 한가한 시간(그렇게 보이지만 강을 보며 만사를 위로 받는 모습)을 보낸다.

나도 마음이 답답할 때나 좋은 소식이 있을 때 시야가 확 터진 이 '안드리 언덕'이 좋아서 많이 간다. 또한 이곳에서는 전쟁에서도 무사하게 살아남은 시내 전경을 한눈에 볼 수 있어서 마음을 안정시켜 준다.

　이 언덕 작은 전망대 한가운데, 낡은 공용 피아노가 놓여 있어서 넋을
잃고 하염없이 드니프로강을 쳐다보는 사람을 음악으로 위로해 준다. 그
들은 모두 말로 표현할 수 없는 고통의 사연이 많아 보이며 표정에는 한
없는 걱정이 담겨 있다.

　그들은 왜 여기에 온종일 앉아서 드니프로강을 쳐다보는 것일까?

　그곳에서 양다리를 잃고 휠체어에 탄 건장한 미남의 한 상이용사가 여러 명의 전우에 의지하여 산책을 하고 있었고 내가 사진을 같이 찍자고 하니 너무 당당하게 자세를 취해 주었다.

　자신 몸 일부를 조국 방어에 바친 정말 자랑스럽고 당당한 모습이었다.

　그러나 나는 상이용사분들의 미래에 대해서는 걱정이 앞선다.

　우크라이나 한 국가가 이 많은 상이용사의 처우를 다 처리할 수 없다. 정말 전 서방국 국민이 이들을 보살피지 않으면 오늘 내가 본 저 상이용사들의 웃음은 곧 사라지고 고통만 남는다.

　나는 우크라이나는 한국이나 미국 정도의 좋은 상이용사 처우를 못 한다는 것을 잘 알고 있다. 키이우 군인 병원의 현재 의료시설은 1980년대 한국 국군통합병원 시설에 한참 못 미친다고 한다. 이 나라에선 전쟁터에서 부상이나 전사를 해도 영웅으로 평가받지 못하면 제대로 된 보상이나 연금 혜택을 충분히 받지 못한다.

　물론 현재 사상자 수가 엄청나서 다 돌보지 못한다. 가령 부상한 군인

이 야전병원에서 치료받고 전투 불능 진단이 떨어지면 병원 침대에 누워
있는 사람을 의가사 제대를 시키는데 그 순간 이후로 그는 더 이상 군인
신분이 아니기에 얼마 안 되는 연금이 나온다. 그것으로 그의 가족을 절
대 먹여 살릴 수가 없을 것이다. 이것이 현재 우크라이나 상이군인들의
복지 상황이다.

종교 다변화의
시작

우크라이나는 러시아와 같은 뿌리의 동방정교회(우크라이나가 원조)이지만 최근 결국 분리 독립하였다. 좀 더 정확하게 표현한다면 우크라이나 정부와 국민이 2014년 러시아의 크림반도 침공 이래로 기존 '러시아 동방정교회' 소속이었던 '우크라이나 동방정교회'를 최근 단절하고 분리하였다.

우크라이나에서는 종종 자국 동방정교회 내에서 친러 성직자를 발견하는 일들이 발생하고 있다.

우크라이나는 국민의 절대적 다수가 기독교 '동방정교회(Orthodox Christia)' 국가로 인구의 78%가 우크라이나 동방정교회, 10%가 로마 가톨릭, 2%가 복음주의 기독교인이며 이외에 소수의 무슬림과 유대교인이 있는 것으로 알려졌지만 통계의 출처가 불분명하고 내 눈에 보이는 것은 절대적 다수가 기독교 동방정교회를 믿는 신자들이다.

전통적으로 옛 폴란드의 영토였던 르비우를 중심으로 하는 서부 지역에서는 가톨릭을 주로 믿고, 반면 동, 남부 지역 즉, 러시아 쪽으로 갈수록 동방정교회 신자가 주를 이루며 크림반도 지역에 튀르키예계 무슬림이 있다.

서유럽과 마찬가지로 우크라이나도 각 마을, 고을마다 크고 작은 동방정교회 성당이 하나씩 있다고 보시면 된다.

유대교 역사 또한 기독교와 엇비슷한 시기인 10세기 때부터 우크라이나 영토에 존재해 왔다. 2차 세계대전 직전에는 우크라이나 도시 인구의 3분의 1이 유대인이었을 정도로 큰 비중을 차지했으나 그 후 대학살과 추방, 대규모 이민의 결과로 우크라이나 영내 유대인 수가 급감하여 오늘날에는 25만 명 정도의 유대인이 있고 그중 절반은 키이우에 살고 있다고 진해진다. 그런 이유로 키이우 시내에선 유대인 사원인 '시너고그'가 많이 보인다.

짧게 이해하기 쉬우시게 우크라이나 역사를 요약해 드리면, '키이우 루스' 대공국과 '류리크 왕조' 가문은 역사적 정확성에 논란은 많지만, 스칸디나비아에서 온 바이킹 '루스'인들이 세웠다고 전해지며 이들은 후에 동슬라브인들에게 흡수되었다.

10세기 '키이우 루스 대공국'의 대공이었던 '블라디미르 1세'가 동로마로부터 동방정교회를 받아들여 그 당시 우크라이나가 섬기던 잡신인 '슬라브 신화' 숭배를 금지하고 우크라이나를 기독교 국가로 만든다.

그는 또한 과학이 발달한 비잔틴 문화를 수용하였고 그 결과 10세기와 11세기에는 유럽에서 강력한 국가 중 하나가 되어 우크라이나의 국가 발전 및 정체성 형성의 바탕이 되었다.

그는 현재 우크라이나의 '수호성인'의 상징체로 여겨진다. 그의 동상은 그리스 복장을 하고 큰 십자가를 들고 키이우 언덕에 서서 드니프로강을 내려다보며 키이우를 지키고 있다. 이런 '수호성인' 의미이기에 현재 키이우의 모든 동상은 '타라스 셰브첸코'를 비롯하여 러시아 폭격으로부터 철갑을 두른 모래 상자로 온통 보호되어서 동상이 보이지 않지만, '블라디미르 1세'와 '승리의 여신상'은 그대로 전체 동상이 노출되어 있다.

그런데 우크라이나 역사를 왜곡하는 러시아와 벨라루스도 자국의 정체성 확립을 위해서 '블라디미르 1세'동상을 더 크게 자국 영토에 세우고 있다. 2016년 푸틴은 크렘린궁 성벽 바로 옆의 보로비츠카야 광장에 17m 높이의 블라디미르 1세의 동상을 건립하고 매우 흡족하였다.

사실 오늘날 우크라이나의 수도인 키이우와 그 주변 지역을 다스렸던 블라디미르 1세는 나중에 생겨난 도시인 모스크바와 아무런 관련이 없다.

또한 블라디미르 1세는 크림반도의 고대도시 헤르소네소스(오늘날 세바스토폴)에서 세례를 받고 기독교 국교화를 선포했다. 이런 블라디미르 1세를 러시아의 원조 격 지도자로 부상시킴으로써 키이우 공국을 러시아 역사로 끌어들임과 동시에 새로 병합한 크림에 대한 영유권을 정당화하려는 계산이 깔려 있고 푸틴이 애지중지하는 이유이다.

12세기에 쓰인 유명한 야사 '러시아 원초 연대기' 기록을 보면, 블라디미르 1세는 987년에 어떤 종교가 자신과 루스에게 가장 좋을지 회의를 열었다고 한다. 후보군에 오른 종교는 가톨릭, 유대교, 이슬람, 동방정교회였다.

이 중에서 가톨릭은 로마까지 너무 먼 데다 교황의 간섭이 강제성이 있다는 것과 결혼과 이혼마저도 그의 승인을 얻어야 한다는 것에 별로였고, 유대교는 믿는 민족이 멸망한 걸 보니 그들 신의 효험이 미덥지 못하니 사람이 안 믿을 것 같아서 별로였으며, 이슬람은 일부다처제는 좋았으나 루스인의 필수인 술과 돼지고기를 못 먹는다는 교리가 너무 치명적이라 별로였다고 한다.

반면 동방정교회는 블라디미르 1세가 만난 신학자들이 지적으로 인상 깊어서 키이우 루시를 문명화할 수 있다는 가능성을 보았고 게다가 동로마제국의 소피아 사원에 다녀온 사절단들이 동방정교회 사원은 천국인지 지상인지 구분도 안 될 정도로 아름답다고 찬양하자 모두 동방정교회를 채택했다고 한다.

그러나 실지로는 블라디미르 1세가 영리한 큰 그림을 그렸는데, 당시 동로마제국의 마케도니아의 황제인 바실리오스 2세의 여동생인 안나와 정략적으로 결혼하여 체계화된 교리를 가진 국가 종교인 정교회를 받아들임으로써 키이우 공국의 행정 체계를 중앙집권적, 체계적으로 개선하고 종교의 권위를 빌려 자신과 후계자들의 통치 기반을 튼튼하게 할 수 있기를 원했다. 그래서 그는 동로마제국 황제의 재위를 노리는 군사 귀족들의 반란 때 군사 6천 명을 보냈는데도 이교도 야만인을 이유로 자기에게 끝까지 시집오는 것을 안나가 꺼리자 결국 8백 명의 첩을 정리하고 정교회로 개종했다고 한다.

그 이후 많은 목조 교회가 키이우에만 2천 개가 넘게 세워질 정도로 번성했으나 모두 13세기 몽골의 침략 때 불타 버리고 남아 있는 게 거의 없다.

나중에 키이우에 가시거든 남대문 정도 규모의 황금 문(골든 게이트)을 가 보시길 바란다.

키이우 대공국 시대 중앙 문 역할을 했고 몽골 침략 때 대부분 불탔는데 복원해 놓은 모습이지만 키이우 공국의 규모를 짐작할 수 있다.

우크라이나의 그 당시 성벽은 대부분 쉽게 구할 수 있는 통나무를 사용하여 지어졌고 쉽게 불탔다. 나는 우크라이나 전국을 돌아다녀 보면서 유럽에 이렇게 돌성이 없는 나라는 처음 보았다. 돌로 만들어진 성은 통틀어서 10개도 안 되는 것 같고 대부분 서부 지역에 있으며 규모와 구조가 작고 단순하다. 나는 한참을 연구한 후에 우크라이나에서 그 당시 건축이 발전하지 못한 이유를 나름대로 찾았다.

서유럽이 르네상스로 크게 번성하며 왕궁과 성이 호화롭게 건설되는 그때, 도리어 우크라이나와 러시아 지역에선 야만 몽골족의 침략과 통치를 받고 후유증으로 암흑기를 보내고 17세기에 이르러 겨우 '표트르 대제'가 체제와 국가를 정비하고 강국이 될 때까지 무려 500년간을 허송세월을 하여서이다.

　동방정교회는 로마 가톨릭처럼 교황을 중심으로 일사불란하게 움직이는 조직이 아니라, 콘스탄티노폴리스를 중심으로 하는 연합체 조직으로 구성되었다. 그래서 국가별 또는 민족별로 각각 별도의 교회 구조가 갖추어져 있으며 각 지역의 교회는 나라를 주된 단위로서 신앙과 전통을 공유하며 서로 독립성과 자주성을 인정하기에 그리스정교회, 러시아정교회, 우크라이나 정교회라고 별도로 부르는 것이다.

　'키이우 루스'는 13세기 '류리크 왕조'의 분할 상속으로 인한 내부 분열과 몽골의 침략으로 멸망하였다. 키이우 루스가 멸망한 이후 우크라이나 땅에는 '갈리치아'와 '볼히니아' 두 공국이 그 뒤를 이었다. 갈리치아와 볼히니아는 갈리치아-볼히니아 대공국으로 합쳐졌다가 분열되고 결국은 폴란드-리투아니아 연방에 의해 정복되었다.

　우크라이나와 러시아는 키이우 공국에서 시작된 나라로 같은 뿌리를 두고 있다. 당연히 두 나라 모두 동방정교회이다. 그런데 두 나라의 관계가 악화하면서 교회도 분열이 일어나게 되었다.

　2018년 10월, 러시아 동방정교회가 콘스탄티노플 총대주교좌와의 결별을 선언했다. 배경에는 러시아의 우크라이나 침공이 있다. 우크라이나는 17세기 이래 러시아 동방정교회가 담당했으나 구소련으로부터 독립한 후로 키이우 교구도 종교적 독립을 추구하기 시작했다. 우크라이나는 러시아 정교회가 그동안 우크라이나 내에서 러시아의 영향력 확대를 위한 도구 역할을 해 왔다고 주장하며, 러시아 정교회로부터의 독립을 요구했다. 이에 콘스탄티노플 총대주교좌가 우크라이나 정교회의 독립을 승인했고 러시아정교회가 콘스탄티노플 총대주교좌와 관계를 끊었다.

우크라이나에도 한국 개신교 선교사분이 여러 명 계시고 이번 전쟁 중에 많은 헌신과 지원과 힘을 우크라이나 국민에게 주셨다. 그러나 우크라이나는 타 종교에 매우 배타적이어서 2018년에 한인 선교사가 오데사에서 개척교회를 운영하시다 피살당하였다.

키이우에도 한국의 교회가 있는데 정말 조심해서 선교활동을 하고 계신다. 시내도 아니고 자동차 정비소가 모여 있는 공단에 십자가도 간판도 없고 작은 한글로 교회명을 적어 놓았다.

펑크가 난 자동차 타이어 때우려고 키이우 외곽 지대에 갔다가 조그만 한글로 벽에 무언가 쓰여 있어서 읽어 보았더니 한국 교회였다.

이슬람 국가들이 대부분 복음주의 기독교에 매우 위험할 정도로 배타적으로 알려졌지만, 우크라이나도 나름 타 종교에 배타적이다.

그런데 전쟁으로 많은 다양한 국가들로부터 의용군이 찾아왔고 그들의 종교도 같이 따라왔다. 또한 피난민들이 개종하고 돌아온 경우도 많아서 이제는 키이우 대로에서 공공연하게 이슬람, 불교, 안식교 등을 선교하는 모습을 자주 본다.

특정 도시의
인구밀도 폭발

　선생으로 기인해 러시아에 짐령되었거나 포격 사정권에 놓인 우크라이나 국토 면적은 남한 전체 면적에 해당하며 우크라이나 전체인구의 16%에 해당하는 7백만 명 정도의 동, 남부 지역에 공업 및 산업에 종사하던 피난민들이 르비우나 키이우 외곽 지대로 이전하였다.

　농업에 종사하던 인구는 서부 한적한 이바노-프랑키브스크주로 이전하였다. 우크라이나 기존 4대 도시 중에서 비교적 안전하게 방공망이 작동되고 있고 일자리를 찾을 수 있는 르비우와 키이우의 인구밀도가 지속해서 심하게 올라가고 있다.

국제 열차
여행객 폭증

　폴란드를 오가는 국제 열차표 얻기가 갈수록 어려워지고 있고, 열차표를 구하기 위해서는 많은 웃돈을 주어야 겨우 구할 수 있다.

　개전 이래 뚫린 유럽연합 국가들과의 국경으로 수많은 우크라이나 사람이 일하러 가거나, 보따리상을 하거나, 휴가를 가면서 아무나(성인 남성 제외) 쉽게 국경을 옆 동네처럼 넘나든다.

흐리브냐 현지 화폐의
안정 유지와 환전과 물가

전쟁이 한창이시만 우크라이나 흐리브냐 화폐가 억대 최고로 안정적이다. 심지어 한국 원화보다도 더 안정적이다. 벌써 유로화에 연동되어 움직이는 듯한 생각이 든다. 그런 이유로 흐리브냐화의 안정성은 다행히 높은 인플레이션과 경제위기를 제한하고 있다. 북유럽의 현재 인플레이션보다 우크라이나의 물가가 더 안정적인 믿기 어려운 상황이다.

정부에서 군인들 월급을 주기 위해 자국 통화인 흐리브냐화를 너무 많이 찍어 대서 통화 약세로 약간의 인플레이션이 발생하였다고 한다. 무슨 법인지 나는 이해 못 했지만, 국제법에 따르면 외국에서 원조받은 돈으로는 절대 군인들 월급을 못 주게 되어 있어서 지폐를 만드는 윤전기를 돌리는 방법밖에는 없다고 한다.

그럼에도 인플레이션이 크게 느껴지지 않는 이유는 계엄령에 따라 중앙은행(NBU)이 인플레이션이 치솟는 걸 방지하고자 자본통제와 더불어 우크라이나 통화 흐리브냐화의 달러/유로화와 고정환율제를 시행하고 있어서다.

이런 환율 정책의 단점은 평소엔 고정환율제로 매우 안정적인 것처럼 큰 변동이 없다가 연중 한두 번씩 특히 연말에 갑자기 자국 화폐 가치를 인위적으로 10-30% 정도를 크게 평가 절하시켜 버린다. 이런 실정을 잘 모르는 외국 투자자들은 환율이 항상 안정적일 줄 알고 가지고 있던 외화를 모두 현지 화폐로 환전하고 막대한 손실을 본다. 그래서 나는 외화 돈을 보관하고 있다가 매달 필요한 금액만큼만 조금씩 환전한다. 올해 말에도 환율 조정이 예고되어 있으며 IMF의 각국 정례 환율 보고서를 보면 대략 그 시기와 변동 폭을 예측할 수 있다.

우크라이나는 개전 이전에는 외화 환전이 너무 쉬웠다. 수만 유로도 자신의 우크라이나 은행 계좌에서 온라인으로 달러를 흐리브냐화로 환전하고 또 반대로도 클릭 하나로 처리되었다. 현찰이 필요하면 인출 며칠 전에 본점에 사전 주문하면 수만 유로도 시간까지 맞추어 완벽하게 내가 요청한 지점에 가져다 놓았다.

2022년 3월부터 갑자기 온라인상에서 흐리브냐화를 달러나 기타 외화로 환전하는 게 불가능해졌다. 동시에 시내 환전소 입구에 표기되었던 환율표가 전부 ○○○ 표기로 바뀌었다. 현재까지도 환전소는 공식 환율을 전광판에 알리지 않는다. 그래서 매번 환율을 창구 직원에게 문의해야 한다. 환전소나 은행 창구에서도 달러를 큰 액수로 사기가 어려워졌다. 종일 10여 개 시내 큰 은행을 돌아다녀 보았자 창구 직원은 텅 빈 외화 보관 서랍을 보여 줄 뿐이어서 2천 달러도 못 마련한다. 관광객이 거의 없어서 외화가 은행에 안 들어오는 것이다. 또한 유럽연합 가입 조건에 맞추느라 금융 감독 및 통제가 강화되어서 해외 카드 사용액이 많아지면 세무 검사를 받게 되고 예전처럼 돈이 많아도 마음대로 쓰지도 못하는 세상이 되었다.

이런 외화 환전 문제는 해외여행 다니는 소수 기득권과 부유한 사람의 경우이고 대부분 시민은 흐리브냐와 달러 사이에 큰 차이점을 두지 않고 있다. 그래서인지 남미 국가처럼 거리에 암달러상이 없다. 달러로 굳이 지급한다고 하면 중앙은행 공시 환율에 기준으로 하여 돈을 받는다. 달러로 지급한다고 해서 절대 환율을 더 쳐주거나 우대하지 않는다(단 거금의 외화의 경우는 다르다.). 그리고 개전 전과 비교하여 흐리브냐 가치 대비 달러 가치 상승(30%)으로 생활물가가 많이 올랐고 현지인 급여도 많이 올라가고 있다.

휘발윳값도 많이 올랐지만, 그래도 아직은 유럽연합국 가격(무연 휘발유 1리터에 2유로)의 절반 정도(무연 휘발유 1리터에 1.3유로)이고 식료품 가격은 올랐어도 워낙 농산물이 풍부한 나라여서 외곽으로 나가면 싸게 파는 곳을 여전히 찾을 수 있다. 전기나 수도세도 아직은 타국에 비교하여 아주 저렴하다.

절대로
돌아오지 않는 사람

코비드가 전 세계적으로 사라지며 방역이 풀리고 세계 경제가 정상화되고 있을 때, 택시 기사, 호텔 종사자, IT 기술자, 일반인 등 내가 만나는 대부분의 우크라이나 사람은 조국을 떠나고 싶어 하고 떠날 준비를 착실하게 하고 있었다.

이런 '뜨자' 분위기는 새로운 것이 아니라 굶주림과 전쟁 그리고 구소련 시대부터 있었던 반유대교 정책을 피하여 오래전부터 있었다.

현재 미국에 거주하는 우크라이나계 미국인은 97만 명, 캐나다에 거주하는 우크라이나계 캐나다인이 130만 명으로, 캐나다에 가장 많은 우크라이나인이 살고 있고 정치적 영향력도 강해서 캐나다 트뤼드 총리가 다른 나라 정상들보다 더 자주 우크라이나를 방문하고 지원하는 이유이기도 하며 국제 의용군 중엔 캐나다 군인이 압도적으로 많다.

우크라이나인은 미국, 캐나다 그리고 프랑스나 독일 등 서유럽을 무척 동경했으며 특히 혹독한 겨울 날씨를 피해 겨울에 지중해에 가는 것이 꿈이어서 시내 상점에서는 경품 사은품으로 지중해 왕복 비행기표가 인기가 있었고 또한 얼마나 여행객이 많았으면 키이우-니스 직항이 개시되어 주 3회 운항을 하였다.

많은 사람이 우크라이나를 떠나고 싶어 했지만 아직은 유럽연합 회원국도 아니고 솅겐 회원국도 아니어서 그들은 90일 이하 체류할 수는 있었어도 현지에서 직장을 찾거나 학교에 가려면 많은 증서를 제출하고 허가를 받아야 했으며 각국 개도국 지원 정책에 따른 우크라이나인 노동 비자의 쿼터가 할당되어 있었다.

우크라이나인의 신분은 유럽연합 내 있어서도 정확하게 정의되지 않아서 유럽 공항의 입국심사대에서 자주 분쟁을 일으키고 있었다.

단지 우크라이나인은 무비자 적용 대상일 뿐 아무런 상세 규정이 없이 입국심사 담당자가 해석하기 나름이었다.

파리 공항에서는 편도 항공권만을 가지고 입국하는 우크라이나 사람을 리젝트하는 것도 보았다. 그리고 파리 공항에서 떠날 때도 입국 시 들어온 날짜를 확인하고 체류 날짜가 넘기지는 않았는가 조사하기도 하고 또 다른 세관 경찰은 대수롭지 않게 모두 통과시키는 등 공항 출입국 경찰 자신들도 어떻게 우크라이나인의 출입국 기준을 정할지 몰라서 전화로 상부에 문의하고 하는 것을 자주 보았다.

대부분의 질문 내용은 우크라이나 여권은 법적으로 어떤 규정안에 해당하는지 잘 모르겠다는 것이다. 특히 무역 관련 정책이 너무 자주 변경되어서 면세품 한도 액수를 두고도 분쟁이 많았다.

국제 정치가 돌아가는 방향에 따라서 우크라이나 여권은 어느 때는 유럽연합 국가에 가깝게 취급되거나 아니면 완전히 다른 대륙에서 온 큰 주의를 요구하는 여권으로 취급되어 비행기 문이 열리자마자 프랑스 경찰들이 막아 서고 마치 불법입국자 단속을 벌이듯이 돋보기를 들고 여권 사진이 진짜인지 가짜인지까지 자주 확인하였다.

2022년 러시아 침공 전까지는 우크라이나인 신분으로는 유럽연합에 여행은 쉽게 다녀도 일자리를 찾기가 매우 어려웠다.

첫째는 언어 문제여서 우리가 키릴문자를 어려워하듯이 그들은 영어를 매우 어려워했고 영어를 사용할 수 있는 국민은 아주 소수이다.

둘째는 산업구조가 주변 유럽연합국들과 많이 다르기에 전문직이더라도 평등하게 인정받지 못했다. 우크라이나는 대부분이 석탄과 철강을 이용한 굴뚝 산업이고 서유럽은 서비스업이나 친환경을 기반으로 모두 자동화된 산업구조이다. 또한 국가 자격증 인증 제도도 너무 다르기에 키이우 유명 치과의사가 프랑스에 와서 일할 때 겨우 치과 보조사 정도로밖에 인정 못 받는다. 고급 불어 자격증부터 처음부터 다시 다 획득해야 하는데 한두 해 공부해서 될 일이 아니다. 겨우 찾을 수 있는 직장은 계절 농부나 외국어 몇 마디 배워서 할 수 있는 카페 종업원과 같은 비정규직 등이 주를 이루었다.

국제결혼이 유행하면서 외국으로도 많이 떠났는데 몇몇 대형 사기나 살인 사건들이 터지면서 영어권 나라들에서는 상당한 금액의 은행 잔액 증명이나 직장 경력 증명 등을 다 갖추어도 우크라이나 젊은 여성에게는 비자를 대부분 거부하였다.

영국이나 아일랜드, 캐나다, 미국, 호주의 경우에는 심지어 우크라이나에서 국제결혼식을 올렸어도 입국비자가 나오지 않는 경우가 대부분이었다.

이스라엘의 우크라이나인 이민 역사는 구소련이 보기 싫은 유대인의 이민을 합법적으로 내보내기 시작한 1970년도부터이다. 소련 및 구소련 구성국을 떠난 유대인들의 61%는 이스라엘에 이민했고 대부분이 우크라이나 유대인이었다. 이스라엘 내에는 우크라이나계 유대인들이 많이 거주하고 있다.

소련 해체 직후 악명 높은 이스라엘 '베두인' 인신매매 루트를 통해서 우크라이나의 많은 젊은 여성들이 사기 계약으로 이스라엘로 인신매매 되는 경우가 너무 많았다. 이스라엘 정부에서는 인신매매로 국제적으로 큰 망신을 당해서 우크라이나 여성들의 입국과 결혼을 철저히 관리하고 있어서 현재는 이곳에 들어가기 매우 어렵다.

현재 시내 로드 숍 옷 가게에선 아직 경기가 좀처럼 살아나지 않고 있는 이유는 피난한 부자들이 전부 돌아오지 않아서이다. 이들은 고성능 자동차를 몰고 손가방에 현찰 뭉치를 들고 다니며 뿌린 내수 소비 촉진 계층이었다. 이들은 고국으로 돌아오기보단 피난 간 현지에서 사업을 차릴 준비를 열심히 하고 있다. 징집 대상 성인 남자면 이들은 귀국하는 경우 최소 3년 징역형을 받게 된다.

정부에선 종전이 되어도 최소 3년 동안 모든 성인 남자의 출국을 금지하는 법을 입법하려고 준비 중이다. 이들의 부인과 아이들은 이미 유럽 연합 국가로 피난 가서 대부분 일자리와 주거지를 찾아 종전되어 계엄령이 풀리면 자신들의 남편을 해외로 데려올 생각을 하고 있다.

결국 현 정부의 숙제는 전쟁 이외에도 풀 수 없을 만큼 엄청나게 어렵고 복잡한 현안들이 많이 있다. 우선 전쟁에서 러시아 병력보다 수적으로 크게 열세(3배)이지만 승리해야 하고 또 피난 간 국민이 돌아와서 정착할 수 있게, 동시에 남아 있는 국민이 조국에서 계속 살 수 있게, 국내 생활환경과 경제 여건을 적어도 폴란드 수준으로 올려놓아야 인구 대량 유출로 나라가 무너지지 않을 것이다.

지금 우크라이나 남부 흑해 주변 도시들은 정수지 시설이 러시아 폭격으로 파괴되어서 아직도 바닷물 섞인 수돗물이 나온다. 애들 학교는 개강은 했지만, 많은 것들이 부족해서 아직도 제대로 수업이 이루어지고 있지 않다. 선생님들이 전사했거나 사라진 경우도 허다하다.

우크라이나의 삶이 고되고 어렵고 캄캄해도 이곳에 남편과 아버지와 아들이 있어서 돌아오지만, 출국금지가 풀리면 이들은 절대 돌아오지 않을 것이다. 그들은 모두 더 행복할 나라로 떠날 것이다. 이건 애국심에 호소할 문제가 아니다.

선례를 보면, 가장 최근 유럽연합에 가입된 루마니아와 불가리아는 현재 큰 어려움에 봉착해 있다. 특별한 경쟁력 있는 국내 산업이 없어서 생활 수준도 나아지는 게 없다 보니 죄다 인건비 비싼 서유럽으로 막노동을 위하여 떠나가서 자국 공장들은 멈추어 서 버렸다.

그래서 대안으로 자국보다 상대적으로 더 못사는 해외 빈국에 가서 노동자들을 대거 모시고 온다. 특히 티베트 사람을 많게 선호해서 현재 이 두 나라의 공장과 산업은 모두 티베트 사람이 꾸려 나가고 있다. 우크라이나도 정신 못 차리면 이렇게 유럽연합에 싸구려 노동력을 제공하는 삼류 국가로 전락할 수 있다.

우크라이나는 소련 공화국 중에서도 가장 잘살던 나라였다. 구소련 붕괴 당시에는 폴란드보다 국민소득이 20%나 높았다.

현재는 지하경제 비중이 무려 50% 이상이어서 실질적으로는 통계 수치(2020년 기준 1인당 GDP가 폴란드는 1만 5,721달러, 우크라이나는 3,727달러)보다 훨씬 잘사는 나라이다. 키이우 수도권만 본다면 동유럽 지역에서 가장 부유하다고 평가한다.

우크라이나에서
비즈니스
문제점

나는 2018년 이래 통신 및 에너지 관련 사업으로 우크라이나에 쉴 새 없이 들락거리고 있다. 지난 5년간 진행해 놓은 사업을 발전시키고 동시에 전쟁 중 현지 직원들을 안심시키기 위해 최소 월 2회는 우크라이나에 꼭 가서 지낸다.

　개전 이전과 현재를 비교하면 우크라이나는 완전히 다른 모습이고 또한 회사 운영에서 가장 중요한 세법이 불안정하게 크게 변동하고 있다. 정부에서 전쟁 재원을 조달하기 위해 세금을 높이는 새 정책을 발표할 때마다 시민들이 지금도 간신히 먹고 살고 있다고 항의해서 결국 무용지물이 되어 버린다.

　전쟁이 우크라이나에 모두 부정적인 것만을 준 것은 아니며 매우 긍정적인 변화를 준 것들도 많다. 전쟁이 없었다면 정말 장기간 세월이 필요했을 사회 고질병들이 점차 사라지거나 좋아진 것들이 많다.

　서유럽의 토박이인 내가 왜 우크라이나 사업에 중점을 두는지 이해하실 필요도 있다. 모든 경제전문가의 발표에 따르면 우크라이나는 종전이 되면 곧 미래 경제 강대국이 될 수 있다고 공언한다.

　현재 우크라이나의 전선 상황이나 경제 상황, 실지 해외 원조금 입금

액수 또는 현 정부의 지지도 등 실제 상황은 여러분이 한국이나 타 국가 뉴스 매체나 유튜브를 통해서 듣고 보는 것과 상당한 차이가 있고, 현지에 있는 나 또한 광범위한 상황에서 전체를 보지는 못하지만, 최소한 나는 이곳에서 현지인들과 직접 대화나 그들의 SNS를 통해서 좀 더 많은 진실을 알고 있다고 생각한다.

특히 우크라이나 국민 여론조사 결과에서 매번 압도적 지지를 나타내는 여러 사항이 온도 차가 있으며 또한 한순간에 뒤집힐 수 있을 정도로 극히 불안정하다. 이점이 미국에서 전쟁 중임에도 불구하고 우크라이나 정부에 총선과 대선 선거를 늦추지 말라고 압력을 놓는 이유이다.

내 경우에 있어서 이 곳에서의 비즈니스 승패는 사업 초기에 어떤 현지 파트너를 만나는가에 따라서 완전히 달라진다. 한국 기업은 대부분은 현지 국회의원이나 시의원을 소개받는데 이건 정말 잘못된 길로 가는 것이다. 물론 모든 정치인이 다 그런 것은 아니며 안 좋으신 분들이 다수 존재한다는 의미이다. 내가 아시던 나이 많으신 국회의원 한 분은 현재 자원입대하여 동부전선에서 전투를 치르고 계시다.

그러나 이런 분들은 극소수이며 대부분은 잘못하면 도움이 되기는커녕 사업을 방해하고 망치게 만드는 위험이 될 수 있다.

나 또한 여러 번의 이런 시행착오를 겪었다.

지난 2020년 2월에 미국 사는 지인이 키이우에 출장 온다고 해서 공항에 마중 나갔었는데 그의 항공편이 많이 연착되었고 나는 어쩔 수 없이 긴 시간 동안 키이우 공항의 이용객을 관찰할 수 있었다. 입국장에서 나는 세계적인 스키 관광지인 이탈리아나 스위스에서도 전혀 보지 못한 우크라이나의 많은 스키 여행객 무리를 보고서 놀랐다. 우크라이나가 이렇게 부자였단 말인가? 이들은 다 어디서 나온 사람일까? 그들은 자신들의 고가 스키 도구 가방과 해외에서 쇼핑한 명품 선물 백들을 공항 짐수레 핸드 카트에 넘치도록 싣고 밀고 다니면서 큰 혼잡이 벌어졌었다. 가족 모두를 데리고 알프스로 스키를 타고 오는 것이었다. 우크라이나가 일부 계층은 매우 부유한 나라라는 것은 오래전부터 듣고 인식하고 있었지만, 특권 부유 계층의 수가 이렇게 많은 줄은 상상 못 했다.

우크라이나에서 서비스업 사업 준비하시는 분들이면 이 대목을 명심해야 한다. 우크라이나는 중상층이 매우 얇고 수입이(자칭 월수입 2백만 원 정도) 많지 않아서 이들을 상대로 하는 장사는 수요가 많지 않으며 오로지 상류층을 위한 최고급 제품이나 저소득층을 위한 중고 제품만 장사된다.

이들에게 부의 상징은 러시아 오르가리흐처럼 겨울엔 필히 니스나 모나코 별장에서 보내면서 알프스 쿠쉐벨(Courchevel, 스키 타고 명품 쇼핑하는 곳) 최고급 스키장에서 겨울 스포츠를 즐기고 여름에는 지중해에서 요트를 타는 것이다.

그리스 영화의 거장 '엘리아 카잔'의 영화 〈아메리카, 아메리카〉 중 기침을 숨기기 위해 설탕을 삼키며 미국 방역 검사를 통과하는 장면을 보셨다면 코비드 봉쇄 때 외국 나가는 우크라이나 젊은이들의 애환을 이해하실 것이다.

그 당시 서유럽으로 가는 저렴한 버스노선는 더욱 만원이었다. 굶어 죽으나 코비드로 죽으나 마찬가지여서, 가난한 그들은 앉아서 죽는 것보다 차라리 돈벌이를 찾아 떠나기를 원했다. 퇴직연금이 월 약 50달러인 우크라이나는 성인이 되면 남녀 모두 그들의 대가족을 부양해야 된다.

전 국민이 젤렌스키 대통령을
가장 강한 대통령으로 만들었다

러시아 침공이 있기 전에 두 번의 군사 퍼레이드가 키이우에서 행해졌으며 우리는 이 두 군사 열병식을 비교하면서 어떻게 코미디언 출신 대통령이 오늘날 세상에서 가장 강한 대통령으로 환골탈태했는지 이해할 수 있다.

그건 국민의 강한 저항 의지와 투쟁, 그리고 자국의 대통령에 대한 강한 충격적 압박이 결국 오늘날의 강한 대통령을 만든 것이다.

2020년 8월 24일, 우크라이나의 코비드 확진자가 가장 가파르게 올라가고 있을 때 마스크를 단 한 명도 쓰지 않은 채 수만 명이 모인 대단위적인 행사가 키이우에서 진행되고 있었다.

독립기념일 날인데도 공식 군사 열병식은 없었지만, 상이용사와 베테랑, 그리고 전사자 유가족과 시민들이 모두 자발적으로 모여 젤렌스키 대통령에게 항의하듯이 별도로 행사를 벌인다.

돈바스 분리주의자들과의 전쟁 종식이 선거공약이었던 젤렌스키 대통령은 2019년 집권 이래 2년 연속 독립기념일 군사 열병식을 포기했다. 이 결정에 반대하며 키이우에서만 수십만 명의 사람이 들고 일어나 이번 비공식 열병식에 모여들었다.

많은 시위자는 훈장을 단 군복 차림이었고 대형 국기를 흔들었다. 사지를 절단 당한 상이용사도 많았다.

그들은 외쳤다. "우리는 싸워서 이긴 후, 진짜 승리 퍼레이드를 할 것이다!"

"크림반도는 우크라이나 영토이며 꼭 다시 찾겠다!"라는 쟁쟁한 외침도 많이 들렸다.

반면 이렇게 애국심과 저항으로 모인 시민들의 행사장과 200미터 정도 동떨어진 광장에서 젤렌스키 대통령은 소수 귀빈만을 모아 놓고 전쟁이 끝나면 다음에는 승리 퍼레이드를 거행하겠다고 약속하는 약한 모습의 공식 행사를 하고 연설했다.

젤렌스키 대통령의 인기는 그때 벌써 크게 하락하고 있었다.

많은 국민은 더 강하고, 러시아에 더 강경한 정책을 추구하는 지도자를 갈망하고 있었다.

이렇게 나약한 대통령에 대들고 일어난 시위대는 젤렌스키 대통령의 공식 축하 행사 장소를 거부하고, 대신 일반 시민들이 모인 대로에서 당당하게 행진하며 많은 시민으로부터 박수와 감사를 받았다.

그로부터 정확하게 1년 뒤, 2021년 8월 24일.

5,000여 명의 우크라이나 군인과 NATO 국가에서 파견 나온 수백 명의 군인, 특히 미국, 영국, 캐나다 군인들이 젤렌스키 대통령 앞에서 독립 30주년을 기념하는 대규모 퍼레이드에 참여했다.

행사에는 또한 안제이 두다 폴란드 대통령, 장이브 르 드리앙 프랑스 외무 장관 등이 참석했다. 공장에서 갓 출고된 듯한 깨끗한 외관의 많은 탱크와 장갑차, 튀르키예산 최신 무인항공기 그리고 장/단거리 로켓 발

사기가 흐레샤틱 대로를 달렸다.

약 100대의 비행기와 헬리콥터도 도심 상공을 날았는데, 그중에는 세계에서 가장 큰 수송기인 Mriya An-225, 폴란드 F-16 전투기, 영국 Eurofighter Typhoon 전투기가 포함되어 있었다.

행진에 참여한 대부분의 우크라이나 군인은 동부 돈바스에서 분리주의자들과 전투를 진행 중인 현역 군인들이었다.

이날 젤렌스키 대통령은 '돈바스와 크림반도'를 재탈환할 것을 국민에게 천명했다.

수만 명의 우크라이나 사람이 국기를 흔들며 자신들의 대통령과 국군 퍼레이드 하는 것을 자랑스럽게 지켜보았다.

젤렌스키 대통령은 지난번 군사 퍼레이드 때 국민이 자신에게 무엇을 지시하는지를 깨달은 것 같았다. 그는 1년 만에 러시아에 유화적이고 협상하는 이미지를 벗어던지고 대신 강력한 군 지도자로 이미 변모해 있었다.

사실 이번 군사 퍼레이드는 시내에서만 거의 일주일 내내 예행연습을 하였다. 또한 모든 종류의 중화기 무기들을 전선에서 옮겨 놓았다.

민심에 따라 1년 만에 대통령도 급변했고 군도 거기에 발맞추어서 무기의 현대화를 대규모로 급속도로 진행하는 중이었다.

중국의
급성장과 급제동

개전 전 우크라이나는 유럽연합과 사이에서 50% 이상의 무역이 이루어졌고 나머지 무역의 대부분은 러시아와 벨라루스 그리고 중국(10% 정도)이 차지했지만 중국의 비율은 급성장하고 있었다.

무역뿐만 아니라 중국 남자와 결혼도 성행하였다.

앞서서 설명해 드린 대로 여러 다양한 이유로 우크라이나 여성과 서구 남자들과 국제결혼이 제한되고 어려워지자 대신 중국의 붐이 최고조로 높아지면서 중국 대부자들과 우크라이나 여성과 국제결혼이 매우 성행했다. 그러면서 중국 남자와의 국제결혼도 여러 문제점이 발생하면서 사회적 이슈가 되었다.

키이우에는 중국 대부자들과 결혼을 주관하는 여러 중매 업체가 생겨났으며 그들은 슈퍼 모델을 양성하듯이 좀 괜찮은 젊은 우크라이나 여성들을 모집하고 최고 여성으로 교육과 훈련을 시킨 후에 큰돈을 받고 중국 남자들과 국제결혼을 시켜 주었다.

전 산업 분야에서 중국과의 관계가 깊어지고 우크라이나 최대 무역국으로 급성장하고 있었고 대규모 중국 식당과 그들이 모방한 가짜 한국 식당들도 아주 큰 규모로 곳곳에 생겨나기 시작했다.

키이우의 드니프로강을 가로지르는 오래된 철교가 중국의 자본으로 새롭게 완성되어 가고 있었다. 중국의 대형 초고압 변압기들이 키이우 변전소 건설 용도로 들어오기 시작했으며, 키이우 시내 곳곳은 삼성을 밀어내고 화웨이 광고가 들어서고 있었고 특히 키이우 보리스필 공항은 삼성 갤럭시가 오래전부터 독점한 장소인데 갑자기 화웨이 휴대전화 광고가 공항 진입 고속도로부터 더 크게 들어서면서 중국이 무섭게 진입하고 있는 것이 현실이 되었다.

중국은 2011년부터 우크라이나를 유럽 공략의 전초기지로 일찍부터 점찍고 항만, 철도, 도로 등 일대일로 사업에 포함해서 많은 투자를 하였다. 우크라이나 또한 러시아로부터 경제적으로 탈피하기 위해서는 대체 국가로 중국이 필요해서 양국 관계는 급속도로 동반 성장하게 된다. 그러나 2014년 크림반도 합병 및 돈바스 내전에서 중국이 친러시아 정책을 펼치자, 중국을 경계하기 시작하고 대신 유럽연합에 가까워지는 필사의 노력을 한다.

그런 우크라이나의 중국 경계 정책에도 불구하고 2020년도 우크라이나의 대중국 수출은 우크라이나 국민총생산의 10%까지 성장하게 된다. 가장 큰 수출품은 항상 농산물로서 그중 옥수수와 콩이 대부분을 차지한다.

우크라이나의 의식 있는 사람은 러시아는 우크라이나에 군사적 침공을 준비하고 있고, 그리고 동시에 중국을 은밀하게 조정하여 경제적 침공을 동시에 가하는 러-중 협공 작전을 펼치는 중이라고 조심하자는 사람도 있었지만, 우크라이나 국민은 그 당시 중국에 대해서 반감은 전혀 없어 보였다.

우크라이나 지방 고속도로 나가면 한자 간판을 그대로 붙인 불도저와 많은 도로공사용 중장비를 이용하여 중국인들이 현대적 공법으로 공사를 하는 것을 자주 보았다.

중국어를 배우는 사람도 많이 생겨나서 내가 길을 가면 나에게 중국어로 말을 거는 우크라이나 사람도 많이 생겨났다.

유럽과 튀르키예 제품을 제치고 중국제 공산품이 쏟아져 들어오는 시기이기도 하였다. 우크라이나 사람에게 중국은 새로운 기회와 새로운 파트너로 보인 듯하였다.

득히 코비드가 유행하던 초기에 어느 나라도 우크라이니에 백신을 나누어 주지 않아서 젤렌스키 대통령이 세계 곳곳으로 백신을 구걸하러 다녔는데 제일 처음으로 중국제 백신이 들어오면서 우크라이나 사람의 중국에 대한 호감이 아주 좋아졌다.

키이우에 있는 일본 대사관 맞은편에 2층짜리 중국 식당이 있는데 정말 저렴하고 맛있어서 자주 갔었다. 좌석이 손님으로 절반 정도는 꽉 차고 나머지 절반은 주인이 초대한 거래처 사람이었다. 중국인 주인은 음식 장사를 하면서 동시에 거래처 사람과 크게 대놓고 떠들며 무역 상담을 할 정도로 급속도로 신장하고 있었다. 우크라이나에서 보던 중국인들도 매우 당당하게 보였다. 그의 식당은 점차 무역회사로 변모하여 갔으며 키이우 곳곳에 대형 중국 식당들이 마구 들어서게 된다. 그러나 지금은 서리 맞은 듯이 모두 사라졌다.

2023년 가을, 우크라이나에서 중국인은 거의 보이지 않는다. 소수 식당은 운영을 하나 중국인 없이 현지인이 꾸려 나가고 있으며 시내 식당가에 가 보면 점심시간에 모든 식당은 빈자리가 없지만 중국 식당은 손님이 한 명도 없을 정도로 상황이 심각하게 변했다.

우크라이나에서 중국인이 건설하던 공사장이나 중국 제품 광고도 모두 사라졌다. 단 키이우 시내에 아직 ZTE 휴대전화 대형 광고판이 존재하는데 행인마다 왜 저것이 계속 붙어 있는지 이유를 몰라 한다.

우크라이나 모든 국민이 대놓고 중국을 비판하거나 적대시하지는 않지만 무언 속에서 중국을 러시아와 같은 편으로 간주하고 있다.

그렇다면 우크라이나 사람이 대한민국에 대해선 어떻게 생각하고 있을까? 최근 사람에게 솔직하게 물어보면서 내가 놀란 것은 그들은 모두 한국 정부나 한국 기업에서 지속하는 러시아와 관계를 너무나 잘 알고 있다는 점이다. 대부분은 이렇게 말한다. 아직도 러시아에 많은 물건을 사고팔고 있다며 섭섭한 뉘앙스를 던진다. 튀르키예에 대해서도 유사한 평가를 한다. 단 일본에 대해서는 확실한 우방으로서 좋은 평가를 한다.

러시아 침공이 없었다면 우크라이나 정부에서 아무리 친 유럽연합 정책을 펼쳤다고 하더라도 우크라이나 경제는 지금쯤 완전히 중국에게 잠식당했을 것이다.

이 점이 러시아 침공으로 기인한 우크라이나에 가장 긍정적인 면이며 한국의 재건 사업에 있어서 가장 중요한 이점이라고 나는 생각한다.

우크라이나 재건 사업에서 우크라이나와 중국과의 관계 변이를 자세히 지켜볼 필요가 있는 것은 중국은 우크라이나에 한국보다 본격적으로 진입했으며 개전 전에는 최대 무역 동반자였기에 중국의 데이터를 잘 분석하면 그들을 대체할 수 있다.

지난 25년 동안 중국에서 우크라이나로의 수출은 1995년 7,340만 달러에서 2020년 74억 6,000만 달러로 매년 약 20%의 비율로 무섭게 증가했다.

2021년 우크라이나와 중국 간 무역액은 190억 달러에 이르렀으며, 그 중 우크라이나의 중국 수출은 80억 달러(약 13% 증가), 우크라이나에 대한 중국 상품 수입은 110억 달러(32% 증가)였다.

중국은 해양 인프라 건설사업(마리우폴 및 오데사 항구 포함), 키이우 지하철 현대화 사업, 농업, 에너지 및 통신을 포함하여 우크라이나의 중요한 사업에서 적극적인 시공사 및 금융 투자 국가였다.

또한 2021년 중국 기업은 우크라이나에서 66억 달러 이상의 건설 공사를 수주했으며 그중 중국국가기계신업공사(China National Machinery Industry Corporation), 중국 수력발전(China Hydropower) 및 국가전망유한공사(State Grid)가 가장 큰 세 가지 계약을 따냈다.

중국은 우크라이나를 일대일로 이니셔티브(BRI)의 주요 교통 허브로 보고 있다. 우크라이나는 유럽연합(EU)과 자유무역협정을 맺어 중국 상품의 매력적인 경유지가 되었다.

우크라이나에는 개전 전까지 약 6,000명의 중국인이 거주하고 있었고 무려 10만 명의 우크라이나 시민이 중국에 거주하고 있다.

러시아 침공 전과 후를 비교해서 우크라이나와 중국의 관계에서 가장 큰 대조는 우크라이나의 중국에 대한 인식 변화이다. 전쟁 전에 우크라이나는 중국과의 관계를 발전시키는 것이 자국의 경제성장, 투자유치, 산업화 그리고 러시아와의 관계 균형을 맞출 기회로 여겼다. 그러나 이제는 우크라이나의 경제전문가들과 언론은 중국에 대해 훨씬 더 비판적으로 되었고, 중국과의 관계 재조정의 필요성에 대해 논의하기 시작했다.

현재 중국에 대한 우크라이나의 공식 입장에는 변함이 없으며 서명된 문서에 따르면 중국은 여전히 우크라이나의 전략적 파트너이다.

그러나 우크라이나 정부는 중국과의 관계를 재고하고 새로운 관계를 모색하기 시작했다. 이런 논의가 전 국가적으로 완료되고 합의에 도달한 후, 우크라이나는 새로운 중국 전략을 시작할 것으로 예상된다. 이러한 측면에서 향후 중국의 역할은 매우 부차적이며 상당한 제한이 있는 무역 영역에만 한정될 것이다. 반면, 인도 태평양의 다른 국가들의 역할은 더욱 전략적으로 될 것이다. 예를 들어 일본, 한국, 대만은 우크라이나가 새로운 디지털 경제를 구축하고, 기술을 제공받고, 글로벌 생산 체인에 통합하는 데 도움을 줄 수 있다고 생각한다.

우크라이나가 독립한 이후 지난 30년 동안 우크라이나의 천연자원, 방위산업, 전략적 위치는 중국의 전략적 이해관계에서 점점 더 큰 비중을 차지해 왔다.

다음은 우크라이나에서 중국의 주요 비즈니스 영역 및 이미 잠식한 사업 중 일부이다.

인프라 사업

2016년 중국 COFCO 그룹은 흑해 미콜라이우 항구에 7,500만 달러 규모의 곡물 및 석유 운송 터미널을 건설했다.

2017년에 중국 엔지니어들은 오데사 근처에 있는 우크라이나에서 가장 분주한 유즈니(Yuzhny) 국제항구의 현대화 공사를 완료했다.

2017년에는 중국 금융기관으로부터 13억 달러 규모의 자금을 조달받는 조건으로 중국 기업 두 곳이 키이우 4번째 노선 지하철 건설사업을 수주했다.

에너지 사업

우크라이나의 유망한 풍력 및 태양광발전 시장은 중국의 재생에너지 분야의 대기업을 모두 끌어모았다. 진행 중이었던 주요 공사는 완공 시 유럽 최대 규모의 지상 풍력발전 시설이 될 'Power China'의 10억 달러 규모 풍력 발전소 프로젝트와 'China Machinery Engineering Corporation'이 주도하는 유럽에서 세 번째로 큰 '태양광발전 어레이'가 있다.

'China National Building Material Company'는 이미 우크라이나에 10개의 태양광발전소를 건설했는데, 이는 우크라이나 전체에 설치된 태양광발전 용량의 절반을 차지한다.

한편, 우크라이나의 풍부한 석유와 가스 매장량은 'Xinjiang Beiken Energy Engineering'과 같은 중국 에너지 기업이 개발권을 따내기 위하여 많은 투자를 하였다.

방위사업

우크라이나는 또한 러시아에 이어 두 번째로 대중국 주요 무기 수출국이다. 중국 최초의 항공모함인 랴오닝(Liaoning)이 사실은 우크라이나에서 구매 후 개조한 소련 항공모함이다.

중국 돈이 세계적으로 유명한 우크라이나의 항공기 엔진 제작사인 모토르 시치(Motor Sich)와 우주선 설계를 하는 Yuznhoe(Pivdenne) 그리고 항공기 엔진 설계를 하는 Ivchenko 회사들에 집중 투자 중이었으나 미국의 개입으로 제대로 진행되지 못하고 국제재판소에서 표류 중이다.

이렇게 중국은 우크라이나의 전투기 엔진 생산기술에 관심이 높았고 그중 세계 최대 엔진 제조사 중 하나인 모토르 시치(Motor Sich) 사 인수에 공을 많이 들였다.

아래는 2020년 11월에 발표된 내용들이다.

우크라이나 정부는 미국의 압력에 따라 Motor Sich 사를 중국에 매각하지 못하면 중국 투자자들에게 무려 35억 달러의 보상을 치러야 한다.

중국 정부는 모든 것이 잘 해결될 것이라는 우크라이나 정부의 약속을 수개월 기다린 끝에 결국 미국에 전적으로 따르는 우크라이나에 의해 완전히 무시된 권리를 보상받기 위해 법적 공격을 개시하였다.

우크라이나 자포리자에 본사를 둔 Motor Sich는 비행기, 헬리콥터, 순항 미사일용 엔진과 가스 터빈 엔진을 제조하고 수리하는 우크라이나 항공산업의 대표기업이다.

소련의 몰락과 민영화 이후, 이 회사는 Vyacheslav Boguslayev 사장의 탁월한 경영 능력 덕분에 기적적으로 회생하였으며 과학적이고 동시에 기술적인 잠재력과 생산 기반을 잃지 않도록 유지되었다. 또한 Motor Sich의 제품을 주요 고객이 러시아뿐만 아니라 중국과 인도로도 수출하며 큰 수익을 올렸다.

그러나 2014년 유로마이단(친 유럽 자유주의) 혁명 이후 우크라이나 신정부는 러시아에 대한 모든 경제협력 및 군사 장비 판매를 차단했다.

러시아는 모토르 시치(Motor Sich) 사의 총수출 금액의 80%를 차지했었다. 이 회사의 수출은 10억 달러에서 5년 만에 3억 달러로 70%나 감소했다.

중국이 이런 최악의 상황을 이용하여 Motor Sich로부터 엄청 저렴한 가격에 항공기 엔진을 사려는 목적으로 접근했다.

결국 Boguslayev 사장은 회사를 파산으로부터 구하기 위해 2억 5천만 달러 규모의 중국 투자를 받아들인다.

그 대가로 중국은 충천에 Motor Sich 기술을 이용하여 엔진을 생산할 현지 공장을 지을 수 있게 된다. 자체 항공 엔진을 생산할 기술이 부족한 중국에는 너무나 운 좋은 계약이었다.

그러나 Motor Sich의 전략적 중요성 때문에 중국과 계약은 절차상 최종적으로 우크라이나 반독점위원회(CAMU)의 국가 비준을 받아야 했다. 그래서 중국은 2017년에 우크라이나 반독점위원회(CAMU)에 허가 요청서를 보냈고 거기서 문제가 시작되었다.

모토르 시치(Motor Sich) 사는 민간항공기뿐만 아니라 군 항공기용 엔진도 동시에 생산하기 때문에 중국의 요청서는 우크라이나 정보기관을 거쳐서 워싱턴까지 알려지게 된다.

우크라이나 국가안보국(SBU)은 Motor Sich의 생산 장비를 중국 공장에 수출하는 것에 대해 소송을 제기하고 중국 투자자가 보유한 주식을 동결시켰다.

우크라이나는 중국 파트너를 잃지 않기 위해 모든 것이 잘 풀릴 것이라고 중국에 약속하면서 시간을 끌었다.

그러나 미국의 태도는 완강했다. 우크라이나가 중국과 협상을 완전히 중단하도록 강요하기 위해 워싱턴은 우크라이나에 대한 기존 3억 9,100만 달러의 군사 지원 프로그램을 동결하고 모토르 시치(Motor Sich) 사에 제재를 가하겠다고 경고했다.

미국 볼턴 백악관 국가안보 보좌관이 키이우를 방문한 후, 상황은 더욱 악화하여 우크라이나 국가안보국은 Motor Sich에 대해 '의심스러운 사보타주 행위와 심각한 반역' 혐의를 추가했고 CAMU는 결국 비준을 거부하며 매각을 불가능하게 만들었다.

지난 2020년 9월 초, 중국 투자자들은 우크라이나 정부에 Motor Sich와의 손해배상과 관련하여 국제중재를 모색하겠다는 의향서를 보냈다.

내용은 우크라이나가 중국 투자자들의 투자 장려와 보호에 관한 우크라이나 정부와 중국 정부 간 체결한 1992년 협정을 위반했다고 주장했다.

본 협정에 따라 우크라이나는 투자 압류를 막고 외국인 투자자를 동등하게 대해야 했다고 주장하며 피해액을 35억 달러로 추정했다.

지난 10월, 중국 외교부는 우크라이나 대사를 소환하여, 우크라이나 독점 금지 위원회가 비준하지 않는다는 핑계로 중국이 Motor Sich를 사용하는 것을 거부당하는 것을 더 이상 용납하지 않을 것이라는 경고를 하였다.

중국은 11월 10일까지 문제를 해결하라고 최후 기한을 통보했다.

당연히 우크라이나는 아무런 회신을 하지 않았고 중국은 대단위적인 소송 절차를 개시했다.

전문가들은 우크라이나가 중국 투자자에 대한 소송에서 전혀 승산이 없으며 모두 지급해야 한다고 말한다.

실제로 우크라이나 정부는 중국 투자자가 자국 기업의 지분을 소유하는 것을 막을 아무런 법적 구실이 없다.

모토르 시치(Motor Sich) 사는 적절하다고 판단되는 대로 주식을 마음껏 처리할 수 있는 민간기업이기 때문이다.

요컨대, 우크라이나 법률은 국가가 민간기업의 업무에 관여하는 것을 금지한다.

그리고 더 큰 문제는 현재 우크라이나의 끔찍한 재정 상황을 고려할 때 중국 투자자들의 천문학적 배상금을 마련하기 매우 어렵다는 것이다.

특히 우크라이나는 국제 소송의 판결을 무시할 수 없을 것이다. 그럴 경우 불량 국가로 취급되어 경제적, 정치적 고립으로 이어지고 서방국들의 투자 및 원조가 완전히 중단될 수 있기 때문이다.

이런 서방국 원조나 투자 없이 우크라이나는 더 이상 존재할 수 없다.

따라서 우크라이나는 이 돈을 지급하기 위해 IMF에 새로운 대출을 요청할 수밖에 없다. 모든 우크라이나 국민이 이 대출을 갚기 위해 많은 고통을 더할 것이다.

IMF는 대출 조건으로 가스, 전기 등 공공 비용의 큰 인상을(매년 수십 퍼센트 인상) 요구하거나 저소득층의 생활 터전인 농지 판매를 허용하는 것과 같은 또 다른 법률의 개방을 요구할 것이라는 데는 의심의 여지가 없다.

잘나가던 중국과 우크라이나의 밀월 관계가 전반적으로 금이 가기 시작하는 시기가 미국의 개입으로 모토르 시치(Motor Sich) 사와의 인수가 무산되고 분쟁이 발전되면서부터이다.

물류사업

우크라이나와 EU의 자유무역협정으로 우크라이나는 중국 상품의 매력적인 경유지가 되었다.

그러나 유럽의회는 지난해 EU-중국 투자 협정 비준을 중단했고, 리투아니아 등은 동유럽과의 협력 확대를 위해 중국이 주도하는 '17+1' 메커니즘에서 탈퇴했다.

통신 부문

우크라이나도 화웨이(Huawei)의 중요한 시장이 되었다. 화웨이는 우크라이나 모바일 네트워크를 개발한 뒤 2019년 키이우 지하철용 4G 네트워크 구축 계약을 따냈다.

2020년 화웨이와 우크라이나의 기술 보안 기관은 사이버 보안 및 방어에 협력하기로 합의했다.

2021년 말 화웨이와 보다폰은 5G 운영을 테스트할 수 있는 허가를 받았다.

우크라이나의 스마트폰 시장은 지아오미(Xiaomi)가 주도하고 있다. 화웨이의 점유율은 단지 7%다.

중국은 2019년에 벌써 우크라이나의 첫 번째 무역 상대가 되었다. 2020년 1 8월 기간 중 우크라이나의 대중국 수출은 주로 곡물 수출 증가로 인해 185% 증가한 40억 4,800만 달러를 기록했다. 수입은 50억 5,300만 달러에 달했다.

우크라이나 제조업체의 경우 실제로 중국 시장은 2014년부터 러시아 시장을 대체했다.

중국은 주로 기계, 장비와 차량, 연료 및 에너지 제품, 화학 제품을 우크라이나에 수출했다. 반면 식품, 금속, 기계, 장비와 차량을 수입했다.

우크라이나와 중국은 2011년과 2013년에 체결된 양자 협정에 따라 전략적 동반 관계를 발전시키고 있다.

러시아의 침공 이전 중국과 우크라이나의 경제 관계는 놀라울 정도로 강력했다. 중국 투자자와 우크라이나 정부는 2017년부터 2019년까지 다수의 협력 협정을 체결했다.

2020년부터 2021년까지 우크라이나와 중국은 인프라 및 건설 분야 협력을 강화하기 위한 여러 협정을 체결했다.

전후 우크라이나 정치에 대한 외부 요인의 영향은 러시아와의 전쟁 종료 조건에 따라 결정될 것이다.

이상에서 보았듯이 중국은 이미 한국이 재건 사업에서 관심을 가지는 많은 부분에 이미 전략적이고 규모 있게 한국이 경쟁하지 못할 정도로 진출해 있었다.

그러나 현재 우크라이나 정부는 중국과의 관계를 재고하고 새로운 관계 공식을 모색하기 시작했다. 사실은 우크라이나 정부의 중국과의 의향이 어떻든지 전쟁을 돕는 서방국들이 우크라이나에서 탈 중국의 강한 압력을 행사하고 있다. 한국은 많은 부분에서 중국의 자리를 대신할 수 있다.

조기유학과
기러기 아빠들
증가

우크라이니도 조기유학이 매우 성행해서 웬만한 집은 자녀들을 모두 해외 유학 보내고 있었으며 영어의 중요성이 날로 커져서 대부분 영어권에 보내고 있다. 한국처럼 기러기 아빠들이 많이 늘어나는 추세이다.

그들은 심지어 시내 살던 집을 세를 주고 그 돈으로 애들 유학을 보내고 자신은 시골로 내려가서 일하는 사람도 많다. 교육열이 한국에는 못 미치지만, 유럽에서는 제일 높은 거 같다. 간판을 걸지 않은 소규모로 영업하는 사설 유학원이 키이우에는 많다. 한국에 자녀들을 조기유학 보내시려는 분들도 많이 만나 보았다.

한국어
열풍

2021년 9월, 키이우 외대 신입생 모집 수는 터키어 75명, 아랍어 80명, 힌두어 20명, 프랑스어 95명 그리고 일본어 175명, 중국어 160명… 한국어 학과 인기는 예년 대비 50% 폭증하며 최고 모집 인원이 무려 180명 (이 중 4명 석사)이다.

이런 성공 원인은 꼭 취업 때문만이 아니라 한류와 한국 경제 부흥의 영향이 크다고 한다.

키이우 외국어 대학교(Kyiv National Linguistic University)는 1948년에 설립되어 경제학과, 법학과, 동양어 학과(한국어, 중국어, 일본어), 영어, 스페인어, 독일어, 프랑스어, 힌두어, 터키어, 아랍어 학과 등 언어에 관련된 학과들이 주를 이룬다.

또한 외국인들을 위한 슬라브어 학과가 있는데 대표적으로 러시아어와 우크라이나어를 가르치고 있다.

키이우에 한국어를 가르치는 여러 교육기관이 있고, 대표적으로 대한민국 정부에서 무료로 운영하는 우크라이나 한국 교육원(입학 대기 최소 4개월)와 타라스 셰우첸코 국립대학교의 한국학과가 있으며, 키이우 외대는 전문 통/번역가를 주로 양성하는 전문 기관으로서 입학 조건도 타

대학과 비교하여 어렵다. 이외 여러 사립 기관에서도 한국어를 가르치고 있으며 인기가 높아서 모두 입학하기 쉽지 않다.

한국어 학과의 현황 설명을 듣기 위해 우크라이나 고려인 협회 회장이며 학과장인 강정식 교수님을 만나 보았다.

강 교수님는 1995년도에 우크라이나에서 처음으로 개인적으로 이 학교에 한국어 학과를 만들었고 오늘까지 발전시키고 있다.

지금까지 혼자서 해결해야 할 어려운 사항이 너무 많았다고 한다. 교육교재, 교시, 교육 프로그램도 없었다고 한다.

교수들은 봉급이 너무 적어서 삼성 등 한국 기업체로 가지 학교에 남으려고 하지 않는다. 증가한 학생들을 정상적으로 수업하려면 최소 4명 정도의 교수 충원이 시급하다.

한국 전통문화 풍습에 관한 다양한 교재들이 전혀 없다. 가령 판소리 강의를 하고 싶은데 자료가 없다고 한다.

방언에 대한 자료도 없다.

행사도 많이 열고 싶은데 한복이 없다. 누가 입던 거라도 보내 주었으면 좋겠다고 말씀하신다.

한국어 학과가 생긴 지 벌써 25년이 지났지만, 아직도 가장 기본적인 인프라가 너무 없다.

최근에 다시 강 교수님을 만났다. 전쟁 여파로 한국 기업체에서 채용이 감소할 것을 많이 걱정하고 계셨다.

우크라이나의
재반격

리시아 군의 키이우 의 포위를 물리치고 맞은 첫 여름의 키이우 분위기는 가장 좋았다. 모든 사람은 러시아를 완전히 몰아낼 수 있다는 자신감과 겨울이 지나기 전에 곧 전쟁이 끝날 거라고 믿었고 거리에는 음악이 넘쳤다.

그러나 다시 맞은 겨울에 러시아가 우크라이나 전 지역의 에너지 인프라에 무자비한 미사일 공격을 가하면서 키이우는 어둡고 추운 도시로 변하였다.

한겨울에 전기도 난방도 수도도 안 나오니 우리는 모두 탱탱 언 거지 꼴이었다.

나 또한 냉랭한 방에서 담요를 여러 개 뒤집어쓰고 이틀 밤을 지새우고 나니 얼어붙은 것처럼 몸과 뇌가 굳어 버렸다.

전기가 끊어진 키이우 거리는 온통 상인들이 임시로 설치한 소형 발전기들로 밤낮으로 소음이 요란했고 대체 난방기 과열로 인해 화재가 사방에서 발생했다. 사무실은 발코니에 소형 디젤발전기를 설치하여 전력을 만들어서 간간이 업무를 이어 갔다.

그래도 라스푸티차가 끝나고 고대하던 서방 무기가 대거 도착하여 봄 대공세가 시작된다면 전쟁이 빨리 끝날 거라고 그때도 희망을 품고 있었다.

그러나 기대했던 봄에는 아무 일도 일어나지 않았고 미사일과 드론 공격은 매일 새벽에 더 많이 날아들며 우리를 잠 못 들게 괴롭혔다.

그리고 이번 여름 중 가장 더운 날이 오기 전에 또 한 번 우리는 러시아 점령 영토 중 최소한 남부를 모두 해방할 거라 믿었다. 이제 가장 더운 날이 지나가고 추워졌지만 전선은 크게 변하지 않고 있다.

불행 중 다행인 것은 키이우 중심부에 다수의 패트리엇 방공포대가 설치되어 있어서 이제는 적 미사일 위협으로부터 거의 완벽하게 보호되고 있다. 그러나 대부분의 중소 도시는 여전히 대공방어 무기가 설치되어 있지 않아서 쏘는 대로 다 맞고 건물은 주저앉고 사람은 죽어 나간다.

세계 군사전문가들의 앞으로도 최소한 1-2년이 지나야 우크라이나가 러시아 점령지를 탈환할 거라는 분석이 알려지면서 우리의 희망은 조금씩 미루어지고 있다.

변하는
우크라이나 민심

　이제 러시아와 전면전 전쟁이 20개월을 넘기면서 키이우 '성 미하일 황금 돔 수도원'을 에워싼 푸른색 '추모의 벽'은 전사자 사진으로 모두 차서 더 이상 사진을 붙일 빈 담벼락이 없다. 앳된 티를 벗어나지 않은 어린 나이의 남녀 군인의 사진도 많이 보여서 병역이 부족한 듯한 느낌을 받는다.

　독립 광장 잔디밭에 빼곡하게 꽂힌 나라별 사망자들의 추모 깃발도 이제 공간이 몇 평 남지 않았다.

　각 집마다 전사한 사람이 한두 명씩 생겨나고 시간이 흐를수록 길거리에선 사랑하던 여인이나 친구들의 손에 의지해 목발을 짚고 걷거나 휠체어를 타고 가는 군인들의 수가 많이 보인다. 지금까지 이번 전쟁으로 팔다리를 한 부분이라도 절단한 군인과 민간인 수가 무려 5만 명이라고 발표되었다. 절제 수술을 할 외과 의사가 절대 부족해서 모든 분야의 의사들을 소집해서 외과 절제 수술을 가르치고 있다. 의족이 부족해서 목발을 이용하고 그것도 군인에게 우선으로 제공되고 민간인은 자비로 구하든가 자신의 차례를, 수년을 기다려야 한다.

　프랑스 정부에서 재활교육 센터를 여러 군데 건설 중인데 시간이 오래 걸리고 턱도 없이 부족하여 현재는 전 서방국의 재활병원에 분산하여 부상자를 보내고 있다.

　스웨덴 정부에서는 구급차에 의료진을 태워서 바로 우크라이나로 대거 보내고 있고 나는 황금 돔 수도원 광장에서 대기표를 들고 끝없이 길게 늘어선 환자들을 보며 상황이 내가 짐작한 거보다 더 심각하다는 것을 인지하였다.

　이제는 전 국민이 전쟁의 아픔을 이렇게 자기 몸이나 가족으로 직접 겪게 되면서 또 다른 이상한 분위기가 생겨나고 있다. 어느 나라나 내부의 적들이 더 무섭다고 하였듯이 그들은 불안해지기 시작한 국민을 이용해서 계엄령 중에도 불구하고 시내에선 아직은 작은 규모지만 다양한 이유의 항의 시위대가 나타나기 시작했다.

　아직은 정부에 권고 형식이다. 불필요한 시내 도로나 환경미화 공사를 미루고 대신 그 자금으로 군인들의 군장을 더욱 철저히 챙기라는 시위부터 통행금지를 해제하고 영업시간을 늘려 달라는 상인 협회까지 불평의 불씨는 다양하게 피어오르고 있다.

　그래도 절대 대다수의 국민은 여전히 우크라이나 군을 믿고 그들의 대통령을 존경하며 따른다. 어쩌면 이 상황에서 그들이 선택할 수 있는 것은 아무것도 없다. 그들은 코미디언 대통령을 강력한 후퇴를 모르는 대통령으로 만들었고 이제 그에게 현실적 타협을 요구할 수는 없는 것이다.

이혼율
급증

나라별로 현 우크라이나 상황을 보는 관점이 다르다. 지난달 기차에서 만난 워싱턴 D.C.에서 특별 취재 나온 AFP 통신사 기자는 전쟁으로 우크라이나 이혼율이 급증하고 있다며 이혼 사유에 대해 취재하러 간다고 한다.

내 생각에는 이젠 국경을 넘어가서 타국에 정착하기가 쉬워져서 피난 간 여성들이 더 멋진 현지 남자를 만나서 헤어지는 이유가 제일 많을 것 같다.

나도 궁금해서 현지 직원들에게 물어보니, 맞는 추측이라고 하며 자기 남동생 여친은 결혼은 하지 않았지만 같이 돈 모아서 아파트도 사고 오랫동안 동고동락했는데 여친이 독일에 도착하자마자 절교장이 날아왔다고 너무한다고 말하였다.

내가 우크라이나 젊은 여성을 지켜본 바로는 그녀들은 헤어지는 것에 매우 익숙하고 관계를 냉정하게 깨끗하게 정리한다. 한국처럼 재회를 바라거나, 귀찮게 계속 연락을 안 하며 서로 관심이 없다는 것을 발견한 순간 두 번 다시 안 본다. 그리고 사별로 헤어져도 슬픔 같은 것도 없어 보인다.

우크라이나에서는 연인이 만나거나, 헤어지거나 죽거나 하는 것에 깊게 생각하지 않는다. 그냥 바람처럼 스쳐 가는 인연일 뿐.

그러나 자기 가족과 고향에 대해서는 우리가 상상할 수 없을 만큼 집착력이 강하다. 절대 잊거나 포기할 수 없는 인연이다.

당신이 혹 재건 사업으로 이곳에 와서 사랑하는 여자가 생기거든 절대로 그녀와 연애하거나 연인 관계로 발전시키지 않는 것이 좋다. 당신이 아무리 그녀를 명품으로 도배를 해 주고 휴양지를 모시고 가고 사랑한다는 말을 하루에 수백 번 해도 단 한 번의 오해로 싸우고 갈라설 수 있다. 그러나 그녀를 즉각 가족처럼 대하고 바로 가족의 일원으로 취급할 때 그녀는 아무리 어려움이 닥쳐도 당신 곁을 절대 떠나지 않을 것이다.

우크라이나 속담에 진정한 부부가 되려면 큰 항아리의 소금을 같이 다 먹어야 한다는 말이 있다.

이것이 우크라이나 사람들과 국제결혼에서 실패하지 않는 비결이다.

우크라이나의
한탄강

한국 방송에서는 상상도 힐 수 없지만 프랑스 방송은 언일 정규 뉴스 시간에 많은 시간을 할당하여 우크라이나 전쟁 상황을 우크라이나 최전 선에서 리포터가 전하고 있는데 가끔은 공평성을 맞추기 위해서 러시아 최전선 쪽에 들어가서도 취재한다.

프랑스는 역사적으로 러시아와 관련이 많아서인지 국제분쟁 전문가 들이 많고 다양한 주재를 가지고 심층취재를 하고 있으며 그들의 토론도 깊이가 있다.

프랑스 방송에선 오늘도 징집을 회피했거나 탈영한 남자들만 취재한 방송을 내보냈다. 그들은 모두 나름대로 피치 못한 정당한 사유가 있었다.

우선 방송은 우크라이나 국경과 주변국 사이에 양쪽으로 높은 철책이 세워져 있고 우크라이나 군인들 서너 명이 순찰하는 영상을 내보냈다.

나도 지난번 키이우에서 돌아오면서 폴란드 헤움(Chelm)의 국경선 강 가로 그전에 못 보았던 꽤 높은 철책을 세워 놓은 것을 보고 누구를 위한 것인지 빨리 이해를 못해서 의아해했었다.

프랑스 방송에선 우크라이나, 헝가리, 루마니아 국경 사이에 티서강 (Tysa, 다뉴브강의 최대 지류)이 흐르는데, 겉보기에는 폭이 좁아 쉽게 건널 것 같아서 다들 이곳을 통하여 모두 헤엄쳐 건너서 도망가려고 하지만, 실제는 한국의 한탄강처럼 물살이 세고 수심이 깊어서 도강이 어렵다고 한다.

그럼에도 불구하고 목숨을 걸고 강을 넘는 대부분 젊은이는 단순히 징집을 회피하거나 비겁해서가 아니라 전쟁의 참상을 도저히 인간으로서 견딜 수 없어서 도망치는 것이다.

또 다른 가장 많은 경우는 생계형 병역 회피로, 폴란드에 와서 현재 택시 기사를 하는 한 남자는 부친은 돈바스 내전에서 전사하고 집안에 남은 남자는 자기 혼자여서 자신이 돈을 벌어 오지 못하면 할아버지를 포함하여 대가족이 다 굶어 죽는다고 하며 병역 회피에 절대 양심의 가책이 없다고 말했다.

프랑스 방송에서 이런 프로그램을 제작한 것은 전쟁의 장기화에 대해 미리 우크라이나에서 본격적으로 초래될 사회문제에 대해 분석을 시작하는 것 같다.

아직은 이런 병역 회피자들이 극소수이다. 병역의무가 종료되었고 징집 대상 나이가 넘었어도 자진 입대하는 사람이 더 많다.

나는 가끔 키이우 중앙역에 나가서 우크라이나인들이 전선으로 떠나는 장면을 자주 지켜본다. 그들 중에는 단 한 명도 술에 취했거나 겁에 질려 울거나 하는 사람을 보지 못했다. 그들은 가족들과 웃으며 이별하고 역사 콘크리트 바닥이 출렁거릴 정도로 모두 힘차고 당당하게 떠나고 있었다.

와인 숍은 성행 중,
친 유럽으로 마신다

이런 와중에도 잘되는 장사도 있는데 야간 통행금지(0시에서 5시)로 술집에 가기 어려워지자, 퇴근길에 와인을 사기 위해 와인 가게로 사람이 몰려든다. 코비드와 이번 전쟁으로 망해 버린 좋은 가게 터엔 큰 규모의 와인 가게가 속속 들어서고 있다.

크림반도를 잃은 후부터 우크라이나 본토에서 포도 재배가 다시 피어난다고 한다.

우크라이나 와인 생산자 협회에 따르면 우크라이나의 드라이 와인 생산량은 2015년 이후 매년 7-9%까지 증가하고 있다.

크림반도로 인한 주요 포도밭의 손실과 경제 침체는 역설적으로 우크라이나 와인 생산자들에게 활력을 불어넣었다.

심지어 카르파티아산맥의 산기슭에 있는 산악 지역에서도 생산량을 두 배로 늘렸으며 이제는 빠르게 발전하는 내수 시장에 대한 '거대한 전망'을 보고 있다고 한다.

2014년 러시아가 크림반도를 합병했을 때 달콤하고 시럽이 많은 와인으로 유명한 크림 와인도 동시에 빼앗겼으며 결국 우크라이나는 총 와인 생산량의 절반 이상을 잃었다.

크림반도의 합병과 모스크바의 지원을 받는 반군들과의 갈등은 우크라이나 사람에게 애국심을 불러일으켰고 많은 국산 와인을 적극적으로 구매한다.

더불어 2014년, 2015년에 발생한 금융위기로 달러 대비 3분의 2의 가치를 잃은 흐리브냐화의 평가 절하로 수입품에 접근하기가 어려워졌다.

이런 이유로 역설적으로 드라이 와인 생산이 증가했으며, 특히 드라이 화이트로 유명한 트란스카르파티아(Transcarpathia) 와인이 점점 더 인기가 있고, 흑해 인근 지역 오데사와 헤르손 지역에서는 많은 적포도주를 생산하고 있다.

우크라이나는 프랑스 포도주 생산량의 2%밖에 안 되지만 크게 성장하고 있다.

우크라이나는 몰도바에 이어 구소련 공화국에서 두 번째로 큰 와인 생산국이었다.

우크라이나의 와인 경향도 탈러시아, 친 유럽주의이다.

우크라이나는 크림반도와 흑해 인근 지역에서 풍부하게 생산된 달콤한 와인의 소비에트 유산을 버리고 현재 유럽 소비자 문화에 더 가까워지고 있어서 드라이 제품의 비중이 많이 증가하고 있다.

포도 농장주들은 애정과 피땀 나는 노력에 힘입어서 우크라이나 와인 생산이 5년에서 10년 이내에 큰 양적, 질적 성장을 할 거라고 예상한다.

또한 우크라이나에는 전형적인 포도 품종이 있으며 독특하며 세계에서 유일하다고 한다.

현재 우크라이나의 대기업 50개 업체만이 와인을 판매할 수 있는 라이선스를 보유하고 있고 소규모 생산자는 시음실에서만 판매할 수 있다.

이런 이유로 비상업적인 소규모 포도 농장에서 진정하고 강력한 진짜 맛을 가진 포도주를 맛볼 수 있다고 한다.

기후 온난화로 포도주 재배 지역이 계속 북상하고 있기에 누가 예측할 수 있을까? 토질 좋고 인건비 저렴하고 농심이 가득한 우크라이나가 보르도를 대신하게 될지?

부동산시장은
도리어
상승 중

또한 키이우 빛 서부 도시들의 부동산은, 특히 기주용 아파트는 폭삭 망하기는커녕 가격이 계속 오르고 있다.

예전 2014년 러시아가 크림반도를 합병할 때 우크라이나 부동산과 화폐 가치가 서너 배 정도 폭락하고 8년 동안이나 지속되었던 것에 비교하면 이번엔 투자자들이 정말 우크라이나의 승리와 번영을 계산하는 것 같다.

경제전문가들은 이번 전쟁이 최소한 우크라이나에 안보를 보장하는 조건으로 일단 종전이 되면 부동산 이외에도 많은 분야의 가치가 가파른 상승세를 탈 것을 예견하고 있다.

현재 부동산 구매자 중엔 우크라이나 경제와 밀착 관계에 있는 튀르키예인과 이스라엘인이 있다.

튀르키예인은 우크라이나에 입국하는 데 심지어 여권이 불필요하다. 양국 협정으로 별도 허가 없이 노동과 상업 행위 또한 가능하다. 키이우 상점에는 특히 의류제품에 튀르키예 제품이 많고 택시 기사 분 중에도 튀르키예인이 많다.

이스라엘인은 소련 시절부터 많은 이민을 간 우크라이나 출신이며 한국과 유사한 현상으로 역이민자들이 많이 생기고 있다.

갈수록 우크라이나 농작물 수입을 대규모로 늘리는 중국은 오래전부터 농지나 상가건물에 탐을 내고 있었고 현재는 전쟁 상황 추이를 보며 관망 중이다.

또한 해외 취업한 대부분의 우크라이나인들은 모은 돈으로 이곳에 남은 가족들이 월세를 받아서 생활할 수 있도록 임대할 수 있는 집을 구매하기도 한다.

키이우의 메인 스트리트인 '흐레샤티크(Хрещатик)' 거리와 유흥업소 중심지인 '아레나 시티(Arena-City Trade Complex)' 주변 지역은 관광객들이 투숙을 선호하는 지역이어서 임대 사업으로 투자가치가 매우 높은 지역이다. 그러나 예상과는 다르게 매물이 안 나오고 있어서 구매자(투기꾼)들이 집마다 문을 두드리며 집주인에게 판매 의향을 직접 타진하거나 구매자 연락처 전단을 돌리기 위해 찾아다니고 있다.

전쟁으로 기인한 부동산의 대규모 헐값 땡처리가 없었으며 지금은 상향 안정화되는 단계이다. 키이우 시내 중심지는 서방에서 지원한 대공방공망 시스템 덕분에 미사일 폭격 피해도 거의 받지 않았다.

또한 시내 중심지에 있는 건물은 대부분 스탈린 시대에 건축된 지 오래된 건물로 부자들이 장기 투자로 사서 소유하고 있어서 당장은 돈이 아쉽지 않기에 다들 가격이 더 오르길 기다리는 듯하다.

결론적으로 말하면 우크라이나 주택시장은 2014년에 폭락해서 현재까지 L자형으로 침체가 지속되었으나 전후 재건 사업 투자 및 유럽연합 가입이 명확해지면서 긍정적 요인이 추가되어서 상승하는 중이며, 기존 주택 소유자들은 일반인들이 아니라 현찰로 여러 아파트를 일괄 구매할 정도로 상당한 부를 이미 소유한 자들로 급하게 처리할 이유가 없고 동시에 동/남부 지역 피난민들까지 몰려와서 주택난까지 겹쳐서 월세가 오르고 있다.

우크라이나
부자의 조건

　나는 키이우 사람에게 그들이 칭하는 키이우 부자의 조건은 무엇인가에 대해서 많은 질문을 했고 종합하면 이렇다.

　시내 중심에 있는 대형 아파트나 근교 드니프로강 주변 전원주택에 살고 있으며, 임대용 주택을 한 열 채 정도 보유하고, 현찰을 돌리는 카페나 식당을 소유하고 있고, 현찰이 백만 불 정도 있으며 슈퍼 카를 보유하면 누구나 인정하는 키이우 부자이다.

　젊은 여성의 최고 결혼 상대 조건은 주택을 소유하지 않았어도 고급 아파트 임대료(월 1,000-2,000달러)를 무난히 낼 만한 청년이면 최고 신랑감으로 친다.

주택 건설
현황

주거용 선물의 공사는 개전 초기 키이우가 포위되던 시점에 잠시 중단된 후에 느리지만 지속해서 공사가 진행되고 있으며 우크라이나 경제 성장률을 지탱하고 있다. 키이우에 현재 허가된 공사용 타워크레인 수가 총 5천 대 정도라고 발표된 것으로 보아서 상당한 공사가 진행되는 것을 알 수 있다.

사용되는 시멘트나 모래, 철근 등 기초 건축자재가 모두 국산이거나 필요하면 주변 국가에서 육로로 쉽게 가져올 수 있는 것들이어서 전쟁과 인플레이션으로 건자재 조달이나 단가 인상, 노동 인력 부족 등의 문제는 공사에 영향을 미칠 만큼 심각한 상태는 아니다.

다만 지난 20개월 동안 신축공사가 없어서 종전 후에 상당한 주택난이 예상된다. 우크라이나 아파트는 여러 이유로 착공하고 약 8년 지나야 사람이 문제없이 살 수 있다.

반면 상가는 전쟁으로 가장 심각한 손해를 입었으며, 여전히 지속되는 야간 통행금지와 특히 지난해 동계 기간 지속된 러시아의 전력망을 비롯한 산업기반 시설 공격으로 도심 거주자가 시골집으로 떠나거나 외출을 자제하면서 소비가 급감하여 아예 폐점한 곳이 많다.

갈수록 급증하는 온라인 판매도 상가 폐점의 주요 이유이다.

가령 키이우 랜드마크이며 가장 임대료가 비쌌던 '걸리버(Gulliver)' 쇼핑센터 매장은 2023년 11월 현재, 약 80% 이상의 상점이 여전히 문을 닫고 있으며 가끔 영업하는 상점도 주인이 많이 바뀌었다.

특히 소상공인이 운영하는 지하상가의 소점포 경우엔 더욱 피해가 심하지만 그럼에도 점포 자체를 팔려고 내놓은 경우는 아주 드물다. 대부분은 매매보다는 단순한 세입자 교체가 이루어지고 있다.

이런 현상은 세계에서 땅값 제일 비싼 모나코가 극소수 투자 기업들이 결탁하여 부동산시장을 독점하면서 판매를 줄여서 항상 높은 가격에 임대료를 부과하여 부를 축적하는 방식과 매우 흡사하다. 키이우에 있는 대부분의 상가건물도 모나코처럼 소수 부자가 소유하고 있고 이들은 엄청난 자본금을 가지고 있어서 마이크로 경제 변화에 크게 움직이지 않으며 항상 높은 임대료 환경을 인위적으로 조성한다.

우크라이나 지하상가엔 휴대폰 케이스, 패션 양말, 의상실, 보석 매장 등 온갖 잡동사니를 파는 영세한 소점포가 자리를 잡고 있다.

키이우 시내 대로에 있는 건물은 반지하와 1층은 마트, 카페, 음식점, 미용실이고, 2층은 주로 사무실, 3층부터 7층까지는 대부분은 주거 용도이며 승강기가 있는 곳도 있고 간혹 없는 곳도 있다.

우크라이나 승강기는 대부분 소련 시대 만들어진 것들로 유지보수를 전혀 하지 않아서 정말 사곳덩어리여서, 덜컹거리고, 고무나 쇠가 타는 냄새가 나고 전기 스파크도 자주 발생하며 고장이 잦아서 밤늦은 시간은 꼼짝 없이 갇혀 있을 수밖에 없기에 나는 야간과 주말에는 이용하지 않는다.

구시가지의 건물은 구조가 대부분 ㅁ자로 되어 있어서 안에는 주차장 및 정원이 있고 독립된 별채 건물도 있으며 이곳도 상업용으로 활용되고 있어서 큰 식당이나 호스텔이 들어선 경우도 많다. 이런 건물 구조로 주소가 대로변에 정확하게 위치하지 않았으면 주소만 보고 찾아가기가 무척 어렵다.

대문은 대부분 보기 흉한 철문이며 인터폰이 달려 있고 공동으로 사용된다.

보통 인터폰 코드는 집 번호+K로서 K가 일종의 확인 역할을 한다.

나올 때도 출구 비튼을 눌러야 문이 열리는데 버튼이 잘 작동되지 않는다.

층수 세는 것은 한국과 마찬가지로 지면에 있는 0층이 1층이다.

이젠 우크라이나도 보안 카메라가 사방에 설치되어 있으며 아파트 주민들이 공동으로 추가 보안카메라를 설치하는 곳도 있다.

시내 대부분 잘사는 집은 사설 보안 시설을 추가 설치해서 도둑이 들거나 강도가 침입하여 문을 여는 경우 경보가 울리고 중앙 통제실로 연결된다. 응급인 경우, 휴대용 버튼을 누르면 5분 내로 출동 경비대가 와서 다 해결해 준다. 혼자 사는 사람이 갑자기 건강에 이상이 생길 때도 아주 편하게 이용할 수 있다. 나는 2개의 버튼을 주문해서 하나는 출입문 옆에 두고 다른 하나는 침대 머리 옆에 두고 있다. 우크라이나에서는 이렇게 방범에 관련해서는 경찰보다는 사설 경비업체에 의존하고 있으며 더 효율적이다.

이런 사설 보안관리 주택은 검은 표범 스티커가 붙여져 있고 출입문 상단에 작은 빨간 등불이 들어온 집들로 키이우는 대부분 이것을 설치해 놓았다.

아파트 출입문 입구의 작은 공간에서 할머니가 기거하면서 방문객들을 조사하는 건물도 있지만 내가 여기 살면서 보니 우크라이나 국민 의식이 전반적으로 남의 물건을 도둑질하고, 소매치기하고 속이고 약속 안 지키고 하는 서유럽이나 북아프리카 같은 문화는 아니어서 도둑은 보지 못했다.

서방국 외국인이 많이 사는 아파트는 총기를 휴대한 보안 요원이 상시 경비를 하고 있으며 아파트 단지 내에 수영장과 헬스장 그리고 유치원이 있고 월세는 대략 3-4천 달러이며 주재원들이 많이 거주한다. 한국 주재원의 경우는 자녀가 있는 경우, 시내에서 약간 외진 지역이지만 '페체르스키 구역'에 있는 '브리티쉬 국제학교' 주변을 선호한다.

시내 중심지 구시가지에는 고층이나 대형 빌딩이 몇 채 안 되며 그곳에는 큰 공간을 요구하는 현대적 패션몰이나 식당, 피트니스 체육관이 들어서 있다.

대형 쇼핑몰은 주로 변두리에 동서남북으로 다수 분포되어 있고 오래전부터 유럽연합으로부터 현대식 상가 부흥 투자 지원금으로 건설되어서 서유럽처럼 잘 만들어지고 초대형 엔터테인먼트 멀티 몰 형태로 운영되고 있다.

대부분 승용차가 있어야 접근할 수 있으며 현재는 너무 많이 개장하여 포화 상태이다.

키이우 각 지하철 노선의 종점에는 신도시 주거지로 가는 마을버스 정류장이 있는데 이곳에 대규모로 먹거리 노천 시장, 생활용품 만물상, 무게로 달아서 파는 중고 의류 판매장과 대형 건축자재상이 자리 잡고 있다.

키이우 시내 안에는 없는 물건들이 많아서 대부분 외곽 쇼핑몰을 이용한다. 현재는 이곳 외곽 쇼핑몰 및 만물상까지 활발하게 영업 중이다.

밤 열차에서 만난 유대인 노부부와
우크라이나 손자

지난번 키이우로 가는 야간 침대 열차에서는 불어를 사용하는 유대인 노부부와 같은 칸을 사용했는데, 두 분의 국적은 이스라엘이고, 2차 대전 때 우크라이나 부모님이 나치즘을 피해서 프랑스로 망명 가서 두 분 모두 프랑스에서 태어났다. 그 후 프랑스까지 점령당하자 모로코로 피난하고 최종으로 이스라엘로 가서 정착했는데 이들의 손자는 다시 우크라이나에 와서 살고 있다.

노부부는 손자에게 키이우에 좋은 아파트를 사 주러 가는 중이라고 하며 마냥 즐거워하셨다. 세월이 흘러 몇 세대가 지나갔어도 고향이란 인간에게는 이렇게 중요하기에 후손들이 되돌아오는 것이다.

요즘 이스라엘 영사과에서 우크라이나에 부동산 투자를 하러 오는 자국민이 많아지자 투자하기 좋은 시기이지만 전쟁이 아직 종료된 것은 아니어서 투자 위험성이 높으니 좀 더 시간을 갖고 지켜보라고 경고 지침을 홈페이지에 게시하였다. 나 또한 부동산 투자는 아직은 너무 이르다고 생각하며 휴전 협상이 개시되는 시기가 가장 적당할 것 같다. 단 필요한 투자금을 현지로 송금받는데 매우 까다롭고 긴 시간이 소요된다.

우크라이나는 국가안보만 보장된다면 스트레스 없이 적당한 생활비를 벌며 조용히 살아가기에 최적지 같아 보여서 나도 퇴직 후에는 이곳에 와서 살고 싶다. 특히 서유럽과 유사한 생활문화를 가진 르비우에는 오래전부터 미국과 캐나다계 퇴직자들이 많이 이민 와서 마지막 인생을 조용히 즐겁게 보내고 있다.

르비우 지역에 비교하여 키이우의 부동산 가격은 훨씬 비싸다.

참고로 키이우 중심 지역인 '세우첸키우스키', '페체르스키' 구에서 건물이 오래되었든지 신축이든지 간에 아무리 작은 원룸(15평)을 사더라도 최소 10만 달러는 지급해야 한다. 면적이나 구역이나 건물 상태에 상관없이 10만 달러 이하의 아파트는 존재하지 않는다.

모든 기본 조건을 갖춘 살 만한 33평 아파트는 60만 불 정도 주어야 한다.

우크라이나는 주택을 매각하면 특별한 고가품을 제외하고는 가구나 가전 등 사용하던 대부분 생활용품을 추가 비용 없이 구매자에게 넘겨주고 간다.

나는 우만 고등학교
명예 선생님

리시아와 우크라이나는 유대인이 가장 많이 사는 나라이다. 특히 우크라이나 중부에 있는 아름다운 호반 도시 '우만시(UMAN)'는 유대교 최대 성지(유대교 하시디즘 분파 창시자의 증손자인 랍비 나흐만의 무덤)가 있어서 매년 유대인 신년 행사에는 세계 각국에서 온 수만 명의 유대인으로 난리가 난다.

이들은 코비드로 국경이 봉쇄되었을 시기에도 막무가내로 쳐들어왔으며 올해도 9월의 마지막 주에도 모두 몰려와서 우크라이나로 오가는 교통을 완전히 마비시켰다. 이들은 기도와 종교적인 축제 말고는 우크라이나 전쟁에는 아무 관심이 없어 보였다.

키이우 중앙역에서도 이들은 오가는 군인들의 모습에는 전혀 관심이 없이 그냥 벽 앞에 한 줄로 서서 소리 내어 기도하고 있었고 기도가 끝나면 축제의 노래를 불렀다.

그리고 정확하게 2주 후에 하마스에 의해 그들 또한 전쟁이 휩쓸렸다. 이 세상에 남의 나라 전쟁은 없는 것 같다. 곧 자기 나라 차례가 된다. 남의 나라 전쟁을 나몰라라식으로 지켜보았던 국가에 대한 참 교훈이다.

우만 시장님 말씀이, 유대교 순례자들은 도시에 투자를 일전 하나 하지 않고 오직 순례만 달랑하고 떠나서 시 경제에 전혀 도움이 안 된다고 불평하시면 한국에서 투자를 해 주기를 원하고 계신다.

내가 방문한 첫 소견으로도 세계 최대 유대인 부자들이 헬기를 타고 올 정도로 최고로 중요한 그들의 성지치곤 너무 보잘것없고 기반 시설이 전혀 없고 누추하고 더러웠다. 성지 입구는 대강 양철 판을 이용하여 보기 흉하게 지었으며 기념품 노점상이 많아서 유원지 입구 노천 시장 분위기와 매우 흡사하였다.

우만시는 한국의 대전시처럼 교통의 요충지여서 나는 남부지방을 오가면서 아름다운 호수를 보기 위해 자주 들렀는데, 어느 날 우만시의 시의원 한 분하고 장시간 얘기할 기회가 생겼고 얘기 도중에 우만시 젊은 학생들을 위해서 경제 관련 명에 선생님이 되어 줄 것을 요청하였고 나는 즐거운 마음으로 수락을 하였다. 그때부터 나는 시간이 나는 대로 그곳 비즈니스 특목고에 가서 세상 경제가 어떻게 돌아가는지를 학생들에게 수업을 하고 있으며 수업 날이 다가오는 것이 가장 즐겁다.

은행송금이
어려운 이유

대리모가 합법인 우크라이나에서 프랑스 시인 한 분이 올해 봄에 대리모로 고대하던 아들을 낳아서 프랑스로 데려가기 위해 키이우에 왔는데 큰 문제가 발생했다.

그는 키이우 도착 전에 병원에 5만 달러를 지급했고 현지에서 잔금 2만 불을 지급해야 신생아를 인도받아서 대사관에 출생 신고를 한 후에 데리고 나갈 수 있었는데 마지막 잔금 송금에 문제가 발생했다.

키이우로 떠나오면서 2만 불을 프랑스에서 여동생에게 송금하라고 시켰는데 프랑스 은행에서 모두 거절했다고 한다.

송금 사유 증서를 제출해야 하는데 프랑스도 대리모가 불법이어서 불가 처리가 되어서 다 큰 아저씨가 울면서 내가 국경을 넘을 때 전화를 주셨다. 나는 현지 여러 지인의 돈을 모아서 빌려드렸고 그는 결국 애를 데리고 나갈 수 있었다.

어느 나라에서든지 우크라이나로 해외 송금 보내기가 엄청 어렵다. 이해하기 어렵지만 외화 반출보다 송금이 더 까다롭다. 국경에서도 나가는 돈보다 들어오는 돈뭉치를 더 자세히 검사한다.

이유는 러시아 검은 자금이 들어와서 우크라이나 경제를 침식하는 것을 방지하기 위해서이다. 러시아 검은 자금은 개전 전에 오래전부터 이미 많은 문제점을 유발했다. 키이우 시내 대부분의 쇼핑센터나 향수 가맹점, 고급 호텔이나 레스토랑, 통신사, 방송사 등등 웬만한 것이 다 러시아 검은 자금이 들어와서 현지인을 바지 사장으로 올려놓고 우크라이나 상권과 경제와 미디어 및 통신 시장을 잠식했다.

가령 키이우에서 제일 큰 멀티 쇼핑몰인 오션플라자(Ocean Plaza)가 러시아 검은 자금이 침식한 대표적 경우이다.

우크라이나에서는 예전엔 기업 소유주가 러시아 사람이어도 50% 이상 지분율이 넘지 않으면 합법이었으나 조사해 보니 100% 러시아인 지분이었다. 여긴 2023년 2월에 정부에서 압류해서 공개 매각되었다.

매장 구매에 관심이 있으신 분은 지금이 이렇게 대규모로 쏟아져 나오는 예전 러시아인 소유의 압류된 부동산을 공개입찰로 싸게 구입하는 데 최적 시기이다.

우크라이나 은행은 독특한 방식으로 운영되어서 제대로 이해하려면 많은 경험이 필요하다. 해외에서 우크라이나로 송금하면 우선 수취인의 1선 은행(대부분은 독일 도이치뱅크)에서 송금한 돈의 출처를 조사 후 심사하고 문제가 없을 때만 수취인의 2선 은행 격인 우크라이나 은행 본점으로 송금과 심사 결과를 넘기고 또 여기서 문제가 없는 때에만 수취인 해당 지점으로 송금 통지하면서 결국 해외 송금이 수취인 계좌에 입금되게 된다.

송금 액수에 따라서 차이가 있으나 송금이 수취인 계좌에 입금되기까지는 5만 달러 이하는 2주 정도 소요되고, 그 이상은 한 달 이상 걸린다. 경우에 따라선 1천 달러(여기서는 큰 금액) 정도 소액도 심사받고 거부되는 경우가 많다.

더 큰 문제는 혹, 1선 은행에서 송금한 돈의 출처를 조사 후 하자가 발견될 때 1선 은행에서 즉시 해외 송금 은행으로 돈을 재 발송하지 않고 장기간 돈을 묶어 두며 해결이 안 나면 우크라이나 국고에 환수된다.

송금과 세금 문제 해결은 우크라이나 사업에 있어서 핵심 사항이며 이 책에서 다 설명 못 해 드릴 만큼 복잡다단하다.

해외 송금 시에 매번 자동으로 1, 2선 은행에서 돈 출처에 대한 조사와 심사가 있을 거라고 예상하면 된다.

출장비나 초기 사업 착수금 명목으로 본사에서 우크라이나로 해외 송금을 하는 경우 완벽한 서류를 준비하여 미리 대비해야 한다.

송금 문제가 발생하면 바로 이 분야 경험 있는 변호사를 사서 바로 해결하여야 하며 혼자서 해결하기 벅차다. 우크라이나는 변호사 수임료나 공증인 비용이 많이 들지 않는다.

또한 신기한 점은 키이우 노천카페나 마트 점원도 기본 영어는 구사하지만, 우크라이나 은행 직원들은 죄다 영어를 한마디도 못 한다. 공부를 많이 했다고 영어를 할 수 있는 게 아니라 30대가 넘어가면 영어 실력이 없고 젊은 층일수록 학력에 무관하게 영어를 한다.

주택 구매 및 임대 사업의
장단점

우크라이나에서 부동산 투자에 관심이 많으실 것 같아서 자세히 적어 본다.

키이우는 주택난이 심하다. 제일 큰 이유는 중심지의 아파트는 구하기 어렵고 구매 가격이 매우 비싸다.

또한 은행 대출을 받기가 너무 어려워서 내 집 마련을 못 하고 월세가 매년 치솟지만, 다른 방도가 없기에 버는 소득 대부분을 월세로 지급하면서 사는 실정이다.

은행 대출을 받기가 너무 어려운 이유는 정규직이면 평균 월급이 600달러 정도이고 부족한 부분은 지하경제에서 추가로 수입을 올리기에 은행의 까다로운 대출 서류심사와 세무서에 돈의 출처를 밝히지 못해서 은행 융자를 받기가 어렵고 설혹 승인을 받더라도 대출이자가 거의 20%에 육박할 정도로 높기에 부동산 구매는 극히 일부 층에만 한정되어 있다.

어려운 은행 대출 문제는 주택 구매뿐만 아니라 새 차 구입 등 목돈이 필요한 모든 종류의 구매에 있어서 같은 문제를 유발한다.

또한 구 건축과 신축건물에 따라서 구매 방법에 큰 차이가 난다.

구 건축 주택을 구입할 시는 큰 제약조건 없이 일시불 현찰로 쉽게 구매할 수 있지만, 신축건물의 첫 분양인 경우 매우 많은 세무적, 행정적인 제약이 있다.

신축 주택을 개인이 시행사/시공사로부터 직접 구입할 시는 꼭 자신의 계좌에서 온라인으로 지급되어야 하며 동시에 자금출처 증빙서류를 제시하여야 하기에 출처가 명확한 많은 액수의 돈을 은행에 보유하고 있는 사람이 없어서 지원자가 많지 않다.

이런 구매 시스템은 결국 서민들에게는 그림의 떡일 뿐이고 외지인이나 돈 많은 사람이 계속 보유 아파트 수를 불려 나가게 도움을 줄 뿐이다.

즉, 정부의 무관심과 우크라이나 경제의 불안정, 대출 요청자의 아주 적은 공식 소득이 모두 나쁘게 가중되어 주택 구매에 필요한 장기 20, 30년 상환의 대출이 불가능하며 대출이자율도 매우 높아서 아무런 도움이 되지 않는 실정이다.

아니면 초기 계약할 때 시행사/시공사에 총액의 50% 정도 금액을 지급하고 잔금을 매달 분할하여 2-5년 기간에 완료하는 방법이 있는데, 이 경우 초기에 일시금으로 100% 완불하는 것보다 구매 가격이 많이 올라간다(대략 30%-50% 증가).

이런 분할지급 방법은 공사는 최대로 지연시키면서 분할금은 거의 다 챙긴 후에 떼어먹고 도망치는 건설업자들이 많아서 구매자는 명성 있는 몇 개 건설업자들을 제외하고는 믿지를 않는다. 심지어 평이 좋았던 그런 큰 업체들도 돈 가지고 잠적하는 경우가 많으며 소비자 보호가 미흡하고 보험제도가 전혀 없는 우크라이나에서는 구매자가 모든 손실을 다 떠안아야 하며 대응할 수 있는 유일한 방법은 애들 데리고 시청 앞에 가서 다른 피해자들과 텐트 치고 농성하는 것밖에 없으며 개전 전에 시청 앞은 수많은 피해자의 텐트가 설치되어 있었다.

키이우 시내에 경주용 사이클 트랙 운동장이 있고 주변으로 아주 거대한 새 빌딩이 3채 서 있다. 외관상으로는 거의 다 완공되었는데 자세히 보면 부실 공사로 타일이 다 떨어져 나갔으며 밤에 보면 깜깜하게 입주자가 없는 빈집들이고 옆쪽 건물은 뼈대만 남겨 두고 중단된 상태로 빌딩이 흉하게 남아 있다. 이것 말고도 키이우 시내를 산책하다 보면 보기 흉한 짓다가 도중에 방치된 빌딩을 많이 볼 수 있다.

건설사가 사전 분양비로 집주인들로부터 돈은 다 받고 건물을 외양만 그럴듯하게 지어 놓고 은행에 가서 그 건물을 담보로 새 건물 지을 돈을 투자 받아서 뼈대만 지어 놓고 도망간 경우로 준공검사도 못 하고 소송으로 벌써 7년째이다. 이렇게 미리 돈을 다 받아서 잠적해 버리는 경우가 너무 많아서 사람이 신축 아파트 사는 것을 아주 두려워한다.

구매 방법 중 가장 안전한 것은 오래된 구형 아파트 중 상태가 좋거나 시내 중심지에 있는 것을 현찰로 일시금으로 구입하는 것인데, 문제는 집에 대한 법적 문서가 제대로 없다는 것이다. 구소련 시대 집주인 부모들이 공산당으로부터 무상으로 배급받은 것들이 대부분이다 보니 처음부터 법적 서류가 제대로 작성되어 있지 않았고 도중에 불법 확장공사를 하거나 지붕 아래 공간을 주거 공간으로 개조하였으면 공식 공사 허가서가 없다. 기술문서라 해서 거래할 때 꼭 도면을 구매자에게 제시하고 부동산 토지등기소에 등록해야 하는데 주택의 면적, 용도, 배치도마저 다 다르다.

특히 시내 중심지에 고풍스럽게 화강암으로 스탈린 시대 지어진 건물들은 모두 문화재로서 프랑스의 문화재 보호법과 유사한 까다로운 법이 있어서 시청 담당 직원이 나와서 보전 상태에 이상이 없음을 확인서에 도장을 찍어 주어야 하는데 1년 이상 기다려야 된다.

우크라이나에서는 어떤 종류의 부동산을 사더라도 위험이 있다.

요즘 건축 중인 키이우 고급 주거지역인 페체르스키 구역은 사실 한국 강남 아파트보다도 훨씬 고급스럽게 지었다.

대부분의 키이우 시민은 지하철 종점에서 내려서 마을버스를 타고 20-30분 들어간 신도시에 주거한다. 여기까지가 키이우 변두리 지역에 산다고 말하고 키이우 시내는 지하철이 닿는 지역을 의미하며 그리 지하철 노선이 멀리 발달하지 않아서 시내 중심지에서 30분 정도면 지하철 종점이다.

전쟁 중에도 주택이나 사무실 빌딩 공사는 멈추지 않았을 정도로 키이우 건설은 붐이다. 그건 아직은 지어서 분양하면 큰돈이 되기 때문이다. 일반인들은 신축 아파트 구매를 엄두를 못 내지만 일단 공사를 개시하면 돈 많은 부자들이 임대 사업을 노려서 계속 구매한다.

지금도 신도시에서는 큰 공사가 한창인데 신세대들은 시내에 있는 구형 아파트보다 신도시 고층 현대식 아파트를 선호하기 때문이다.

이제 시내에는 고도 제한도 엄격해지고 더 이상 고층 아파트를 신축할 공간이 없어서 아파트 단지는 계속 변두리로 멀어져 가지만, 가격은 내려가지 않는다.

우크라이나 건설업체들은 별거 아닌 국산 자재를 가지고도 고층 빌딩을 잘 짓는다. 아직은 H빔 철강을 높은 가격 때문에 많이 사용하지는 않는다. 대부분 시멘트와 철근을 사용하는데 자국산이라서 가격 경쟁력이 높다.

대부분 철근 콘크리트로 기둥을 쌓아 올라가고 층을 다 올린 후에 벽은 보온 효과가 높고 가벼운 구멍 뚫린 빨간색 벽돌로 채우고 마지막 단계로 사전 제작된 알루미늄 창틀로된 대형 2중 유리창으로 외벽을 닫으면 외부 공사는 완성된다. 수도관과 전기, 통신선을 각각 아파트 입구까지 끌어다 놓고 최종으로 아파트 문을 설치하고 그 상태로 분양자들에게 소유권을 넘긴다.

여기까지는 모두 우크라이나산 건자재로 만들어져서 저렴하게 분양된다. 13만 불 정도이면 50m² 정도의 새 아파트를 살 수 있다. 나머지 공사는 집주인의 몫으로 디자인 업체에 의뢰해 실내장식과 세부 설계를 3D로 약 3주간에 걸쳐서 하고 비용은 3천 유로 정도 든다. 그 이후 공사 업체가 3D 설계에 맞추어서 내부공사를 한다. 바닥 미장을 하고 세부 칸막이벽을 올리고 대리석을 깔고 천장과 욕실에 필요한 시설을 설치한다. 이것을 마스터가 모두 감독하며 그는 공사 마무리 이후에도 항상 집 관리를 한다. 건자재는 우크라이나에 없는 것이 없지만 상황이 계속 급변한다.

신축 아파트 구매의 또 다른 문제는 대형 아파트의 경우 입주자들이 동시에 일제히 공사를 하지 않는다는 점이다. 어떤 집주인은 내부공사를 하지 않고 재판매를 위해 구매자를 기다릴 거고, 또 다른 입주자는 당장 공사비가 없어서 기다릴 것이다. 심한 경우 3년 이상을 내부공사를 안 한다.

우크라이나는 구매 후 3년이 지나면 시세차익 세금이 없다.

이러다 보니 한쪽은 사람이 살고 다른 쪽은 공사하고 이렇게 몇 년이 흘러야 겨우 아파트 단지가 사람이 살 수 있게 조용해진다.

또 다른 위험은 우크라이나 정부의 건축법을 모두 만족시키기 어려운 경우가 많아서 가령 고도 제한이라든가 기준 면적률이라든가, 시공업체가 우선 공사하고 다음에 해결하려고 하는데 잘 안되어서 아파트 상단이 모두 불법이 되는 황당한 예도 있다.

아파트 관리 회사와의 문제도 있는데 시행사/시공사와 짜고 이권을 받아서 전기, 수도, 관리비가 일반보다 수배가 더 나온다.

이런 모든 지연 사항을 계산하면, 보통 아파트 공사 후 분양이 되면 주민들이 시공사와 집단 소송을 3년 정도하고, 모든 소유주가 아파트 내부 공사 마치는 데 3년 걸리고, 행정 서류 및 관리업체 재설정하는 데 2년, 사람이 맘 편하게 살 수 있으려면 총 8년이 소요된다.

우크라이나 집세는 모두 월세인데 주택 구매 가격에 비교해서 월등히 높다. 외국에 거주하는 가족들이 목돈을 보내서 남아 있는 가족을 위해 임대용 주택을 구매하고 생활비로 사용하게 하는 경우가 많다.

월세는 시내의 경우, 주택 구매비가 20만 달러 투자되었다면 월 1천 5백 달러 정도이고 40만 달러이면 월 3천 달러 수입이 된다.

우크라이나 부동산 투자의 또 다른 장점은 양도를 쉽게 할 수 있고 양도세가 전혀 없다는 것이다. 부동산 보유세도 100제곱미터 이하면 거의 지급하지 않으며 부동산 관련세도 단순 저렴하다. 유지보수는 마스터가 알아서 하기에 손쉽게 유지하면서 임대 사업을 할 수 있다.

현재 키이우에는 대사관, 어학원 및 삼성, 엘지 등 몇몇 대기업 파견 인원을 합해도 50명이 채 안 되는 것 같다. 재건 사업으로 수만 명의 한국인이 이곳에 와서 체류할 텐데 편안하고 안전한 주거지 마련이 아주 큰 문제가 될 것이다.

또한 대부분 세입자는 현찰로 월세를 내며 대부분 달러화로 지급한다. 그리고 우크라이나 사람은 프랑스 사람처럼 절대 월세를 미루거나 떼

어먹지 않는다. 임대차 아파트의 관리인도 책임 있게 잘하고 세입자를 찾아 주는 브로커 시스템도 잘되어 있어서 운영하는 데 큰 어려움은 없다.

키이우의 인구밀도는 지속해서 올라가고 있다. 유엔이나 구호단체 직원들이 많이 들어오고 있으며 특히 우크라이나 동/남부 사람이 많이 피신해 있는데 종전이 되어도 그곳은 야포 사정거리여서 대부분 사람들은 키이우에서 정착할 것이다.

식당이나
카페 인수

부동산 투자 관련해서 비추천하는 것은 식당이나 카페용 부동산의 구매이다.

첫째, 시내에 식당을 팔려고 내놓은 것이 없으며 혹 있으면 가격이 너무 비싸다. 여기는 권리금에 해당하는 프리미엄 같은 건 없고 순수 부동산만 값을 매기는데 키이우 몇몇 '오르가르히이'가 모두 장악하고 있어서 코로나로 경기가 최악이어도 전쟁이 났어도 가격이 절대 줄지도 않고 매물도 없으며 나오는 매물은 정말 100% 망하는 문제가 큰 부동산이다.

시내 제2 영업 구역에 있는 평범한 20평 규모 라면집 자리가 50만 유로가 넘는다.

대신 파는 라면값은 싸다. 파리와 비교해서 여기 식당용 부동산 구매비가 훨씬 비싸고 임대료도 훨씬 비싸다. 물론 여기는 노동법 제한을 적게 받아서 아침부터 자정까지 논스톱 영업을 대부분하고 있는 것은 큰 장점이다.

식당용 부동산 구입비가 너무 비싸서 이익이 나올 수 없다. 유일한 해결책은 현재 식당이 아닌 영업용 건물을 사서 개조하는 방법이 있다.

식당은 이런 어려운 조건에서도 뒤로는 이익을 다 낸다고 내 현지 회계사가 귀뜸해 준다. 이유는 식자재 가격과 인건비가 엄청 저렴해서이다.

우크라이나 사람은 한국 드라마를 통해서 한국 음식을 알고 있다. 한국 라면이 좋은 건 알지만 비싸서 현지에서 만든 국적 불명 라면을 주로 사 먹는다. 시내 쇼핑센터 지하도에는 라면 자판기가 몇 년 전부터 설치되어 있지만 사는 사람을 본 적은 없다.

한국 라면을 파는 곳은 여러 곳에 있지만 너무 비싸서 못 사 먹고 베트남에서 생산된 라면을 주로 사 먹는다. 모든 마트에서 쉽게 찾을 수 있는 이 라면은 맛은 좋은데 어떤 이유인지 소화가 전혀 안 된다.

일본 라면을 전문으로 파는 작은 식당들도 시내에 꽤 많으나 맛이 완전히 다르다. 여름에는 냉면을 흉내 낸 냉라면도 파는데 도저히 못 먹겠다. 주방에는 수많은 요리사가 분주히 음식을 만들지만 대부분 우크라이나 사람이어서 제대로 면과 국물을 만들 줄 모른다.

고려인 한 분이 한국 라면만을 파는 식당을 키이우에 개장하셨는데 차라리 요리하지 말고 그냥 한국산 라면을 그대로 끓여 주셨으면 더 좋았을 것이다. 다들 한국 식당이라고 간판은 걸었는데 김치도 없고 된장도 없고 소주도 없다.

가장 한식에 가깝고 손님이 많았던 식당은 '아리랑 식당'으로 양을 엄청 많이 주셨다. 특히 그곳의 해물짬뽕이 기가 막혔고 한국 손님뿐만 아니라 일본과 중국인도 많이 찾아왔었다.

전쟁으로 장기간 폐점하셨다가 얼마 전에 다시 다른 장소에 문을 열었다. 우크라이나 식당의 특이한 점은 영업시간이 법적으로 제한되는 것이 아니라 주인이 원하는 대로 아침 식사부터 심야까지 연중무휴로 계속 영업할 수 있다.

고려인과 소수 선교사님을 제외하고는 교민이 없어서 특별하게 한인 식품점은 없으나 기본적인 한국 식품은 우크라이나 전국 슈퍼마켓에서 비싸지만 쉽게 살 수 있다.

　　두부, 삼겹살, 만두, 순대, 고추, 상추, 배추, 무는 우크라이나 식품이기도 하여서 쉽게 구할 수 있다. 이곳에서 생활하면서 한국 식품을 못 구해서 스트레스를 받지는 않는다.

미래를 보는
농지 투자

현재 우크라이나의 모든 종류의 부동산은 농업용 토지를 세외하고는 외국의 개인 또는 법인이 매입 등 소유가 손쉽게 가능하다.

농지 투자도 좋은데 그러나 이건 이미 뜨거운 감자이다. 젤렌스키 정부에선 현재 국유지인 농지를 가난한 소작농 제도로는 기업화하기 어렵다고 판단하여 외국 기업들에 대단위적으로 판매해서 국고도 채우고 농업경제도 미국처럼 발전시키려고 하나 소작농들이 더 비참한 신세로 추락할 우려의 반대가 많아서 단계적으로 진행 중이다.

우선 우크라이나 국적자에게 100헥타르 정도의 구매가 허가되었고, 이어서 우크라이나 국적자 대표의 우크라이나 회사, 그다음은 외국인 국적자의 우크라이나 회사 그리고 최종적으로 외국인 개인에게 허가가 되는 단계별로 진행되는데 아마 총선과 대선이 끝난 후에 그리고 전쟁 복구 비용 확보가 절실한 시기에 예상보다 빠르게 진행될 것이다.

우크라이나가 소련의 일부였을 시기에는 토지는 협동농장 형식으로 국가에 속했다. 소비에트 연방이 사라진 후 협동농장의 노동자인 농민은 그때까지 경작했던 국유지를 임대로 받았다. 이후 이들 토지는 오랜 행정절차를 거쳐 과거에 경작하던 소유자들의 집단농장이 되었다. 그 이후에 짧은 기간이었지만 토지 매매가 허가되었다. 그러나 갑자기 2001년에 모든 토지 거래를 중단하는 모라토리엄이 선언되었다. 이러한 상황은 2021년까지 무려 20년 동안이나 계속되었다.

소련이 사라진 후 자연스럽게 소유주가 된 많은 집단농장 주민은 농지를 팔 수도 살 수도 없었기 때문에, 이전과 같이 땅을 계속 경작하거나 아니면 토지 운영자에게 연간 헥타르당 150달러의 가격으로 임대하였다. 따라서 모라토리엄의 그늘에서 '토지 운영자'는 실질적인 대토지 소유자(latifundia) 및 독점 농업 기업이 되었다.

이런 폐단을 수정하기 위해 오늘날 우크라이나는 농지 시장을 단계적으로 점차 개방시키고 있으며 식량의 중요성이 갈수록 커 가는 세계는 이런 우크라이나의 농지 시장에 주목하고 있다. 특히 중국은 군침을 삼키고 있고 이미 많은 편법으로 다수의 농지를 손에 넣었다.

2013년, '신장 프로덕션 및 컨스트럭션 사'가 우크라이나 농지의 9%를 사들였다. 우크라이나 전체 영토 면적의 5%를 50년간 조차(租借)한 것이다.

가장 큰 사건은 2020년 3월 31일 우크라이나 최고 의회(국회)에서 그동안 큰 논란의 대상이었던 '농지 유통에 관한 우크라이나 일부 법률 개정'을 통과시켰다. 젤렌스키 대통령의 정당인 '국민의 종'을 제외하면 대부분의 야당은 모두 반대했다.

현재 우크라이나 농지의 약 25%는 국가 소유로 되어 있고, 약 75%는 개인 사유지로 되어 있다.

이 법에 따라서 농지의 기존 지분 소유자들은 자신의 지분을 매도할 권리가 생겼고 동시에 타인의 농지를 합법적으로 매수할 수 있게 되었다.

간단하게 말해 이제 기존 농지 소유자는 모두 농지를 팔 수 있고 우크라이나 국적자이면 누구든지 농지를 살 수도 있다.

그동안은 농지 소유자가 사업 확장을 하고 싶어도 농지를 대출 담보물로 설정할 수가 없었다. 이제는 농지 소유자가 농지를 담보로 은행 대출을 받거나 또는 일부 농지를 처분하여 투자비로 사용할 수 있게 된 것이다.

이 법이 매우 중요한 것은 우크라이나의 서부와 북부 일부를 제외한 거의 모든 지역이 비료나 거름을 줄 필요가 없는 만년 기름진 흑토로 되어 있는데 그동안 대부분의 농부들이 투자비가 없어서 기업화하지 못해서 생산량이 떨어지고 있었다.

우크라이나에서 농업은 국내총생산의 40%를 창출하고 있는 경제의 버팀목이며 재건 사업의 지원금에서도 비율이 제일 높다.

이렇게 중요하지만 2001년부터 2005년까지 법으로 농지 매매를 금지했다. 2005년에 농지 유통 및 시장 도입에 관한 법률을 제정했어야 했는데 못 하고 매년 1년씩 연장하면서 농지 거래 금지법은 2019년까지 유지되었고 이런 환경에서는 투자가 이루어질 수 없어서 매우 낙후한 상태로 남아 있었다.

2021년 7월 1일부터 우크라이나 국적인이 취득할 수 있는 농지는 100헥타르 이하이다.

우크라이나 국적자가 대표자인 우크라이나 법인은 2024년부터 최대 1만 헥타르까지 농지를 취득할 수 있다.

농지 최저 가격은 법령으로 정하고 매입 자금의 출처를 확인할 수 있도록 현금으로 지급하면 안 된다.

외국인이 농지를 취득할 수 있게 허용할 것인지는 차후에 국민투표로 결정할 예정이다.

흑토

2차 세계대전 중 우크라이나에 온 독일은 흑토를 자국으로 죄다 옮겨
갈 구상을 하였고, 실지 일부를 가져갔었다. 나 또한 신기한 흑토를 파리
집까지 가져다 온갖 재밌는 연구와 실험을 해 보았다. 우선 삽으로 흙을
퍼 올릴 때 흑토 층이 끝없이 깊었다(대부분 1-6m 깊이로 형성). 순수한
성분의 흑토는 마른 상태에서는 겉으로 보기엔 진짜 커피 찌꺼기하고 똑
같이 생겼다. 다른 흙하고 섞인 경우는 퇴비를 섞어 뒤집어 놓은 한국 논
바닥 흙과 유사하게 보이나 매우 무겁다. 일단 물이 들어가면 모래와 시
멘트를 혼합한 것처럼 매우 질다. 그 속에서 미꾸라지만 한 왕지렁이가
사는 것도 신기하고 흑토에 심은 화초는 벌레 없이 잘 자란다. 나는 우크
라이나 채소를 볼 때 그 엄청난 크기에 때때로 놀란다. 우크라이나 당근
은 우리나라 무만큼 크고 양파와 토마토는 참외만 하고 참외는 수박만 하
고 수박은 항아리만 하다.

그리고 수확기에 이런 흑토가 묻은 채소는 흙이 잘 떨어지지 않아서
더 싸게 판다. 우크라이나는 감자에 흙이 들러붙은 상태에 따라서 가격
이 몇 배씩 차이가 있다. 처음엔 흙이 완전히 달라붙어서 새까맣게 보이
는 감자를 1/3 정도 가격에 사 와서 수세미로 씻는데 물에 젖을수록 흙이

안 떨어진다. 흙이 안 달라붙은 하얀 감자는 모래밭에서 재배한 듯 보기 좋고 안 씻어서도 좋은데 맛이 영 물맛이어서 이제는 흑토에서 생산된 감자를 대량으로 사다가 세탁기에 넣고 찬물로 20분 돌리면 흙이 다 떨어진다. 이렇게 흑토에서 재배한 채소는 씻기가 번거롭지만, 맛과 크기가 최상이며 김장용 배추도 프랑스나 독일산보다 더 단맛이 난다.

흑토의 공식 명칭은 체르노젬(Chernozem)이라고 불리고 성분은 인산, 인, 암모니아가 결합하면서 형성된 부식토로서 흙 자체가 바로 비료 덩어리이다.

이 흑토는 한국의 흙과 다르게 퇴비, 비료 등을 전혀 추가해 주지 않아도 농사가 잘되는 양질의 유기 토양 물이 많고 내가 지켜본 바로는 농사가 끝난 후 한번 뒤집어 주기만 하면 다음 해 새 작물을 잘 키우는 데 충분한 거 같다.

우크라이나는 흑토와 더불어 기후 또한 농사짓기에 정말 최적의 조건을 갖추었으며 농지에 물을 대는 수자원도 풍부하고 관계시설도 잘 발달하여 있다.

유기농업의
급성장

오염되지 않은 흑토로서 해 볼 수 있는 경제성 높은 사업은 바로 유기농업이다.

지난 2019년 우크라이나는 유럽연합에 두 번째 큰 유기농 농산물 수출국으로 밝혀졌다. 이 정보는 유럽연합집행위원회 연례보고서 〈2019년의 주요 발전 사항, EU의 농산물 수입품 현황〉 부분에 언급되었다. 우크라이나는 유럽연합의 유기농 시장에서의 입지를 상당히 강화했다. 2019년 우크라이나는 EU에 수출되는 유기농 제품의 물량에서 123개국 중 2위를 차지하며 전년도보다 2단계를 뛰어넘었다.

우크라이나에서 수입되는 주요 유기농 제품은 쌀과 밀을 제외한 곡물이다. 우크라이나는 또한 과일 주스 및 채소를 EU에 수출하는 큰 수출국 중 하나이다.

유망한
축산업

사실 우크라이나 축산업도 매우 유망하다.

특히 닭고기의 본고장인 프랑스에선 연평균 1인당 닭고기 25kg을 소비하고 있으며 자국 생산으로는 크게 부족하여 전체 소비량의 약 80%를 수입하고 있고, 소비 물량은 지속해서 상승 추세이다.

이런 수입 닭고기가 아마도 대부분 우크라이나에서 왔을 것으로 추측한다.

우크라이나는 유럽의 주요 닭고기 수출국 중 하나이지만 유럽 소비자들은 원산지를 잘 모르고 먹는다고 한다.

왜 그럴까?

유럽연합의 주요 닭고기 공급 국가는 벨기에, 네덜란드, 독일, 스페인 순서였고 2005년도 폴란드가 등장하면서 최근엔 벨기에와 더불어 가장 중요한 공급 국가로 승급되었다.

우크라이나산 닭고기가 서유럽에 일단 도착하면 경쟁사보다 무려 50-70% 저렴하여 많이 팔린다.

이에 대한 몇 가지 이유가 있다.

우선 우크라이나 인건비가 매우 낮다(서유럽 국가 대비 최소 4배 이하).

또한 4천만 헥타르의 매우 비옥한 농지가 있는 우크라이나는 사료용 옥수수나 대두를 수입할 필요가 전혀 없다.

한여름에도 된더위나 무덥지 않은 양계 최적 날씨를 가지고 있다.

이렇게 우크라이나는 양계에 필요한 최적 환경을 모두 보유하고 있고 스스로 식품 가공까지도 한다.

그러나 가격이 저렴하지만, 양계시설 낙후로 품질이 좋지 않다고 평가된 우크라이나 닭고기는 주로 인접 국가를 통해서 유럽연합으로 총생산량의 약 65%를 수출한다.

원산지 세탁을 위해 우크라이나 닭고기는 유럽연합 회원국이며 인접국가인 폴란드를 통과한다.

이런 이유로 폴란드산 닭고기의 원산지가 우크라이나에서 왔다고 추측한다.

최근 몇 년간 우크라이나의 닭고기 생산은 급성장하였다.

이제 유럽연합 소비자보호센터에선 우크라이나 수입 가금류의 품질에 대한 검사기준을 본격적으로 제기하고 나섰다.

사실 우크라이나는 지금까지 동물보호에 관한 유럽 규정을 전혀 적용하지 않고 있었다.

프랑스의 경우, 마치 와인 제조처럼 엄격한 조건에 따라서 자연 방사로 키운 닭에 Label Rouge(적색 라벨) 마크를 찍는다.

현재 우크라이나 양계는 대부분 콘크리트 벽돌로 대강 지은 계사에서 비위생적인 밀도 높은 대규모 사육을 하는 실정이다.

앞으론 양계 밀도, 위생 시설 또는 채광에 대한 보장 없이 EU 시장으로 수출을 할 수 없게 된다.

이런저런 이유로 오늘도 우크라이나 닭고기는 제값을 받지 못하고 폴란드산으로 둔갑하여 팔려 나가고 있다. 이런 이유로 축산물 생산 농가는 대부분 유럽연합 국경에 자리 잡고 있다.

재건 사업
현황

일할 사람이
없다

전쟁으로 대부분 남자가 전쟁에 동원되다 보니 출산율도 급락히였고 피난민이나 전사자들로 망가진 인구구조를 채워야 해서 우크라이나 정부는 벌써 이민을 받아들이는 문제를 진지하게 논의하고 있다.

나도 현지 사무실에서 일 시킬 사람 찾기가 너무 어렵다.

엔지니어는 채용 공고를 내어도 낚시 용어로 표현하여, 한 달 동안 입질조차 없었다.

경력자 구인은 별도리 없이 깨끗이 포기할 수밖에 없었고 졸업 대상자를 모집했는데 이것도 입질조차 없었다. 인턴사원도 마찬가지여서 결국은 타 회사에 근무하는 노년층 경력자를 주말이나 평일에 타 회사와 동시 근무하는 조건으로 고임금을 주고 채용하였다(우크라이나에선 합법).

영어를 전혀 못 해서 통역하는 알바도 동시에 채용했다.

키이우의 임금이 우크라이나 타 도시에 비교해서 평균 2배 비싸지만, 서유럽에 비교해서는 거저이다.

내가 이렇게 경력자 채용으로 시간 낭비하는 동안에도 우크라이나 재건 프로젝트는 본격적으로 시작되어 서부 국경 지역부터 철도 궤도의 유럽화 및 현대화, 고속도로의 현대화, 유럽연합 연계 고압선 개설, 양수장 건설사업 등등 대형 프로젝트가 지난달부터 세계은행과 유럽부흥개발은행으로부터 줄줄이 공시되고 있다.

우크라이나 남/동부 지역에 예정된 재건 사업은 아무리 해도 직접적으로 전쟁 피해를 봐서 임시 모듈 하우스 건설과 부상자 치료를 위한 병원과 부속 재활센터 건설이 주를 이룬다.

현재 재건 사업을 준비하신다면 우선 서부 지역 사업에 관심을 가지시기를 바라며 종목은 대부분 철도, 에너지, 수자원, 통신, 도로 인프라 사업이고 현재로는 세계은행과 EBRD로부터 지원사업이 주를 이룬다.

실지 세계은행에서 주도하는 정상적 모든 프로젝트의 대금 지급은 제3 국가(우크라이나는 폴란드)에 있는 독립 금융기관에서 직접 외국 공사 업체에 지급하기에 대금 회수에 대한 걱정은 없다.

그러나 밀린 임금을 주기 위한 생계형 지원 및 전력 등 긴급 복구 공사는 시간이 없기에 우크라이나 기업에 직접 전달된다.

우크라이나 기업의 다수는 정직하고, 서방 각국에서 감시단을 보내서 감시하고 있어서 우크라이나 재건 사업은 그렇게나마 조금씩 진전되고 개선되어 가고 있다.

건설 장비는
이미 포화 상태

굴착기나 불도저 등 일반 긴설 중장비는 폴란드, 헝가리, 루마니아 그리고 슬로바키아 등 이웃 국가로부터 중고 장비가 엄청나게 들어와서 이미 포화 상태로 장비 소유주가 인력시장처럼 각 시내 입구에 모여서 고객을 기다리는 장면을 자주 본다.

대형 크레인이나 낮은 트레일러 운반 트럭도 전차나 다연장포 등을 수송하기 위하여 대량 들어와 있다. 나는 키이우에서 파괴된 러시아 전차나 장갑차 수백 대를 한 번에 전시하고 또 철수하는 것을 보았는데, 모두 2시간 만에 온갖 특수 장비를 이용하여 빠르게 설치하는 것을 보고 놀랐었다. 그들의 엄청난 규모의 장비와 숙련도를 보았다.

우크라이나는 전쟁 전에도 폴란드에 1백만 명 이상이 가서 많은 일을 했는데 남자들 대부분은 이런 힘든 중장비나 토목공사 종사자들이었다.

또한 동부나 서부 유럽에 우크라이나인들이 운영하는 중장비 회사가 많다. 심지어 한국에도 있다. 이들은 시장이 열리면 자기 회사의 장비들을 가지고 들어갈 것이다.

일반 토목 및
건설업 비추천

　일반 토목이나 건설사업도 여기는 중동과 판이한 환경으로 별 큰 성과가 없을 것이다. 폴란드와 우크라이나 사람은 집을 짓거나 다리를 놓는 것을 아주 잘하며 자신의 집은 대부분 스스로 짓는다. 모든 남성은 공사장 현장소장이라고 보면 옳다. 우크라이나에서는 마스터라는 제도가 있다. 그건 집을 처음 지을 때부터 그 집을 짓고 또 대대로 수리하고 관리해온 집수리 전문가들이다. 인건비도 저렴해서 크고 작은 집수리는 모두 마스터에게 의뢰하면 집 역사를 모두 알고 있기에 바로 와서 고친다. 즉 건설회사도 많고 건설 장비도 남아돌며 전문 인력도 넘친다.

　또한 우크라이나에서 필요한 건설 수준은 오일달러로 돈 많은 중동과는 다른 평범한 수준을 요구하고 있어서 특별한 기술이 필요하지 않기에 튀르키예나 폴란드 또는 우크라이나 자국 기업이 충분히 처리할 수 있다.

철근이 넘치던 나라에서
수입국으로

지난달 우크라이나 인프라 부서 담당자로부터 한국의 철근 수입에 대해서 정보를 요청받았다. 철강 생산으로 유명한 우크라이나가 갑자기 그 많던 철근이 다 떨어져서 수입해야 한단다. 철광석은 우크라이나 중부에서 캐고 제련은 동부에서 하고 흑해를 통해서 수출했는데 동부 제련소가 다 망가져 버린 이유이다. 그렇다고 정치적 문제로 중국으로부터 수입도 못 하고 있다.

현재 한국 기업들이 우크라이나에서 하려는 사업은 대부분 우크라이나가 당장 필요한 사업이 아니거나 그들 스스로 충분히 처리할 수 있는 것으로 보인다.

또한 철근 수입의 경우처럼 고정관념 및 정부산하기관에서 발표하는 보고서 정보에서 벗어나서, 전쟁으로 인해서 오늘 풍부한 것이 내일은 부족한 것이 될 수 있기에, 항상 시장의 변동성을 현실적으로 상시 예의 주시하여야 한다.

우크라이나의 삼성그룹인
디텍 그룹

우크라이나의 세계 최대 제철소와 광산을 한 사람이 소유했었는데 그가 마리우폴의 '아조우스탈 제철소' 주인이며 우크라이나의 삼성그룹 격인 'DTEK 그룹'의 실지 소유자인 '리나트 아흐메토브(Rinat Akhmetov)'이다.

2022년 10월 러시아 미사일 공격으로 삼성전자 입주 키이우 고층 건물이 크게 파손되었는데 그 건물이 바로 디텍 키이우 지점이 입점한 디텍 소유 건물이다.

시스템 캐피탈 매니지먼트(System Capital Management)의 창립자인 그는 러시아의 우크라이나 침공 이후 재산이 급감했지만, 여전히 우크라이나에서 가장 부유한 사람으로 간주한다.

우크라이나에서 문어발식으로 그가 관여 안 하는 사업 분야가 없기에 우크라이나에서 사업을 하려면 이 사람이 누군지 꼭 알아야 하며 우크라이나 정치권의 변화에 따라서 그는 당신 사업에 도움이 될 수도 반대로 독약이 될 수도 있기에 무척 조심해서 관계를 조정해야 한다.

그는 우크라이나의 가장 강력한 '과두제(오르가르히)'로 취급된다.

'과두제(오르가르히)'들이 돈을 버는 방법은 대부분 유사하다.

우크라이나의 '과두제(오르가르히)'도 러시아와 마찬가지로 소련이 망하고 러시아로 넘어갈 때 생겨났듯이, 우크라이나는 소련에서 독립될 때, 많은 대규모 국영기업의 생산 공장이나 광산들이 민영화되면서 발생하던 온갖 이권과 소유권을 헐값에 구입한 사람이 대부분이다.

그러나 그는 개전이 되자 가장 강력한 우크라이나 정부 및 군에 지원을 많이 하는 사업가로 급변하면서 현재 좋은 평판을 받고 있다.

그는 우크라이나 최대 부호이며 미국의 경제 전문지 포브스가 발표하는 세계 부자 순위에도 327위(2013년 47위)로 등록되어 있다. 그는 또한 '도네츠크 샤흐타르 축구단(FC Chakhtar Donetsk)', 친환경 발전소 등 많은 사업체를 가지고 있으며 가장 대표적인 것이 디텍(DTEK) 그룹이다.

디텍은 우크라이나 핵발전소를 제외한 화력 및 친환경 발전소를 거의 다 소유하고 있고 배전망을 거의 독점하고 있다. 우리나라 한전의 역할을 민간기업이 하는 것이다. 그는 개전 전에는 친러 성향으로 많은 비판을 받았으나 러시아 침공 이후로 반러로 돌아서서 우크라이나 군에 많은 기부하고 자신의 제련소에서 우크라이나 군의 방탄복을 만들어 제공한다.

현재 전력망 복구 사업을 지원하는 국제원조 자금은 모두 국영 에너지 업체인 '우크레네르고(Ukrenergo)'로 돌아가고 민영 업체인 디텍에는 단한 푼도 지원되지 않고 있다.

그러나 디텍 소유의 파괴된 발전소와 변전소 그리고 전력 사용 인구 감소로 줄어든 수입을 감당하기 어려운 현 상황에서 니텍의 유일한 선택은 전력 비용 인상밖에는 없는데 국민은 여기에 전혀 동의하지 않는다. 그동안 잘 벌었으니 너희 돈으로 공사해야지 왜 국민의 돈을 또 빼앗아 가느냐고 항의한다.

한국의 에너지 분야에서 재건 사업이 대부분 디텍과 연관을 가지게 될 것이며 쉽지 않은 사업이 될 것이다.

우크라이나에서는 고물 철은 아무에게도 관심이 없는 것 같다. 마을 입구에, 러시아군에 의해 파괴된 자동차나 생활 가전류 등을 가져다 공터에 쌓아 놓았는데 아무도 가져가지 않는다.

특히 특수 합금이 사용된 파괴된 장갑차나 전차는 우크라이나 국방부에서 절대로 해외 반출을 안 한다고 한다. 우크라이나 정부에서 무기 고물을 재련하여 사국산 무기 생산에 재사용하려고 힌디.

생활 쓰레기들은 전혀 분리수거가 이루어지지 않는다. 키이우 시청 주변으로 서유럽처럼 지하에 쓰레기 분리함이 몇몇 시험 구역에 멋지게 설치되어 있지만 대부분은 도롯가나 아파트 뒷면에 수거 컨테이너가 있어서 거기에 다 가져다 버린다. 가난한 사람이 돌아다니며 뒤져서 필요한 거나 먹을 만한 음식물을 가져가는 거 말고는 플라스틱이나 유리병 등에 대한 분리수거가 전혀 없이 시청 트럭이 와서 통으로 거두어 간다. 집이 띄엄띄엄 있는 단독주택들로 구성된 마을에선 한국처럼 종량제 봉투에 쓰레기를 넣어서 집 입구에 두면 거둬 간다. 아직 쓰레기를 소각하는 발전소가 없어서 우크라이나 정부에서 한국의 생활폐기물 발전소(SFR) 건설을 요청하였다. 이런 발전소는 폐목재와 같이 태우면 열효율이 증가하는데 우크라이나에는 수많은 숲이 전역에 산재해 있어서 이미 목재에서 대량의 바이오 에탄올을 추출하고 있고 쉽게 나무를 평야 숲에서 구할 수 있다.

우크라이나는 목재 가공업 종사자가 10만 명이 넘는 유럽의 주요 목재 생산국이다. 유럽 선진국들은 우크라이나의 산림면적이 많을뿐더러 국가가 관리하고 무엇보다 생산 비용이 유럽 타 국가의 절반 수준인 이점을 고려, 최근 가공 목재를 활용한 가구 제조업에 전략적으로 진출을 시도하고 있다.

사실 우리가 한국 강남에서 고급 이태리 가구로 구매하는 것의 많은 것이 사실은 우크라이나에서 만들어졌다.

또한 단순한 목재 생산품으로는 물류 운송에서 없어서는 안 되는 목재 팔레트로 유럽 최대 생산국이다.

우크라이나 가구는 매우 튼튼하고 가볍고 다양한 모델이 있다. 또한 침대 매트리스도 친환경 천연 소재로 만들어진 것이 많은데 수년 동안 사용해도 변형되지 않고 가격 대비 품질이 좋다.

양질의 우크라이나 목재는 서부 '카르파티아 산맥'에서 생산된다.

자원 재생과
철강산업

 고물상 사업도 많은 분들이 생각하시지만, 우크라이나는 환경규제가 미미해서 일반 공장 내에 대부분 자체 중형 용광로가 설치되어 있다.

 유럽연합 원자재 재생 보조금을 받고 구리나 철 또는 알루미늄과 플라스틱을 이미 재생하여 사용하고 유럽연합에 수출도 하고 있다.

 그동안 우크라이나는 철이 대량생산 되어 수도관에도 구리를 거의 사용하지 않고 대신 모든 것을 철로 만들어 사용해 왔다.

 우크라이나는 알제리와 마찬가지로 헤아릴 수 없는 무한한 지하광물을 보유하고 있지만 또한 알제리처럼 활용 못 하고 있다.

 왜 철강산업으로 세계 1위 기업인 한국의 P 기업이 우크라이나에 와서 곡물 매매를 하는지 보면 알 수 있다.

 해외 발전소 건설을 입찰하다 보면 항상 무거운 증기터빈을 지탱하는 철골 구조물에 사용하는 철강에 절대 사용하면 안 되는 원산지가 있는데 중국, 튀르키예, 인도, 우크라이나산이다.

 튀르키예는 우크라이나 철강을 가져다 원산지를 바꾼다. 우크라이나 제련 산업은 낙후되어 질 좋은 철광석과 화력 강한 석탄을 가지고도 양질의 철강을 제조하지 못하고 있다.

알제리도 유사한 경우인데, 아나바 지역에 세계 최고 품질의 철강이 생산되었었다. 그런 이유로 파리의 에펠탑을 만들 때 알제리 철강을 사용할 정도였고 그 당시 프랑스 거의 모든 철교가 알제리 철강으로 만들어졌고 오늘날까지도 견고한 상태를 유지하고 있다.

그러나 프랑스 기업이 알제리 독립으로 1971년 철수하면서 넘치는 천연가스와 기름을 가지고도 철강 생산을 못 하고 있다. 아르셀로미탈(ArcelorMittal)이 유일하게 망한 곳이 알제리이다. 이유는 제조 시설의 낙후와 강성 노조 그리고 비효율적인 경영방식이다. 현재는 알제리 공사 현장에 유럽의 철강과 한국의 철강이 들어간다.

우크라이나도 제련 시설은 낙후되었지만, 돈바스 내전 이전까지는 풍부한 철광석과 저렴한 에너지와 인건비, 좋은 물류 환경의 도움으로 저가의 철강은 많이 만들어 냈다. 그러나 비합리적인 사회구조로 철강산업이 크게 낙후되었다.

기타
사업

수의용
백신 시장

우크라이나 서민 가정에신 반려동물을 자신이 기거하는 아파트 안에서 양육하여 팔고 부족한 생활비에 보탠다. 서유럽 대부분의 애견 가게에서 보는 헝가리나 폴란드산 귀여운 강아지나 고양이는 사실 우크라이나에서 왔다.

이렇게 키워서 외국에 보내기에 백신 및 기타 까다로운 접종 증서가 필요하다. 국내 업체 중 오래전부터 수의용 백신으로 큰돈 버는 회사가 현지에 있다. 전 세계적으로 다양한 동물 질병이 확산하고 있으며 고급 백신의 필요성이 증가하고 있다.

화장품과
가발 시장

우크라이나 여성은 한국 화장품을 선호하지만 비싸서 값싼 중국제를 사서 쓴다. 그러나 중국제는 부작용도 많이 생겨서 자세히 우크라이나 여성 얼굴 피부를 보면 짙은 화장이 크고 작은 피부 염증을 덮고 있는 것을 볼 수 있다.

많은 한국 화장품 직판 매장이 있지만 우크라이나 보따리상들이 한국에 직접 가서 값싸게 나오는 유효 만기 상품을 가져다 온라인에서 직판매장보다 저가에 팔고 있다.

가격이 비싸서 그렇지, 한국 화장품의 인기는 여전히 매우 높아서 약국에 가면 계산대 옆에는 언제나 한국 마스크팩이 전시되어 있다. 전쟁 전에는 한국의 미용이나 의료 장비 중고품도 많이 팔려 나갔다.

심지어 전쟁의 공포가 최고였던 2022년 4월에도 한국 화장품을 구매하고 싶다는 주문이 우크라이나에서 날아왔을 정도였다.

많은 한국 사람이 생각할 때 우크라이나 여성은 타 서구 여성처럼 체격이나 키가 크고 금발일 거로 생각하지만 전혀 그렇지 않다.

우크라이나 여성들은 금발보다는 갈색이나 검은색 머리가 많고 왜소한 체격에 작은 키를 가진 여성도 많다. 그래서 대부분 젊은 층은 염색한다. 그리고 깨끗하지 않은 수돗물 영향인 것 같은데 머리카락의 질이나 상태도 좋지 않아서 가발을 많이 이용한다. 통가발보다는 허리까지 내려오는 긴 붙임머리 가발을 짧은 생머리에 붙이는 것을 많이 이용하며 매우 비싸서 100달러 정도 주어야 세 가닥 긴 붙임머리 가발을 살 수 있다.

서유럽에선 한국의 전체 가발(통가발)이 좋은 판매 성과를 거두고 있다. 이런 가발은 수천 유로에도 인기가 높은데 주로 미용 용도보다는 암 환자분이 탈모 문제로 주로 사용하고 구매비용의 대부분을 의료보험에서 지원하지만, 우크라이나는 의료보험 자체가 없어서 아무리 좋아도 가격이 비싸서 구매하지 못할 것이다.

보험제도가
미비하다

　우크라이나에는 생명보험, 의료보험, 교육보험, 암보험, 화재보험, 퇴직연금보험 등 자동차보험을 제외하면 보험이 없으며 있어도 상징적인 보상만 가능하다.

　서유럽에서는 세입자가 새집에 입주하기 전에 화재나 누수, 도난에 대한 세입자종합보험에 꼭 가입해야만 열쇠를 받을 수 있는데, 우크라이나에선 국립은행인 프리바 뱅크(PrivatBank)에서 유일하게 화재보험을 일부 제시하며, 보상금이 상징적인 수천 유로에 불과하다.

　나는 우크라이나 생활 초기에는 이런 보험제도의 부재로 무척 불안하게 생활했었다. 한국의 좋은 보험회사가 이곳에 진출하여 꼭 사람이 많이 오시기 전에 보험제도를 정착시켜 주셨으면 좋겠다.

중고품의
천국

한국 중고차 판매도 2022년 2월 개전 전까지 아주 큰 호황이었다. 이들 중고차는 한국에서 수입된 것이 아니라 우선 미국에서 수입되었다.

주로 미국 소재지 큰 택시회사에서 운영하다 폐차 처리된 아주 오래 사용한 현대 소나타 중고차가 대거 들어왔다. 키이우에서 우버 택시는 거의 폐차 수준의 중고 현대 소나타(LPG)가 다 휩쓸고 있다. 대부분 미국에서 3천 불 정도에 수입해서 온갖 비용 합쳐서 여기서는 1만 불에 되파는데 선금을 받고 주문 판매할 정도로 한국 중고차는 인기가 높다.

우크라이나에서 새 차 구매는 법인이나 개인 용도나 큰 차이 없이 모두 세무적으로 매우 복잡하고 이미 관세가 30%로서 세금을 피해 갈 수 있는 저가 중고차로 구매자들이 많이 몰린다. 중고차 인기가 높은 또 다른 이유는 새 차 구매에 필요한 은행 대출이나 할부판매가 거의 불가능하므로 일반인은 새 차를 사기가 매우 어렵다.

중고차와 동반하여 국산 차 부속품도 많이 팔렸다. 심지어 한국산 중고 트랙터와 농기계까지도 많이 팔렸었다.

우크라이나 소비자의 상류층 지향성으로 의류도 고급 브랜드만 찾는데 새것은 돈이 없어서 못 사고 명품 중고를 주로 구매한다. 키이우 지하철 종점에 가면 구두나 의류의 무게를 달아서 파는 세컨드 핸드 쇼핑몰이 많고 새 물건이 도착하는 날에는 깔려 죽는 사태가 발생할 만큼 인파가 몰린다.

젊은 층은 특히 여성은 휴대전화도 모두 고급형 아이폰을 찾는데 목돈이 없기에 중고 아이폰 상점을 이용한다.

이렇게 우크라이나는 명성 있는 세계 최고 제품을 원하지만, 목돈과 은행 대출을 받기가 어렵기에 대신 모두 중고품을 산다.

이런 여러 이유로 의료기기를 비롯하여 우크라이나에서 중고품 사업은 모든 종목에서 성공 가능성이 가장 높다.

우크라이나와
다른 나라들과
특성 비교

프랑스와
우크라이나의 차이점

우크라이나는 깨끗하고 모든 게 다 넓고 크다. 도로 상태는 안 좋지만 웬만하면 8차선이라서 교통체증 없고 사람이 좀 무뚝뚝하지만 친절하고 서비스가 빠르다.

우크라이나의 서비스업종은 모두가 다 최고급 수준이며 세상에서 좋은 것은 죄다 받아들인다.

프랑스는 모든 공공기관이 잘되어 있지만(사실은 갈수록 나빠지고 있다.) 우크라이나는 병원, 학교, 도로, 철도, 통신 등 공공기관의 투자가 빈약하고 상태도 열악하지만, 민간기관의 시설은 좋아지고 있다.

프랑스는 이민자들이 많고 우크라이나는 없다. 시내를 온종일 걸어도 이민자를 보지 못한다.

프랑스는 약자와 없는 자에 우선을 두지만, 우크라이나는 부자에게 우선을 둔다.

프랑스는 정치인 중 수많은 똑똑한 여성이 있으나 우크라이나는 죄다 남성들 차지이다. 남성우월주의가 매우 강해서 사회 각 분야에 여성 비율 높이라는 유럽연합의 권고가 있다. 우크라이나의 여성 정치인 대부분은 어찌 된 일인지 죄다 미인이다.

프랑스 법정최저임금 1,350유로, 우크라이나 평균 임금 300유로이며 연금 액수는 20배 이상 차이 난다. 프랑스에서 극빈층(노숙자)에게 주는 보조금(RSA)이 1인당 636유로이다.

온라인 은행이나 공과금 납부 방법 등 IT는 우크라이나가 더 생활화되었고 안전도도 높다.

폴란드와
한국의 유사한 점

우선 총알텍시가 많다. 폴란드는 대낮에도 총알택시가 다닌다.

산업 인프라 건설을 한국의 것을 대부분 모델로 해서 도시 구조가 한국과 비슷해서 처음 가는 도시에서 길을 잃으면 바보이다.

한국처럼 미국을 지향한다. 바르샤바에 가면 뉴욕에 와 있는 거 같다.

폴란드 여자들은 생활력이 강하고 무능한 남편들에게는 많은 잔소리를 하기로 전 유럽에 소문이 나 있다.

항상 바쁘게 일해야 먹고살고 항상 시간에 쫓긴다.

서비스업종의 업무가 완벽하고 공공시설이 좋다.

산업뿐만 아니라 예술도 잘 발달하였다.

국민이 전쟁 대비보다는 정치에 더 관심이 높다.

폴란드와
우크라이나의 유사점

타 국가가 따라올 수 없을 만큼 가족적이고 신앙심이 강하다.

비즈니스에서 술자리가 매우 중요하다.

근면하고 술 잘 마시고 힘든 일도 잘한다. 그리고 정직하다. 도로공사 등 땅 파는 일을 묵묵히 모두 잘한다. 적은 보수의 단순노동도 꾀 안 부리고 열심히 잘한다.

동전 크기가 정말 콩알만 하다. 그러나 콩알만 한 게 지폐보다 단위가 큰 것도 있어서 무시하면 안 된다.

국민은 예술을 사랑하고 재능 있는 예술인들이 많다.

폴란드와
우크라이나의 큰 차이점

폴란드는 영어가 통용되고 우크라이나는 아직은 영이기 외계인 언어로 취급받는다.

우크라이나는 사람이 여유 있고 사회 전체가 부드럽다.

폴란드는 비만이 많다. 특히 지방 도시가 심하다.

키이우는 바르샤바보다 훨씬 더 부유하지만, 계층 간 소득 차이가 크다.

산업구조가 중공업과 농업, 유흥업은 우크라이나가 훨씬 더 발달하였고 사업 규모도 크다.

폴란드는 외자 및 현지 공장 유치를 국가 주도로 진행하며 다양한 인센티브를 주는 정책을 펴지만, 반면 우크라이나는 각자 도생으로 외국 기업에 대한 혜택이 없고 도리어 뒷돈을 갖다 바쳐야 한다. 그래서 아무도 그곳에 안 가려고 한다.

폴란드처럼 외국인 주재원 자녀를 위한 국제학교가 잘 발달하지 못했다.

우크라이나는 시내 중심지에 있는 아파트 월세가 엄청 높다. 월세 10년 낼 돈이면 아파트 한 채 구매할 수 있다.

자녀 교육을 폴란드는 서유럽처럼 남성도 참여하고 우크라이나는 주로 여성이 전적으로 맡는다.

우크라이나는 가부장적이어서 집안일을 남성이 하지 않고 맥주 마시고 축구 경기만 본다. 여자가 남편, 가족, 노부모까지 모두 책임지는 전통으로 하루에도 여러 가지 알바로 돈을 벌기에 고생으로 빨리 늙는다. 40대면 벌써 할머니 후보처럼 보인다.

우크라이나는 양귀비가 관상용이고 씨앗도 일부 빵에 넣어 먹는 경우도 있지만 폴란드는 엄격하게 금지하고 있다.

우크라이나와
한국의 차이점

우크라이나는 반려견이 가족이고 절대 식용하지 않는다(우크라이나 사람은 어디서 들었나 한국이 개고기를 식용한다는 것을 자세히 잘 알고 있다.).

반려견뿐만 아니라 국민이 모든 동물을 좋아해서 전쟁에서 자원봉사자들이 목숨 걸고 동물보호소나 동물원을 러시아 침공으로부터 많이 지켜 냈다.

애완동물로 돼지 새끼를 기르는 사람도 많다.

우크라이나의 전쟁 영웅 중에는 동물을 보호해서 영웅 칭호 받은 사람이 많다.

우크라이나인은 대국적 기질이 있어서 어떤 경우에도 여유가 있고 전사 기질이 있어서 어떤 비극도 절대로 통곡하며 울지 않는다.

우크라이나에서는 소리 내 화를 내거나 통곡하면 정신질환자로 여긴다. 주먹질하는 것은 괜찮다.

타인의 이해심이 깊다. 인종차별이 없고 러시아를 제외하고는 특별하게 혐오하는 나라가 없다.

여성은 조혼이 많아서 23살이면 벌써 애들이 있고 26살이면 이혼하여 싱글맘 천지다. 지방으로 갈수록 싱글 맘 나이가 어려지고 있다고 한다.

여자가 남편에게 바라는 것은 정말 소박하다. 직업 귀천 없이 아무 직장이나 착실하게 다니기만 해도 만족한다.

RH 음성 혈액형 빈도가 세계에서 제일 높아서 임신하면 산모의 혈액형과 태아의 혈액형이 충돌하는 문제가 많이 발생한다. 그래서 연애 시작할 때 남친 혈액형부터 확인하고 문제없을 때 본격적으로 관계 시작하는 여성도 많다. 우크라이나 여성이 당신의 혈액형을 물어보면, 그건 한국처럼 혈액형으로 당신의 성격을 파악하려는 것이 절대 아니라 진지한 관계를 맺으려는 의도이다.

여자는 좋아한다면 남자와 나이 차를 크게 따지지 않으며 재산도 중요하지 않다.

우크라이나와
한국이 유사한 점

우크라이나 사람은 특히 젊은이들은 루이 비통이나 샤넬 백을 많이 들고 다닌다. 그래서 가격이 싸지만, 중국 의류가 안 팔린다. 내게 스포츠 마사지를 해 주시던 분은 서울로 일하러 떠났는데 지금은 한국 중고 노스페이스 의류를 가져와서 팔아서 돈을 벌고 있다.

독서 인구가 많다. 중고책 파는 대형 도서 시장이 도시마다 있다. 클래식 음악, 발레 등 고전 및 대중음악이 골고루 잘 발달하여 있고 공연 비용은 한국보다 훨씬 저렴하여 일반인도 모두 즐길 수 있다.

우크라이나 전통 요리에 만두, 두부, 순대, 닭똥집, 삼겹살 등 한국과 너무 똑같은 게 많다.

우크라이나는 정말 한국의 1970년대와 똑같다. 사람이 잘살기 위해 무슨 일이든지 마다하지 않고 열심히 하고 세계 최고가 되고 싶은 욕망 또한 강하다.

독립과 자유의지가 매우 강해서 타민족 지배를 절대 못 참는다.

항상 당파로 싸우더라도 외적이 들어오면 똘똘 뭉쳐서 모두 죽을 때까지 싸운다.

자녀 교육에 매우 헌신적이다. 전쟁 중인 현재도 조기유학원은 잘되고 있다. 주로 영국에 많이 보낸다.

곧잘 차량 주차나 신호 문제로 또는 친구들과 술 잘 마시다가 거리에서 주먹 다툼을 잘한다. 권투가 국민 스포츠이다. 축구도 잘한다.

우크라이나 여성은 대부분 키가 작다. 이런 키에 대한 콤플렉스로 구두나 운동화도 언제나 굽 높은 것만을 골라서 신는다. 심지어 눈 많이 오는 겨울이나 꽁꽁 언 빙판길도 하이힐로 걷는다. 그래서 우크라이나에서는 신발의 굽이 높을수록 잘 팔린다.

집안은 빈약해도 일단 외출할 때는 부자처럼 멋지게 꾸미고 챙겨 입는다. 그래서 미용 관련 사업이 많이 발달하여서 한 집 건너 미용실이며 밖에서 보면 이 나라는 모두 부자들만 사는 것 같다.

큰 아파트와 대형 승용차 욕심이 과하다. 집을 팔려고 내놓으면 대부분 옆집에서 사들여 벽을 터서 아예 한 집으로 개조한다. 부동산 보유세와 난방비가 미미해서 가능하다.

편의점과 슈퍼마켓이 한국처럼 골목마다 여러 개 있고 24시간 편의점도 있다.

치안이 잘되어 있어서 밤에도 돌아다녀도 문제가 없다.

프랑스와
우크라이나의 유사한 점

누 나라 국민 모두 시간의 여유를 가지고 산다.

전력, 항공우주, 조선, 무기 제조, 식품 가공, 철강, 화학 등 기초과학과 인프라 사업에 두 나라 다 최고이다.

한국 지인이 우크라이나는 자국산 중/장거리 미사일 하나 없어서 모두 외국에서 구걸해 오는데 어찌하여 우크라이나의 항공산업이 다들 세계 최고라고 인정하는지를 문의하셨다. 제조 기반이 무너져서 그렇지, 해당 분야 전 세계 원천 특허를 우크라이나가 대부분 소지하고 있다.

모두 농산물 생산량에서 세계 2, 3위이며 농지가 기름지다.

마음먹으면 모두 다 가장 잘할 수 있는데, 안 하고 놀고 있다. 그러나 가끔 뭘 하나 만들면 기가 막히게 명품을 만든다. 결심만 하면 지상에서 미국을 능가할 수 있는 유일한 나라이다.

수탉이 양쪽 국가 상징 동물이다. 부엉이도 두 국가 국민 모두 다들 좋아한다.

역사적으로 항상 전쟁을 많이 한 나라들이다.

두 나라 왕가의 할머니(안느 여왕)가 같다. 근친으로 프랑스 왕가에서 더는 주변국으로부터 색시를 못 구해서 가장 멀리 떨어진 이곳까지 와서 왕비를 구해서 새로운 피를 수혈받고 프랑스 왕가를 계속 번영시켰다.

이 부분을 좀 더 자세히 알면 우크라이나에서 프랑스의 영향력이 꽤 많은 이유를 쉽게 이해할 수 있다.

프랑스 왕비가 된
키이우의 여자

우크라이나 공주 '키이우의 안느'는 국제결혼으로 프랑스 왕비가 되고 후에는 유럽 왕가의 할머니가 된다.

키이우 시내에서 가장 산책하기 좋은 거리라면 '야로슬라비브 발 (YAROSLAVIV VAL STR) 거리'이다.

골든 게이트에서 시작하여 '르비브스카 공원(LVIVSKA PARK)'에서 끝나며 그 뒤편으로는 드니프로강과 포딜 지역이 한눈에 보이는 탁 트인 언덕 정상에 다다른다.

특히 이 구역은 프랑스 영향을 많이 받은 듯 연극당, 꽃집, 빵 가게, 카페, 식당, 와인 바들이 즐비하며 프랑스 대사관을 비롯하여 많은 대사관이 자리를 잡고 있다.

이 거리를 지나면서 항상 보게 되는 작은 소녀의 동상, 무언가 애처롭고 신앙심 깊은 듯한 모습으로 처음에는 생텍쥐페리의 어린 왕자의 여자친구나 또 다른 시대에 학살당한 우크라이나 어린이를 추모하는 동상이겠지 했지만, 호기심에 동상 밑을 읽어 보니 불어로 적혀 있다.

"ANNE de Kiev" 즉 "키이우의 안느"이다.

키이우의 안느는 1031년 프랑스 왕위에 즉위한 앙리 1세의 3번째 왕비였다.

왕좌에 오르자마자 앙리 1세는 강력한 정당의 우두머리였던 그의 어머니와 형제 로버트에 맞서 무기를 들었고 결국 승리했지만, 주변은 항상 적들로 들끓었으며 특히 여자 복이 없었다.

그의 첫 부인은 신성 로마 황제의 딸 마틸다였으나 결혼한 지 불과 3개월 만에 세상을 떠난다. 두 번째 부인도 이유 없이 시름시름 병들어서 죽고 만다.

당시 30대였던 앙리 1세는 왕위 계승자를 얻기 위해 재혼하기를 열망하였지만 쉽지 않았다.

당시 프랑스는 서방에서 가장 강력한 왕국이었으며 그 명성은 유럽 전역에 퍼졌지만, 대부분의 유럽 왕실은 그에게 혼인의 문을 닫았다.

교황청이 그동안 만연했던 왕족 간의 근친혼을 바로잡기 위해 7촌까지의 결합을 절대 금지하였다. 이전에는 왕들이 근친혼의 비참한 결과를 무시하고 영토 확장을 위해 결혼을 했으며 때로는 자신 조카와 결혼하기도 했다.

직간접적으로 프랑스 군주와 동맹을 맺지 않은 나라는 없었기에 근친이 아닌 공주는 더는 존재하지 않았다. 절망한 앙리 1세는 약혼자를 찾기 위해 사절단을 먼 동쪽으로 보낸다. 그가 첫 좋은 소식을 받는 데는 무려 5년이 걸렸다.

바로 키이우 대공 야로슬라프의 딸인 안느였다.

안느는 마케도니아 왕과 비잔틴 황제로 거슬러 올라가는 명문가 출신이었디. 그녀는 엄격한 교육을 받았으며 그리스어와 라틴어를 구사했다. 그녀의 6명의 형제자매는 유럽의 왕가와 모두 성공적인 결혼을 했다. 한 명은 노르웨이의 여왕이고 다른 한 명은 헝가리의 여왕이며 그녀의 형제 중 한 명은 영국의 Harold의 딸과 결혼했다. 당시 종교의 차이가 문제가 되지 않았던 이유는 로마 기독교와 정교회 기독교가 1054년까지 분열이 일어나지 않았고 분리되지 않았다.

그녀의 어머니인 스웨덴의 잉그리드로부터 안느는 우아함, 재치, 금발 머리, 관능적인 입을 물려받았다고 한다. 안느의 미모가 멀리 콘스탄티노플까지 칭송된다는 말을 들은 앙리 1세는 갑자기 눈이 반짝인다. 그는 당장 주교를 키이우에 보내서 안느 아버지에게 대신 청혼을 요청한다.

당시에 서부와 개방에 생각이 많았던 안느의 아버지는 제안을 수락했다. 그렇게 안느(Anne)는 자신이 전혀 알지 못하는 프랑스를 향해 상당한 지참금을 실은 마차를 타고 위험하고 먼 길을 떠난다.

마침내 소문보다 훨씬 더 아름다운 약혼자를 만난 앙리 1세는 즉시 그녀에게 반했다고 한다.

결혼 후 몇 년 동안 안느는 남편에게 미래의 필립 1세가 되는 필립을 포함하여 네 명의 자녀를 낳아 주었다. 이전까지 그리스가 기원인 필립이란 이름은 서유럽국가에서 사용되지 않았고, 처음이었다.

결혼 당시 앙리 1세는 43세, 안느는 25세로 큰 나이 차이가 있었고 결국 앙리 1세가 먼저 일찍 사망하자 안느는 필립 삼촌에게 필립 1세의 섭정을 맡기고 파리 근교 성으로 옮겨 가서 새로운 생활을 즐기게 된다.

해방된 젊은 과부 안느는 매우 활기차고 인기 있는 파티와 피로연을 자주 개최하였으며 남성 초대객들은 아름다움이 빛나는 여왕과 사랑에 빠졌다고 한다.

눈먼 남자 중에는 당시 프랑스에서 강력한 영주 중 한 명인 라울이 있었다. 안느도 같이 그를 사랑을 하게 된다. 그러나 라울은 이미 결혼을 한 상태였기에 아내에게 친정에 다녀오라고 한 뒤 숲속에서 납치하여 가두어 버리고 실종 신고를 하고 안느와 재혼한다.

이 납치와 그에 따른 결혼은 스캔들을 일으켰다. 교황 Alexander II는 라울에게 실종된 아내를 되찾도록 명령한다. 라울은 교황의 명령을 거절한다. 교황은 라울의 재혼을 무효로 선언한다.

그러나 라울과 안느의 줄기찬 사랑에 교황도 국민도 시간이 지나면서 결국 굴복하게 된다. 필립 1세도 어머니를 용서하면서 이들은 공식적인 부부가 된다.

1074년 라울이 세상을 떠나자 안느는 말년을 수도원 건축과 복원에 바쳤다. 그녀는 1079년에 사망했다. 프랑스의 왕뿐만 아니라 영국, 벨기에, 스페인, 스웨덴 군주도 모두 유럽의 첫 번째 할머니로 간주할 수 있는 이 안느 여왕의 후손이다.

우리가 우크라이나 공주 이야기까지 알 필요가 있느냐고 반문하실지 모르지만, 종전되고 우크라이나가 유럽연합 구성원이 되었을 때 그때는 유럽연합의 역사로 중요시될 수 있기에 알아 두면 좋을 것이다.

또한 이 역사에서도 알 수 있듯이 우크라이나는 러시아가 아니라 유럽이다.

우크라이나의
진정한 가치

나는 개인직 성향으로 우크라이나 전원을 무척 좋아한다. 무한한 경쟁 속 작은 땅덩어리 나라에서 태어나서 그런지 큰 하늘 아래서 장엄한 우크라이나의 넓은 강과 대 농원을 한가히 걸어 볼 때는 세상을 다 가진 것 같은 풍요로운 마음이 들고 세상 모든 이들을 다 이해할 수 있을 것 같고 아무것도 두렵지 않다.

2019년 한국 유명 종교 단체의 지도부에서 많은 분들이 우크라이나 땅을 평가하기 위해 현지 시찰을 나오신 적이 있는데, 우크라이나의 드넓은 평야를 일부 사들여서 정신적 육체적으로 많이 지친 한국 청년들 자연 수련원으로 만들 구상을 하고 계셨다.

그분들은 그렇게 지친 한국 청년들의 치료에 필요하게 전혀 오염되지 않고 병들지 않은 건강한 땅을 찾고 계셨고 우크라이나가 가장 적합하다고 말씀하셨다.

나 또한 우크라이나에 와서 정신적으로나 육체적으로 아주 좋아졌다. 특히 나는 차를 타고 아주 멀리 나가서 사람이 전혀 없는 대평원에서 오로지 하늘과 땅 그리고 나만 존재하는 마치 태곳적 최초 인간이 되어 보는 것을 즐긴다(들개 떼 조심).

나는 지난 40년 동안 프랑스에 체류하면서 베를린 장벽이 허물어지고 구소련이 멸망하고 많은 동유럽 국가들이 어떻게 발전되었나를 모두 지켜보아서 우크라이나의 향후 발전 가능성을 긍정적으로 기대하고 있다.

　이 세상에 돈을 벌 나라는 많다. 뜨거운 중동에 가서 파이프를 박아도 돈은 많이 벌 수 있다. 그러나 그곳엔 돈벌이 그 이상의 것이 없다. 그러나 돈을 벌면서 동시에 삶의 질을 높일 수 있다면, 인간으로 태어나서 한번은 자유롭고 여유롭게 살아 보고 싶다면, 우크라이나만 한 곳이 없다.

우크라이나
가는
최상의 방법

2022년 2월 24일 러시아 침공 직전에 우크라이나행 항공노선이 전면 중단되면서 다른 방법으로 우크라이나에 오가는 것에 대한 정보가 전혀 없었다. 나도 처음에 우크라이나를 열차로 가는데 정보가 전혀 없어서 시행착오를 많이 겪어서 너무 힘들었었다. 그래서 오갈 때마다 주의할 사항들을 메모로 모아 왔고 많은 분이 나처럼 고생 없이 쉽게 오고 갈 수 있도록 준비하였다.

내가 근무하는 회사는 동유럽에서 아프리카까지 포함하는 법인이 파리에 소재하고 있어서 나는 파리 샤를 드골 공항에서 출발하여 키이우 중앙역까지 매번 거의 36시간을 소요하면서 오가고 있다.

이젠 눈감고도 갈 수 있는 나의 파리에서부터 바르샤바 거쳐 키이우 가는 일정을 크게 요약하여 소개해 드린다.

파리 사무실에서 일과를 마치고 저녁에 에어프랑스에 탑승하면, 2시간 후에 바르샤바에 도착한다. 우버 택시로 시내 노보텔 센트룸 호텔(1박에 100에서 150유로)에 가서 1박 한다.

호텔은 바르샤바 시내에서는 전차 달리는 진동과 쇠바퀴가 철로에 부딪히는 소음이 너무 커서 숙면하기 힘들기에 항상 꼭대기 층을 예약한다.

여기서 숙면 못 하면 다음 날 침대 열차에서는 숙면하기가 더 어렵기에 당신은 이틀을 밤을 꼬박 새우게 된다.

다음 날 오전에는 한동안 통신 두절로 처리 못 할 회사 업무를 모두 마무리한 후에 호텔 근처 한식당(아리랑)에 가서 점심을 먹고, 한 10-50분 걸어서 중앙역(또는 동역, 서부역, 그단스크역)으로 가서 우크라이나 국경까지 가는 폴란드 급행열차를 타면 오후 늦게 도착한다.

폴란드 국경에 도착 후에는 한 2시간 정도 환승 시간이 있기에 역 주변 식당을 이용하거나 손수 준비한 도시락으로 공원이나 길가 벤치에서 피난민들에 섞여 저녁을 일찍 먹고 근육을 풀기 위해 산책을 한 시간 정도 하고 이른 저녁에 야간열차에 오르면 그다음 날 동틀 때 5시쯤에 키이우 중앙역에 도착한다.

폴란드 국경에서 자정에 출발하는 마지막 밤 기차를 타면 키이우에 점심 때 도착한다. 즉 대략 12시간 정도 소요된다. 그리고 두 나라 간에는 한 시간의 시차가 항상 있다.

우크라이나로 들어가는 기차는 현재 대부분 폴란드 바르샤바(소수 열차가 빈에서부터 출발)나 폴란드 2곳(동쪽과 서쪽)에 있는 국경역에서 각각 출발하고 있다.

여행객은 폭증하는데 낡은 철도와 단선 구간, 그리고 국경 구간 긴급 철로 확장공사로 운행에 제한이 많아서 열차 좌석이 항상 부족하다.

최소 2주 진에 내가 우크라이나 현지 비서에게 티켓 구매를 요청하면 브로커와 논의하여 하루 정도 후에 예약을 컨펌 받고 바로 연계되는 항공편과 환승 열차 등을 환승 시간을 충분히 계산하여 예약한다.

즉 우크라이나 가는 여행 일정은 우크라이나 침대 열차표 구하기가 제일 어렵기에 최우선으로 확보한다.

또한 매년 5월경에 치르는 부활절 휴가(2주일)나 우만시에서 거행되는 대략 9월 말경의 유대교 성지 순례 기간(2주일)에는 열차표 구하기는 불가능하다.

이 시기는 매년 변동하기에 미리 날짜를 확인하여 여행 일정을 조정해야 한다. 다음에 종전이 되어 항공노선이 재개되더라도 이 기간 동안은 항공표도 구할 수가 없다.

그리고 젤렌스키 징부의 문화와 종교의 탈러시아 정책으로 내년부턴 유럽과 크리스마스나 부활절의 축일이 동일해진다. 지금까지는 10여 일 정도의 차이가 있었다. 12월 25일은 사실 우크라이나 서부 중심지인 르비우에선 가톨릭 국가인 폴란드의 영향을 많이 받아서 오래전부터 성탄절로서 중요하게 지냈으나 지리적으로 러시아 동방정교회의 영향을 강하게 받은 키이우 및 동남부는 러시아 동방정교회의 영향으로 통상적인 성탄절 날짜인 12월 25일이 아닌 매년 1월 7일을 성탄절로 기념해 왔다.

동방정교회에서는 세계 표준 달력인 그레고리력과 13일 차이가 나는 '율리우스력'을 기준으로 종교적 명절을 지내기 때문이다.

부활절 기간에는 고향으로 가서 가족과 함께 보내려는 사람으로 인하여 키이우 거리는 한산해지고 역은 여행객들로 넘쳐 난다.

공식으로 쉬는 날은 3, 4일 정도인데 그동안 밀린 휴가를 모아서 부활절 휴일 앞으로 1주일 그리고 뒤로 1주일 늘려서 2주간 집중적으로 쉰다.

부활절 7일 전은 '팜 데이'라 해서 강아지풀을 교회에 가져가는 종교 행사가 있고 부활절 당일날은 광주리에 빵을 담아서 성수로 축복받고 친척이나 친구, 이웃과 나누어 먹고 묘지도 방문한다.

동슬라브인들은 동방정교회를 받아들이기 이전에 한국의 민속신앙과 유사한 상당이 자연 친화적인 대상들을 섬기는 그들만의 민간신앙을 가지고 있었으며 아직도 이런 숭배 문화가 많이 남아 있다. 또한 기독교와는 별개로 우크라이나인들의 생활에서 아직은 민간 주술적인 전통이 남아 있다. 키이우의 가장 높은 언덕에는 종종 이상한 옛날 의상을 입고 사람이 원 모양을 만들고 모여서 이상한 타악기를 치면서 주문을 합창하며 제사 지내는 모습을 본다.

　　민간신앙이 가장 강하게 아직도 실생활에 남아 있는 것은 숫자의 의미이다. 우리가 죽음의 4자를 피하듯이 이곳에선 꽃을 선물하는 경우에 죽음을 암시하는 짝수보다는 1, 3, 5형식의 홀수로 꽃을 준비한다. 길에서 꽃 2, 4송이를 손에 들고 누군가 바삐 걸어가고 있다면 장례식에 가는 것이다. 노란 꽃은 이별을 의미해서 사 가지 않는다. 그래서 꽃집에 노란색 꽃은 드물고 특히 노란색 튤립은 엄청나게 싸다.

　　꽃집에서 엄청나게 싸다고 초청받아 가는 집에 노란색 튤립으로 짝수로 사서 들고 가면 절대 안 된다.

폴란드에서 우크라이나로
들어오는 기차 경로

바르샤바-키이우(Warsaw-Kyiv),

헤움-키이우(Chelm-Kyiv),

프세미실-키이우(Przemyśl-Kyiv), 프세미실-자포리자(Przemyśl-Zaporizhia), 프세미실-오데사(Przemyśl-Odesa), 헤움-하르키우(Chelm-Kharkiv), 프세미실-하르키우(Przemyśl-Kharkiv).

이들 열차 운임은 1,600-3,000흐리브냐 정도이다(58,500원-110,000원).

열차 운행
시간표

- 68/67 Warsaw-Vskhodnia-Kyiv
바르샤바 출발 17시 45분, 키이우 도착 12시 07분

- 093/094 Chelm-Kharkiv-Pas
헤움 출발 16시 32분, 하르키우 도착 14시 02분

- 23/24 Chelm-Kyiv
헤움 출발 16시, 키이우 도착 06시 13분

- 90 Przemyśl-Kyiv
프세미실 출발 13시 45분, 키이우 도착 17시 42분

- 32/31 Przemyśl-Zaporizhia
프세미실 출발 18시 10분, 드니프로 경유 13시 28분, 자포리자 도착 16시 02분

- 36/35 Przemyśl-Odesa

프세미실 출발 20시 28분, 오데사 도착 13시 58분

- 53/54 Przemyśl-Kyiv

프세미실 출발 20시 28분, 키이우 도착 21시 03분

- IC+706 Przemyśl-Kyiv

프세미실 출발 09시 45분, 키이우 도착 20시 14분

- IC+716 Przemyśl-Kyiv

프세미실 출발 23시 30분, 키이우 도착 09시 55분

* 앞 숫자는 열차 고유 번호

모두 전동 기관차나 디젤기관차에 의해 동력 집중식으로 운행되는 15-20량의 객차가 편성된 복합 기차 방식이다.

우크라이나로 가는 열차 종류는 좌석과 침대 열차로 2종류가 있다.

침대 열차는 3단 6인승, 2단 4인승, 반쪽 방 3단 3인승, 그리고 퍼스트 클래스인 1단 2인승용으로 되어 있으며 1인실은 없다.

그중에서 반쪽 방 3단 3인승은 최악의 환경으로 정말 여름에는 숨 막히며 그것도 장시간 남녀 혼숙하는 경우 매우 불편하다.

폴란드를 통해서 우크라이나에 들어오는 노선은 가장 편리하기에 많은 승객들이 이용하며 그중에서도 특실 2인승 표를 얻기가 어렵지만 승객들은 대부분 브로커를 통하여 2,000흐리브냐(계속 값이 오르는 중)를

추가 지급하고 좀 더 쉽게 표를 구입하고 있다.

사정상 혼자만의 공간이 필요하면 한 객실에 배정된 2-4개 표를 모두 구매하여(합법이나 사실 요즘은 표 한 개 사기도 힘들다.) 혼자서 편하게 이용할 수 있다. 특히 반려견을 가진 사람과 넓은 공간이 필요한 장애인 분들이 타인에게 피해를 주지 않기 위해 이렇게 다닌다.

또한 3단 맨 위 침대 자리는 바닥에 있는 1단보다 많이 흔들리고 침대에 오르고 내리는데 매우 불편하지만, 우크라이나에서는 침대 위치에 따른 표 가격의 차이는 없다(유럽 다른 나라에는 가격 차별).

키이우-바르샤바행 열차의 경우는 차라리 맨 위층의 공간이 좀 더 높아서 허리 정도는 펴고 앉을 수 있어서 그나마 나은 편이다. 맨 위층 자리를 배정받는 경우에는 바로 침대에 줄로 몸을 묶는데 이건 급제동 시 튕겨서 떨어지면 즉사할 것 같기 때문이다.

좌석 열차는 13시간 이상 앉아 있어야 하기에 좌골신경통이란 후유증이 발생하며 수개월간 엉덩이 근육이 시리고, 걷거나 허리를 굽힐 때 신경 줄이 당기는 통증이 심하게 발생한다. 척추에서 하반신으로 내려가는 신경대를 엉덩이가 장시간 눌러서 신경선이 훼손되는 현상으로 통증이 오래가기에 조심해야 한다.

현대로템에서 만든 급행 좌석 열차는 침대 열차보다 빠르고 안락한 최신형이지만 13시간 타면 엉덩이가 아파서 나는 몸에 무리가 없는 침대 열차만을 이용한다.

또한 현대로템의 급행 좌석 열차는 최신형이지만 우크라이나 철로가 소련 때 만들어진 고물이어서 전 구간 고속 운행을 아직 못 하고 있다. 키이우 근처에 다 와서 몇 구간에서만 150km 고속으로 운행하기에 전체 여행 시간으로 보면 침대 열차와 별 큰 차이가 없다.

이렇게 여행 시간이 많이 소요되는 이유는 열차 문제보다도 양국 국경 검문소에서 행하는 비합리적인 처리 방법(몇명으로 이루어진 한 팀이 전 기차를 담당한다)으로 기인한다.

여기에 더하여 자주 있는 단선으로 발생하는 대기시간과 공사 구간에서 서행 시간, 줄줄이 연결했던 여러 목적지로 가는 객차를 본체에서 분리하거나 결합하면서 빌생하는 작업시간, 그리고 가장 많은 시간이 소요되는 폴란드 국경을 넘기 전에 하는 철도 궤도 수정작업 소요시간 때문에 전체 운행 시간이 엄청나게 오래 걸린다.

그래도 놀라운 것은 이렇게 수많은 변수가 작용하여 운행 시간이 오래 걸려도 절대 목적지에 늦게 도착한 적은 겪어 보지 못했다.

단 VIP가 탑승하는 경우에 경호 문제로 출발이 크게 지연되거나 행선지 경유 시간을 보안상 고의로 불규칙하게 운행하는 경우는 있다.

침대 열차표를 구할 수 없어서 어쩔 수 없이 좌석 열차를 이용한다면 꼭 옆 좌석표까지 동시에 구매하여 몸을 좀 눕혀서 가면 허리 아픈 게 덜하다. 승무원이 지정석이 아닌 공석에 가서 넓게 못 앉게 한다. 침대 열차도 지정된 자리를 사정이 있어서 다른 칸과 교체할 때 꼭 승무원에게 허락받은 후에 실행해야 한다. 우크라이나 열차는 약간의 소련 시대 군대 문화가 남아 있다.

한번은 2단 4인승 침대 칸의 맨 위 자리를 구매했는데 올라갈 때 힘이 달려서 힘들었다. 기차가 많이 흔들려서 사다리를 타고 내려오다 떨어지기도 했다.

2인승 침대 칸이 제일 좋지만, 열차표는 항공권에 비교해 저렴하고 일등, 이등석에 가격 차이가 별로 없어서 모든 사람이 2인승 침대 칸을 찾기에 경쟁이 너무 심해서 표를 구하기가 어렵다.

공식사이트에서 표 판매가 개시되자마자 완전히 매진되는데, 누군지 모르지만 싹쓸이하여 웃돈을 받고 되판다. 정확하게 표현하면 20일 전부터 공식 판매하는데 당일 오전 8시에 서둘러야 겨우 살 수 있다.

이제는 요령이 생겨서 브로커를 통해서 쉽게 표를 구하는 방법을 찾았다. 이제는 4일 정도 앞서서 주문하면 브로커가 최고 자리(객차 끝 화장실 옆 칸으로 비상시 가장 빨리 탈출할 수 있다.)를 구해다 준다. 이것도 국경을 넘나드는 이동 인구가 폭증하면서 열차 탑승 몇 시간 남겨 놓고 가까스로 표가 전달되는 경우가 생기고 있다.

브로커도 전격적으로 믿을 수 없어서 업무상 중요한 회의가 예정되면 다음 시간 열차표를 추가로 사기도 한다. 그래도 지금까지 브로커를 통해서 표를 사면서 펑크가 난 적은 한 번도 없다. 우크라이나 사람은 웃돈을 지급하면 그만한 가치를 꼭 해 준다.

열차표를 구매할 때는 꼭 실명으로 사게 되어 있는데 어떻게 브로커는 출발 며칠 전에 실명으로 된 공식 표를 구해 올 수 있는지? 나는 이해가 쉽게 안 된다. 대부분 사람은 나처럼 브로커를 통해서 열차표를 사서 다니고 있다.

리시아 침공 이전에 나는 우크라이나 열차를 탄 적이 전혀 없었다.

우크라이나 직원이 휴가 때 고향인 서부 산악지대인 '이바노 프랑키우시크'에 갈 때면 냄새나는 열차를 15시간 타고 가야 한다고 불평하면서 우크라이나 시골 사람은 목욕을 잘 하지 않는다고 한숨을 내쉴 때 나는 실제 상황을 인지하지 못했다.

나는 한국도 1970년도에는 비슷한 상황이었다고 그를 위로해 주었다. 일단 직원들이 휴가로 고향으로 떠나는 순간 그들과 모든 통신이 귀환할 때까지 끊기었다.

나는 우크라이나는 대도시를 떠나면 인터넷과 전화가 불통이 된다는 것도 열차를 타면서 알게 되었다. 열차를 타고 가다 보면 탑승객은 경유역에서 다들 감았던 눈을 뜨고 모두 휴대전화를 꺼내서 인터넷을 연결했다. 그리고 기차가 다시 출발하면 통신이 끊긴다.

모든 철도 건널목 차단기는 자동이 하나도 없으며 직원이 기거하면서 모두 수동으로 작동시킨다.

우크라이나의 대부분 서민이 이용하는 철도, 시외버스터미널이나 재래식 시장, 지방 도로들은 전혀 설비투자가 이루어지지 않았었기에 매우 열악한 환경이다. 아직도 한적한 버스 정류장에는 재래식 화장실이 설치되어 있어서 애들은 무서워서 화장실 건물 뒤로 간다.

그나마 이런 노천 화장실은 아프리카처럼 사방에서 파리나 모기가 달려들지 않는 것은 다행이다. 기후 때문인지 몰라도 참 신기한 것이 우크라이나는 하루살이, 빈대, 바퀴벌레, 집 거미, 개미, 나방 같은 해충이나 곤충이 거의 없지만 벌은 많아서 유럽 최대 꿀 생산국이다.

공항시설도 키이우와 르비우 공항 정도만 기본 시설이 되어 있을 뿐 나머지 공항은 울타리 쳐진 벌판에 바람 자루만 날리는 정도이다.

침대 열차에서
만나는 사람

나는 언제일지는 모르나, 종전되어서, 드디어 키이우 하늘길이 다시 열리더라도 꼭 여러분에 비행기 대신 2인승 침대 열차를 꼭 한번은 타고 우크라이나에 가 보시라고 권해 드린다.

우크라이나 침대 열차는 파리에서 2025년에 재운행하게 될 화려한 '오리엔트 특급열차'는 아니고 완전 첫덩어리에 불편하고 투박하고 초라하기까지 하다. 그러기에 목포행 완행열차처럼 격식 없이 마음 편하게 인간적인 여행을 할 수 있다.

내가 항공편으로만 움직일 때는 이렇게 많은 다양한 사람을 만나 보지 못했다. 3시간 동안 파리에서 키이우로 가면서 옆 좌석 사람하고 인사말 한마디 건넬 여유 없이 항상 바쁘게 오고 간 경우가 대부분이었다. 비행기는 사람의 마음을 편안하게 만들어 주지 못한다. 고공의 폐쇄 공간에 실려 고속으로 날아가기에 혹시나 하는 두려움으로 모두 걱정 근심이 가득하다. 사람은 그런 공포를 잊기 위해 옆 사람과 대화하는 대신 게임을 하거나 영화를 보면서 간다.

반면 지면에 붙어서 덜거덩거리며 서서히 가는 저속 열차는 사람을 안심시키고 편안하게 만들며 자신의 얘기를 하고 싶은 분위기를 조장해 준다.

나는 키이우행 저속 야간열차를 타면서부터 정말 중요하고 다양한 많은 분야 사람을 만나서 밤새워 이야기할 수 있었고 지금도 여전히 그들과 연락을 유지하고 있다. 그중엔 유엔 고위 인사, 나토군 장성, 일본 사업가, 스웨덴 무관, 캐나다 군사용 인공지능 개발자, 키이우 국립대 철학교수, 국적은 잘 모르는 많은 국제 의용군 젊은이, 제약 회사 인사부장, NGO, AFP 특파원, 많은 애들과 아줌마 등등 헤아릴 수조차 없다.

우리는 전쟁 지역을 자발적으로 찾아가는 특수 상황에서, 누추한 이불이 낄린 침대 위에서, 열치기 가는 소리에 진지해지고 솔직해지면서, 가져온 과일과 샌드위치를 서로 나누어 먹으면서, 그들이 살아오면서 기억되었던 것과 잊을 수 없었던 감동을 내 것과 공유했으며, 왜 우리는 우크라이나에 왔으며 무엇을 해야 하는지에 관해 밤새워 의견을 나누고 또한 서로의 일생에 관해 이야기하였다. 우리는 항상 내릴 때 친구가 되어 있었으며 서로의 무사함을 빌었다.

마리우폴 지역 상하수도 시설
현대화 공사

키이우 야간열차에서 만났던 사람 중에서 가장 인상 깊었던 분은 팔순이 넘은 프랑스 사업가로 여러 국적의 여권을 가지고 소련 시절부터 이렇게 다녔다며 지금은 열차가 엄청나게 좋아진 거라고 하였다. 그는 기차가 출발하기 전 여러 개의 휴대전화를 이용하여 쉴 새 없이 여러 국가 말로 통화하다가 더 이상 통신을 할 수 없게 되자 복도 창문을 열고 답답한 듯 심호흡을 하고 침대로 돌아와서 과일 위주로 구성된 건강식 도시락을 먹기 시작했다.

나이에 비교하여 엄청 액티브한 노인이셨다.

그는 야간열차에서 어느 방향에서 어떻게 누워야 잠을 잘 잘 수 있는지를 나에게 친절하게 알려 주었다(복도 방향으로 머리를 두어야 진동과 소음이 덜하다.).

그는 '마리우폴' 지역 상하수도 시설 현대화 공사에 4,000만 유로를 투자하고 준공 단계에서 전쟁이 터지는 바람에 모두를 잃었다. 지금은 '마리우폴' 근접 도시에 사무실과 직원들을 옮겨 놓고 '마리우폴'이 해방되기만 기다리고 있다.

프랑스 기업들이 우크라이나에 직접 투자한 것은 우크라이나가 친유럽연합으로 본격적으로 기울기 시작한 2014년부터이며 특히 자포리자 지역 핵발전소 현대화 사업이나 마리우폴 수자원 사업 등 규모가 큰 우크라이나 인프라 사업에 많이 연관되어 있다.

프랑스 정부에서 실행하는 무상 개발도상국 지원 프로그램도 이 지역에 집중되어 있어서 이 지역은 아마도 한국 기업들이 도저히 뚫고 들어갈 수 없어 보인다.

벌써 유럽부흥개발은행(BERD)은 2014년부터 그리고 '유럽위원회'는 2017년부터 이 지역에 대단위적인 투자를 해 오고 있으며 자포리자 핵발전소를 소련 방식에서 프랑스 방식으로 교체하는 중이다. 또한 프랑스 전력청(EDF)은 최근 각 전문 분야로 구성된 대표단을 파견하여 전력 배급망의 손실을 줄이는 프로젝트의 타당성 검사를 시작했다.

참고로 아조우해나 흑해의 주변에 있는 우크라이나 도시들은 취수장이 바다에서 멀리 떨어져 있어도 큰 강을 타고 바닷물이 취수장까지 역류해 들어와서 수자원을 상류 먼 곳에서부터 끌어오고 있다.

그래도 종종 바닷물이 올라와서 취수장 물에 섞이고 소련 시대 설치된 배관이 노후되어 녹이 섞인 누런색 수돗물이 나온다.

이런 수돗물은 사람이 마시면 안 될뿐더러 목욕물로도 적합하지 않고 정원에 이 물을 뿌리면 화초가 말라죽는다.

우크라이나에 구소련 시대 설치된 모든 기반 시설은 체육관을 제외하곤 사회주의의 선전물로 보여 주기 용도여서 제대로 가동되는 것이 없고 상수도 시설은 그동안 배관 청소도 주기적으로 제때 안 해서 상태가 몹시 나쁘다.

나는 마침 녹슬고 구멍 난 기존 대형 상수도관을 모두 교체할 필요 없이 내부에 얇은 한국 기업의 고강도 유리섬유 배관을 삽입하여 적은 비용으로 또 빠른 공사 기간으로 현대적 수도 공급망으로 탈바꿈할 수 있는 제안을 우크라이나 정부에 제안하고 돌아가던 중이어서 우리는 우크라이나 수질개선에 대해 많은 전문 지식을 교환하였다.

그는 또한 프랑스 기업들의 우크라이나 지원 및 구조 활동의 창구 기능을 하고 있으며 이번에 많은 발전기를 기부받아서 트럭으로 발송했는데 루마니아에서 들어오는 도로 사정이 너무 안 좋고 국경 입국 절차가 오래 걸려서 현장에 늦게 도착하였다고 했다.

프랑스 많은 기업이 기증하는 데 긴급으로 필요로 하는 곳은 모두 폭격 사정권에 있어서 장비나 구조 물품을 전달하는 데 많은 위험이 따르고 특히 기증한 기업들의 물품이나 자금을 공식 증서로 남겨서 그 회사들이 회계 처리에 문제없이 문서화하는 데 시간과 비용이 많이 든다고 고충을 털어놓았다.

유럽의 대다수 기업은 영리적 재건 사업에 참여하기 전에 이렇게 많은 기부를 한다. 또한 이런 기부를 체계적으로 시스템화해 놓았다.

감동적인
우크라이나 라디오 방송

현재 우크라이나에서 라디오 방송은 그 어느 때보다도 많은 사랑을 받고 있다. 그들은 라디오 음악을 들으며 전쟁으로 상처 입은 자신의 영혼을 달래고 또한 자신의 고통과 사연을 공유하며 서로를 위로한다.

나도 그들의 방송과 사연을 자주 들으면서 좀 더 우크라이나의 평범 사람을 이해하게 되었다.

이들의 사연은 모두 최고의 시 작품 같다.

현재 인기 높은 우크라이나 대중음악은 서유럽과 많은 차이가 있으며 케이팝은 아니고 한국에서는 전혀 알려지지 않은 음악도 많다. 그중 우크라이나와 동부 유럽에서 사랑받는 'Michelle Gurevich'와 그녀의 음악을 듣고 지금 어려운 상황을 견디어 나가는 우크라이나 젊은 여성의 감상문을 소개해 드린다.

Michelle Gurevich는 캐나다 가수로 슬픈, 느린, 로파이 팝이 혼합된 독특한 장르의 노래를 부른다. 가장 큰 팬은 동유럽에 있다.

그녀의 노래는 비극적이고 감상적이며 어두운 매력을 구현한다. 어쩌면 전쟁의 우울한 분위기와 가장 잘 어울리는 음악일 것 같으나 개전 전 오래전부터 우크라이나에서는 많은 사람이 좋아했다. 동유럽에서는 이런 독특한 풍의 노래가 유행한다.

나 또한 저녁마다 그녀의 〈나의 독재자여 안녕(Goodbye My Dictator)〉 노래를 즐겨 듣는다.

　-청취자 사연-

　로켓과 폭탄 소리가 들리면 화장실에 숨어 지내야 했던 요즘, 마침내 안전을 위해 도시를 떠나 다른 도시로 이사해야 했던 요즘, 내 눈은 눈물로 퉁퉁 부어올랐다. 때로는 잠들기가 힘들 때도 있고, 존재하지 않을 수도 있는 미래, 피해를 볼 수도 있는 사랑하는 사람에 관한 생각으로 머리가 가득 차 있다. 이 노래 이후 나는 결국 모든 것이 괜찮을 것이고 늘 그랬듯 이 상황을 이겨 낼 것이라는 퇴폐적일 정도로 낙관적인 느낌을 받았다. 나는 극도로 행복할 때, 심하게 우울할 때 미셸의 노래를 들었고 지금, 이 기적을 듣고 있습니다. 고마워요, 미셸.

　　　　　　　　　　　　　　　올랙산드라 브테바

　진쟁의 공포 속에서 음악은 너 사랑받고 발전하는 것 같다. 키이우가 가장 심하게 러시아로부터 위협받을 때 키이우 사람은 방공호에서 매일 노래를 불렀고, 러시아 미사일 폭격에 발전소가 모두 파괴되어 도시가 암흑에 잠길 때도 촛불을 켜고 길에다 피아노를 내놓고 연주하였다. 전쟁 중에도 오페라와 발레 및 콘서트도 멈추지 않았다.

마이단 광장 지하도에는 아예 '마지막 바리케이드'라는 지하 콘서트홀도 생겼다. 러시아군이 키이우에 들어오더라도 최후 바리케이드를 치고 곡을 연주하겠다는 의미이다. 키이우에 가시거든 꼭 한번 방문하시길 추천해 드린다.

오늘은 2023년 10월 23일 금요일이고 이제 본격적인 우기가 시작되어서 키이우에선 강한 비가 내리고 있다. 도시 난방이 이번 주부터 들어와서 아파트 안은 따뜻하다. 오후엔 개전 후 치음으로 책가방을 어깨에 메고 손가방을 든 채 초등학생 남매가 손잡고 귀가하는 모습을 보았다. 정말 20개월 만에 키이우에서 보는 평화로운 일상생활이다.

저녁 8시에 물리치료사한테 허리 치료를 받고 귀가하는데 빗속에 타라스 세브첸코 대학교에서 나이 어린 여대생이 군집을 이루어 군복을 입고 몰려나와서 장난치며 어설픈 행진하는데 표정이 마치 소풍 가는 천진난만한 모습이다. 예전에 전혀 못 보던 장면인데 아마 한국처럼 대학교의 여군 ROTC 유사하게 생긴 것 같다. 이제는 남자 징집병이 모자라서 어린 여대생들도 전쟁터로 가는 것 같다. 우크라이나인은 어떤 희생을 치르더라도 절대로 한반도와 같은 분단은 원치 않는다.

거주지 밑에 자리 잡은 와인 바에서는 젊은이들이 모여 앉아서 노래를 합창하고 있고 근처 연극당에는 입장을 기다리는 연인이 보인다. 오늘만큼은 모두 미래의 존재를 믿는 것 같다.

우크라이나
가는
항공편

현재는 우크라이나 가는 항공편은 전혀 없고 거우 군용 헬리콥터 정도만 가끔 저공으로 날아다닌다. 국제열차 노선도 러시아 침공 전 많은 관광객이 이용한 오리엔탈 익스프레스의 주요 노선인 키이우-부다페스트-빈 간 객차 운행이 중단되어서 대부분 사람은 폴란드를 거쳐 오고 간다 (현재 화물열차만 곡물 수송 및 무기 운송으로 루마니아, 헝가리 등 근접 국가 간 운행되고 있다.). 부다페스트에서 출발하는 열차가 막히면서 선택이 없다.

참고로 헝가리와 우크라이나는 역사적인 이유로 관계가 매우 안 좋았고 지금도 안 좋다. 문제 발생의 핵심은 우크라이나 서부 지역에 있는 아름다운 강과 산으로 유명한 자카르파탸주(루마니아, 헝가리, 슬로바키아, 폴란드와 국경을 이루는 산악 요충지)에 일부 헝가리인과 헝가리계 우크라이나인이 거주하고 있어서 지역 공식어로 헝가리어를 사용했는데 젤렌스키 대통령 이전 '페트로 포로셴코 정부'에서 헝가리 언어 사용을 금지하자 우크라이나 정부에서 탄압했다고 반감이 거세다.

역사적으로 이 지역은 헝가리 왕국이 1천여 년 가까이 지배했으나 제2차 세계대전 중 이 지역을 점령한 소련이 중부 유럽에 대한 소련의 영향력 확장과 진격을 쉽게 하기 위해 우크라이나 영토로 편입시켰다.

우크라이나의 유럽연합 가입을 반대해 온 것도 헝가리이고 이번 전쟁에서 계속 러시아 편에 서 있다. 우크라이나는 헝가리가 이 지역을 우크라이나가 힘이 약해지면 러시아와 공모해서 언제든지 뺏을 거로 생각해서 '오르반 빅토르 총리'를 국가의 공식적인 적으로 규정하고 있다.

반대로 '자카르파탸주'에서 '부다페스트'까지는 300km도 되지 않아서 우크라이나가 강력해지면 한 번에 밀어 버릴 수 있는 거리여서 헝가리에서는 과도하게 경계를 하고 있다. 사실 헝가리는 우크라이나의 일개 한 주의 크기밖에 안 된다.

재미있는 것은 헝가리의 혈맹은 폴란드이고 또 폴란드의 혈맹은 우크라이나이다. 또한 이 지역은 무척 낙후된 농촌 지역이어서 러시아가 타격할 가치가 있는 인프라가 전혀 없어서 러시아로부터 전혀 미사일 공격을 받지 않은 현재 가장 안전한 지역이다.

최근 들어서 비교적 안전한 서부 폴란드 국경에 있는 르비우 공항을 재개하려는 움직임이 있으나 서부 지역까지 확장된 러시아 미사일 공격으로 당분간은 어려워 보인다.

그러나 러시아 폭격으로 피해가 심한 동, 남부 국경 지역을 제외하면 키이우, 르비우, 오데사 등 대부분 주요 공항은 피해를 보지 않았고 좋지 않은 서비스로 악명 높은 우크라이나 국적기(민영)인 우크라이나 국제항공(UIA: Ukraine International Airlines) 여객기들도 전쟁 발발 전에 모두 인접한 폴란드 공항에 이전시켜 놓아서 상황이 호전되면 항공기를 재운항하기는 매우 쉽고 빠르게 이루어질 수 있다.

크라쿠프(Krakow)의 요한 바오로 2세 국제공항을 이용할 때 활주로에 많은 우크라이나 여객기가 먼지로부터 엔진을 보호하는 덮개를 씌운 채 운항 재개를 기다리고 있는 것을 볼 수 있다.

이렇게 현재로서는 우크라이나로 가는 최상의 방법은 폴란드에서부터 시간 가는 것을 포기하고 별이나 보면서 누워서 침대 열차를 타고 가는 방법밖에는 없고 표 사기가 갈수록 어려워지는 것 같다.

악명 높은
우크라이나 항공사

특히 우크라이나 국내선에 투입되었던 항공기 기체 상태가 아주 안 좋았다.

한여름에도 에어컨은 고사하고 환풍기마저 작동되지 않아서 그나마 좀 시원한 비행기 창문 쪽에 뺨을 대고 체온을 식히는 것이 다였다.

심지어 안전벨트도 장식품이었으나 항공료는 국제선보다 더 비쌌다.

물론 국내선 공항 대기실이나 탑승 대기장 수준이 한국의 시외버스터미널 시설보다 열악해서 이용하기 매우 불편했다.

딱 한 가지 우크라이나 항공사가 좋은 점이 있는데 그건 편도 표가 보편화되어서 왕복의 절반 가격에 쉽게 구할 수 있었고 왕복표를 발권하고 가는 표를 이용하고 나서 돌아오는 표를 환급하는 것도 가능했다.

아마도 안 돌아오려고 작정하고 떠나는 사람이 많아서 편도 표가 잘 발달한 거 같다.

우크라이나 항공사의 또 다른 특징은 국제선도 기내식은 비즈니스석만 제공되고 일반석은 생수를 제외한 모든 것을 추가 비용을 지급해야 한다.

1인당 손가방과 기내 슈트 한 개만 무료로 허용되며 위탁수화물은 모두 추가 비용을 지급했어야 했다.

전 세계 항공사 중에서 위탁 수화물을 예약하고 고비용을 지급하는 곳은 없기에 탑승객은 불만을 쏟아 내었다.

그 외에 우크라이나 항공사를 이용하면서 가장 불편하고 힘들었던 것은 외국 국제공항 점검인 카운터를 시간제로 빌려 쓰며 현지 직원들을 고용하는데 값싼 자질 부족 직원들을 주로 고용해서 업무처리가 상식 이하로 느렸고 이해 부족으로 언제나 탑승객들과 싸움과 욕설이 끊이지 않았다.

점검인 카운터는 탑승 전에 잠깐 열었다가 바로 닫기에 조금만 늦게 공항에 도착해도 도와줄 직원이 아무도 없었다. 고객 센터가 어느 나라, 이디에 있는지를 도저히 알 길이 없는, 자기들 멋대로 하는 항공사였다. 열차와 마찬가지로 우크라이나 항공사도 구소련 시대 군대문화가 남아 있는 것 같았다.

그러면서도 우크라이나 국제항공(UIA)은 항상 적자였다.

2021년에는 키이우 보리스필 국제공항에 안전도 문제가 생겨서 에어프랑스가 운항을 잠정 중단한 적도 여러 번 있었다. 또한 너무 과도한 공항 이용료를 에어프랑스에 요구했었다고도 한다.

이런 이유로 전쟁 발발 바로 전에 젤렌스키 정부에서 혁신 책으로 자국 항공사에 경쟁을 유발해서 서비스 질을 높이기 위해 '오픈 스카이'에 가입했고 경쟁으로 한창 좋아지던 중이었다.

키이우 보리스필 국제공항에서 전 세계로 가는 항공편(한국 제외, 오래전 한국과 직항이 잠시 시험적으로 운항하였었으나 승객 부족으로 중단)이 증편되었고 항공료가 상식적 가격으로 돌아왔으며 서비스도 좋아지고 공항라운지도 확장되었었다.

우크라이나 정부는 바르셀로나를 모델로 하여 많은 저가항공사를 끌어들여서 많은 관광객을 유치하려고 시도하였다.

키이우 공항
이용하기

　키이우에는 '보리스필 국제공항'과 '줄리아니 국제공항'이 있다. 보리스필 국제공항은 키이우 동쪽 29km 지점에 있는 우크라이나를 대표하는 큰 공항이며 국제선과 국내선을 같이 취급한다. 키이우 시내에 있는 줄리아니 국제공항은 유럽 서부로 통하는 작은 공항이며 주로 국내선이 주를 이룬다. 안토노프 항공이 사용하는 호스토멜 공항도 있지만 화물 공항이어서 여객 노선은 취항하지 않는다.

　개전 전에는 벨라루스로 가는 많은 항공기가 보리스필 국제공항을 경유했었다. 국제공항이지만 주변에 환승객을 위한 숙박 시설이 전혀 없고 대신 내부에 캡슐 호텔이 운영되고 있었다. 사실 부유층은 보리스필 국제공항 본관 터미널을 이용하지 않고 150불 정도의 사용료를 별도 지급하고 VIP 터미널을 이용한다. 특징은 입출국 절차에서부터 위탁수화물 처리까지 모두 직원이 개별적으로 처리하고 항공기 문까지 별도 리무진을 이용하여 최우선으로 탑승시키거나 내려 준다. 휴가철 여행객이 공항에 많이 몰릴 때나 시간이 거의 없을 때 이용하면 매우 빠르다.

동유럽의
라스베이거스

　개전 전 추진했던 국책사업 중에는 우크라이나의 대표 도시인 키이우, 르비우, 오데사를 동유럽의 '라스베이거스'인 '카지노의 메카'로 만들기 위해서 특급 호텔마다 카지노 허가 제도를 도입해서 관광사업을 진흥시켰다.

　키이우 공항의 수화물 컨베이어벨트를 카지노 룰렛처럼 오색으로 색칠해 놓았고 호텔마다 카지노가 들어서고 중국인이 도박하러 몰려왔다.

　젤렌스키 대통령은 취임하자마자 경제부흥을 위하여 중동의 부유한 산유국들의 투자를 받아 내려고 애썼다. 사실 중동의 부유한 사업가가 돈 가방을 들고 키이우나 르비우로 왔으며 특히 IT 산업에 많은 투자가 이루어졌다. 그들은 긴 여름 휴가철일 때는 십여 명의 전 가족을 동반하고 왔으며 낮에는 비즈니스 미팅을 하고 저녁엔 고급 마사지를 받으며 시원한 날씨를 즐겼다. 이렇게 키이우, 르비우, 오데사 도시가 국제 관광도시로 부상할 수 있도록 준비를 한창 하는 사이에 전쟁이 터졌다.

세계 최대
영화 촬영장

또 한 가지 젤렌스키 대통령이 주력 개발하려는 사업 분야가 있었는데 그것은 코미디언이었던 자신의 직업과도 연관이 있는 영화나 드라마의 진흥이다.

우선은 우크라이나 내에서 세계의 제작자들을 불러들여서 저렴한 비용으로 현지 제작을 유도한 것으로 세계 최대 영화 촬영장을 만들었다.

그 결과 넷플릭스의 많은 드라마가 우크라이나에서 제작되었으며 수많은 마을을 시대별로 주제별로 지역별로 세분화한 영화 세트장으로 바꾸어 놓았다. 우크라이나에서 촬영하면서 지출하는 제작비의 일부를 다시 우크라이나 정부에서 환급해 주는 정책을 도입하였다. 아직 우크라이나에서 한국 영화가 한 편도 제작되지 않았지만, 한국과 우크라이나도 이미 상호 영화제작 협정이 맺어져 있다.

종전이 되면 유사한 프로그램이 더 큰 규모로 실행될 가능성이 매우 높다. 그래서 나는 우크라이나 재건 사업으로 정부나 많은 기업이 대부분 건설에 관심을 가지지만 이런 미디어 사업에도 큰 기회가 있을 것으로 생각한다.

우크라이나 정부에서 이런 프로그램을 예전에는 자금이 없어서 소규모로 실행했다면 종전 후는 규모 면에서 서방세계로부터 예전과 비교할 수 없을 정도로 많은 지원을 받을 것이다.

풍부한 지하자원과
유럽의 에너지 공장

종전되면 우크라이나의 저렴한 임금과 저렴한 에너지 비용에 끌려서 전 세계에서 투자는 계속 들어올 것이다.

참고로 현재 독일을 비롯한 유럽의 많은 제조업체들은 높은 에너지 비용(2010-2021년 동안 전기료 60% 증가) 등 생산 비용을 맞추지 못해서 미국이나 에너지가 싼 기타 지역으로 이전 준비 중이다.

벌써 유럽연합의 탄소 배출량 제한 기준이 날이 갈수록 강화되고 있고 2026년에는 탄소세가 본격적으로 시행되므로 유럽에서 멀리 떨어진 곳에서 운송을 해 와야 하는 한국을 비롯한 많은 제조 국가가 유럽에 상품을 팔기 위해선 유럽연합 내 현지 생산을 할 수밖에 없는 상황에 다다르게 될 것이다. 특히 운송으로 탄소가 많이 배출될 부피가 크고 하중이 많이 나가는 큰 상품 경우 현지생산 말고는 다른 선택안이 없다.

결국, 저임금과 풍부하고 저렴한 에너지, 유연성 있는 환경정책을 갖춘 국가는 유럽연합에서는 우크라이나가 유일하다.

폴란드 등 동유럽 국가들의 노동비와 물가는 그동안 많이 상승하여 더는 저렴하지 않다.

즉 우크라이나는 유럽연합에서 미국의 멕시코 같은 역할을 하게 될 것이다.

왜 지금 종전도 안 되었는데 유럽연합에서 우크라이나 전력 생산량 증산에 천문학적 투자를 하는 것인지 생각해 보아야 한다. 유럽연합은 향후 30년간 기존 전력량의 2배 전력을 생산해야 전기차 등 폭등하는 수요를 맞출 수 있다. 원자력 강국 프랑스를 제외하고는 모두 전력이 부족하다. 프랑스마저도 지난해와 올해에 처음으로 전력 부족을 겪었다.

또한 현재까지 유럽연합이 중국에서 수입하던 많은 값싼 공산품을 대체 공급해 줄 곳이 필요하다. 유럽연합은 2022년도 중국과 563조 원 무역적자를 기록하고 있으며 지난 코비드 방역 때 겪은 의약품 부족 문제를 경험으로 주요 공산품과 원자재를 유럽연합 내에서 생산하는 방식을 장기적으로 추구하고 있다.

유럽연합은 이미 우크라이나를 유럽의 에너지 및 제조업 단지로서 활성화하기 위해 투자하고 있는 것이다.

특히 우크라이나는 차기 유럽연합 전기자동차 산업의 배터리 생산기지로 최적이다. 슬로바키아나 오스트리아, 폴란드, 헝가리 등 주변국이 모두 현재 주요 자동차 생산이나 부품 생산 국가이다.

전기차 배터리에 필요한 리튬, 구리, 코발트, 니켈 등 모든 원자재가 우크라이나에는 다 있으며 세계적인 매장량을 보유하고 있다. 동부 도네츠크와 중부 키로보흐라드 지역에 산화 리튬 매장량이 50만t이 넘는 것으로 추정되며 이것은 세계 최대 규모이다.

특히 전기차 분야는 우크라이나 정부에서 전략적으로 집중 투자를 하고 있으며 대중의 호응도 커서 사용 2, 3년 된 중고 전기차의 수요도 폭발적으로 늘고 있다. 우크라이나 전기자동차 성장률은 세계 5위이다.

우크라이나 정부가 한국 기업에 제일 큰 기대를 거는 재건 사업 분야는 바로 이 전기차 분야이다. 우크라이나 정부에서 직접 공식 발표까지 한 내용이다.

우크라이나 남부 지역이 흑해 해상운송로의 안전을 보장하기 위하여 절대적으로 필요하다면 동부 지역은 우크라이나의 미래 세대 먹거리인 원자재 공급을 보장하기 위해서 절대적으로 재탈환하여야 하는 곳이다. 벌써 러시아 다음으로 석탄 매장량이 많은 우크라이나가 동부 지역이 대부분 점령되면서 도리어 석탄을 수입하는 지경이 되었다.

바흐무트 주변으로 양 국가가 폐허가 다된 도시들을 걸고 2014년도부터 죽자 살자 싸우는 이유는 이곳이 군사적 중요성과 별도로 도네츠크, 루한스크 그리고 마리우폴로 연결되는 우크라이나 중공업 산업의 중추이기 때문이다.

많은 한국인이 생각하듯, 땅 넓은 우크라이나가 현재 점령된 영토를 조금 러시아에 양보하고 빨리 휴전하면 양국 군인들 생명도 구하고 세계 물가도 내려가서 모두 좋지 않겠냐는 가설을 우크라이나가 절대 받아들일 수 없는 이유이다.

그렇게 하면 우크라이나 미래 세대는 농업 수송과 공업이 다 망가져서 굶어 죽을 수밖에 없다.

그러나 동, 남부 지역과 크림반도는 완전 탈환을 하고 종전이 되더라도 러시아의 재침공 가능성 때문에 한국의 DMZ처럼 오랜 세월 동안 상당한 면적이 완충 지대로 남을 가능성이 매우 높기에 이 지역은 재건 사업 설계 때 주의를 가질 필요가 있다.

이 지역 수천 개의 광산을 중심으로 전력선과 생산 공장 그리고 운송로가 지하로 대부분 건설되거나 불안한 국경에서 가능하면 최대로 멀리 위치되게 설계될 것이고 이중화로 안전성을 높이기 위해서 관련 인프라는 모두 모듈, 분산형이 될 것이다. 이 지역 내 주민이 거주하는 도시는 이전시키든가 매우 제한적인 소규모 주거지가 될 가능성이 높다.

우크라이나는 석유와 천연가스 매장량이 유럽연합에서 다 사용하고도 남을 만큼을 가지고 있다. 현재도 계속 시추 작업을 배가시키고 있으며 지난해에 비교하여 천연가스 생산량이 7% 증가했으며 천연가스는 2025년에는 완전히 자급자족할 거라고 우크라이나 정부에서 발표했다.

주로 서부와 흑해 주변에 천연가스 매장량이 많다.

많은 사람이 잘못 알고 있는 사실 중 하나는 러시아와 우크라이나 간 파이프라인이 처음부터 러시아에서 시작해서 우크라이나로 통과하게 만들어졌다고 생각하나 그렇지 않다. 구소련 때 우크라이나 서부 지역에서 천연가스가 처음 발견되어 러시아 본토로 옮겨 가기 시작한 것이 현 파이프라인의 시초이다.

그만큼 우크라이나는 시추 기술이 발달하고 천연가스의 자체 매장량이 많다.

또한 우크라이나는 세계 최대 천연가스 지하 저장소를 보유하고 있다.

우크라이나는 천연가스가 여름처럼 수요 부족으로 과잉 공급되거나 가격이 떨어졌을 때 비축했다가 겨울이 와서 수요가 급증하면 그동안 비축한 물량을 비싸게 팔아서 쉽게 많은 차액을 실현하고 있다.

이미 EU의 대부분 국가와 세계 148개 가스 관련 기업이 현재 우크라이나 가스저장소를 임대하여 자신들의 예비용 가스를 저장하고 있다.

2023년 10월 기준으로 이미 이번 겨울에 필요한 160억m³의 천문학적 천연가스가 우크라이나 땅속에 저장되어 있다.

유럽연합의 필요 에너지원인 천연가스, 전력, 석유, 바이오 에탄올 등을 충분한 물량을 저가로 유럽연합에 안정적으로 공급할 나라는 유럽에선 우크라이나밖에 없다.

현재 프랑스만 제외하고 유럽연합은 전력 생산이 마이너스이다. 사실 프랑스도 기존 원자로가 낡아서 이제 더 이상 충분하게 전력 생산을 못하고 있으며 수입하는 경우가 빈번해지고 있다.

천연가스와 석유는 노르웨이와 영국이 생산하고 있으나 우크라이나의 큰 매장량하고는 비교가 되지 않는다. 우크라이나 천연가스는 현재까지 서방에 의해 확인된 것만 노르웨이 매장량의 4배이고 종전이 되면 서방으로부터 본격적인 투자가 예정되어 있어서 더 많은 매장량이 추가로 발견될 것이다.

즉 러시아에서 유럽을 연결했던, 그러나 현재 전쟁으로 차단된 기존 유럽행 가스 파이프라인에 우크라이나에서 생산된 천연가스를 연결하면 바로 유럽연합 전체로 가는 우크라이나 천연가스 공급 파이프라인이 별도 공사 없이 아주 쉽게 한순간에 연결되는 것이다. 이렇게 우크라이나는 전쟁 복구로 빌린 많은 해외 원조금을 쉽게 갚을 수 있다.

석유는 크림반도가 자리 잡은 흑해 지역에 계산하기 어려울 정도의 무한정한 매장량이 있어서 2014년 러시아 합병 이전에는 엑손모빌과 셀 등 해외 에너지 기업이 추진하던 개발 규모가 무려 100억 달러(13조 원)이었다. 이런 이유로 젤렌스키 대통령이 크림반도 탈환을 기어코 달성할려고 노력할 것으로 생각한다.

이렇게 우크라이나 동부나 남부 그리고 크림반도까지 우크라이나 지도자로서는 미래 먹거리를 위하여 꼭 모두 다시 찾아야 하는 국토이다.

이런 이유로 나는 우크라이나를 미래 경제 강대국이라 부른다. 한국 정부도 이런 이유로 국내 경기도 어렵지만 우크라이나에 원조와 투자를 계속하고 있다. 아마도 미래 우크라이나는 유럽연합과 에너지자원을 등에 업고 발전하여 현재 한국이 러시아와 하는 교역량을 훨씬 뛰어넘을 것이다.

우크라이나
차량 편으로
다녀오기

자가용으로 폴란드에서
우크라이나에 오는 경우

많은 유럽연합국 시민들은 자가용으로 우크라이나에 다녀오기를 선호한다.

국경검문소를 통과하는 8개 목적지는 아래와 같다.

Yagodyn-Dorogusk, Ustylu-Zosyn, Krakowiec-Korchova,

Shegyny-Medyka, Rava-Ruska-Hrebenne, Smilnytsia-Krotsenko,

Hrushiv-Budomezh, Ughryniv-Dolgobychiv.

우크라이나 물류 상황은 개전 전에 이미 도로 운송이 차지하는 비중이 70% 이상이었고 개전 후에는 흑해 봉쇄와 항공 운항이 전면 중단되면서 철도와 도로가 유일한 물류 및 승객 운송수단을 차지하고 있다.

이런 이유로 철도와 도로로 모든 화물과 승객 운송이 몰리면서 갈수록 정체가 심해지고 있다.

EU 거주자들은 바로 승용차를 몰고 갈 수 있으나 승용차를 통관시키려면 여러 문서가 필요하다.

개전 전에는 우크라이나 내에서 운전하려면 렌터카를 사용하는 것을 제외하고 EU 시민권자의 EU 운전 면허를 거주 국가에서 국제 운전 면허

로 교환해야 했으나 이제 우크라이나에서도 EU 운전 면허가 바로 통용이
된다.

국제 버스나 승용차로 도로를 통해서 우크라이나로 들어올 때 가장 큰
문제점은 두 번에 걸친 양 국가에서 실행하는 예상할 수 없는 긴 국경 검
문 시간이다.

차량을 주로 이용하는 사람의 말을 들어 보면 폴란드 측 국경 출국 검
문소에 오전 10시에 대기하기 시작하면 우크라이나 측 국경 입국 검문소
에 저녁 10시에 가까스로 빠져나온다고 한다.

누구도 얼마나 많은 시간이 소요될지 예측 불가능하여 그다음 일정을
확정하기 어렵다. 우크라이나도 기후 온난화 현상으로 한여름인 7, 8월
은 35도에 가깝게 더워지고 있는데 달구어진 차 안에서 종일 기다린다고
상상만 해도 지옥이다.

검문을 위하여 총 12시간 정도 기다리는 시간 중에서 여권을 직접 확
인하는 4시간 동안은 차량 밖에 절대로 나갈 수가 없다. 이 외의 시간은
밖에 나가서 커피를 마시거나 간이 공원을 산책할 수도 있으며 작은 면세
점과 스낵 식당도 이용할 수 있다.

이렇게 통관 시간이 긴 이유는 열차 검문과 마찬가지로 소수의 군인이
많은 여행객들의 신원을 다 확인해야 하는 검사 인원 부족도 문제이지만,
여객열차에는 없는 검사 절차인 차량과 수송 화물 주행선 파악, 내용물
검사 및 대기하는 화물차가 검문소 진입도로를 거의 다 차지하고 있어서
이다.

탑승 버스가 우등이라면 여권 검문 4시간 동안 에어컨이나 난방을 틀
어 줄 거고 좌석도 뒤로 젖힐 수 있고 실내 화장실도 이용할 수 있어서 그

나마 편안하게 기다릴 수 있다.

다행히 현재 일반 여행객들의 수화물 검사는 간소화되어서 전수검사를 위하여 버스에 실은 수화물을 다 내려서 검사받고 다시 실을 필요는 없다.

우크라이나는 철도로 갈 수 없는 도시가 많아서 이렇게 검문 시간이 오래 걸려도 차량 편으로만 이동할 수밖에 없는 목적지도 많다. 또한 버스는 운행 편수가 많고 비용도 저렴하고 소도시까지 운행하고 승차권을 구하기도 열차보다 쉽다.

폴란드-우크라이나
버스 운행표

　　대다수의 국제 버스 운송회사는 대부분 주요 폴란드 도시로부터 우크라이나 목적지로 도중 많은 도시를 경유하며 운행한다.

　　버스 운임은 1,500흐리브냐(54,000원)부터 시작하여 3,500흐리브냐(126,000원)까지 있다.

　　폴란드-우크라이나 운행 버스와 노선:

● 바르샤바-키이우

매일 오전 7:00와 저녁 20:00 출발

운행 노선: Warsaw-Lublin-Lutsk-Rivne-Zhytomyr-Kyiv.

● 바르샤바-오데사

매일 오전 9:00와 저녁 20:30 출발

운행 노선: Warsaw-Lviv-Ternopil-Khmelnytskyi-Vinnytsia-Uman-
　　　　　　Odesa.

● 바르샤바-르비우

매일 오전 9:00와 저녁 20:30 출발

운행 노선: Warsaw-Lublin-Lviv.

● 카토비체-키이우

매일 저녁 20:30 출발

운행 노선: Katowice-Krakow-Lviv-Ternopil-Khmelnytskyi-Vinnytsia-
　　　　　Uman-Kyiv.

● 슈체진-키이우

매일 오전 10:40 출발

운행 노선: Szczecin-Poznań-Lodz-Warsaw-Lublin-Lutsk-Rivne-
　　　　　Zhytomyr-Kyiv.

● 슈체진-키이우

매일 오전 10:40 출발

운행 노선: Szczecin-Poznań-Lodz-Warsaw-Lublin-Lutsk-Rivne-
　　　　　Zhytomyr-Kyiv.

● 브로츠와프-키이우

매일 오후 17:15 출발

운행 노선: Wroclaw-Opole-Katowice-Krakow-Lviv-Ternopil-
　　　　　Khmelnytskyi-Vinnytsia-Uman-Kyiv.

● 크라쿠프-키이우

매일 저녁 17:15 출발

운행 노선: Wroclaw-Opole-Katowice-Krakow-Lviv-Ternopil-
　　　　　Khmelnytskyi-Vinnytsia-Uman-Kyiv.

* 국제/국내 버스표 구매 사이트: Busfor.ua, global.flixbus.com

검문 시간은 피난민을 가장한 보따리상이 국제 버스를 많이 이용하고 있어서 이들을 검사하기 위해 한없이 길어진다.

수화물 검사는 주로 불법 위험물 반출이나 대규모 담배 밀수에 초점이 맞추어져 있다.

　전쟁 전에도 품질과 맛은 훨씬 우수했지만, 반면 값은 수배나 싼 우크라이나 담배(서유럽에 비교하여 5-8배 저렴)나 농산물, 식용유, 생활필수품들을 트럭으로 통째로 서유럽에 가져와서 파는 우크라이나 사람이 많았다.

도로 국경
검문소 통과 절차

국경 검문소에서 또 다른 극심한 정체의 이유로는 화물운송 차량의 포화와 화물 내용물의 검사 및 온갖 복잡한 통관절차 때문이다.

우크라이나의 철도운송이 철강이나 석탄, 시멘트, 목재 등 특정 산업용 물품을 운송하는 데 주로 이용된다면 소비재 제품은 주로 도로운송을 통해 이루어지고 있고 그동안 흑해 해상으로 주로 운송되던 곡물 등 수출용 물품들마저 도로 운송으로 죄다 몰리면서 기존 도로 인프라가 수용할 한계를 넘어선 상태이기 때문이다.

곡물 운송 차량이 국경에 대거 몰리는 날은 검문소 대기 줄이 60km를 넘어선다. 이 트럭 사이에 당신이 타고 가는 버스나 승용차가 끼여서 기다리고 있다고 상상해 보시길 바란다.

사실 개전 전 통관 지체의 가장 큰 사유였던 '물품 운송 허가 제도'는 '유럽연합과 화물운송 자유화 협정'에 따라 EU 12개국 간에는 절차가 잠정적으로 사라졌다.

그러나 주변국이 자국 산업을 보호하기 위해 더 많은 다른 사유를 만들어 내서 통관절차가 여전히 까다로운 상황이다.

2023년 11월 현재, 우크라이나와 폴란드 국경 간 화물차량 통과 지연의 가장 큰 원인은 쉽게 말하면 농수산물 검역인 '수의학 및 식물 위생 검역'이 까다롭게 진행되고 있기 때문이다. 또한 주말에는 검역 작업을 아예 하지 않고 평일도 일부 시간대에서만 작업한다. 즉 이런 화물은 자국 농어민의 이익을 해칠 수 있으니 운송하지 말라는 이유이다.

'수의학 및 식물 위생 검역' 대상 제품은 축산 동물과 유제품, 육류, 채소, 곡물, 식물성 기름, 해산물 등 거의 전 식품이 검역 대상이다.

즉 우크라이나 주변 동부 유럽 국가의 자국 농수산물을 보호하기 위하여 검역 절차를 고의로 강화해서 국경 검문 구실로 엄청난 정체가 발생하고 있고 트럭 사이에 낀 여객 운송도 같이 피해를 보고 있기에 통관 시간이 믿지 못하게 장시간 소요되는 것이다.

요즘은 구호 차량을 제외한 모든 차량이 거의 국경 검문소에서 묶여 있는 상황으로 한 시간에 단 한 대의 트럭만 통과되며, 그것도 부패하기 쉬운 식품을 산적한 화물차의 경우에만 선별해서 통관이 이루어지고 있다.

이러다 보니 여행객이나 보따리상이 비교적 통관이 쉬운 기차로 모두 몰리는 것이다.

우크라이나는 서쪽 인접 국가들과 도로 검문소가 폴란드 8개, 슬로바키아 3개, 헝가리 5개, 루마니아 3개, 몰도바와는 20개가 넘는 검문소가 있다.

유럽으로 수출입 하는 물품은 폴란드를 통해서 가장 많이 이뤄지고 있다.

나는 매번 이곳에서 폴란드의 이기심으로 한없이 늘어선 차량 행렬을 보면서 이러다가는 대학살의 역사는 곧 또다시 반복되겠다는 생각을 가진다.

라바-루스카(RAVA-RUSKA)
검문소

라바-루스카(Rava ruska 우크라이나 측 / Hrebenne 폴란드 측) 점검 포인트는 인류 역사상 가장 참혹한 폴란드 수용소가 있던 곳이다. 2차 세계대전 중에 수만 명의 유대인이 이곳 임시 수용소에 모아져서 대규모 나치 집단 학살 수용소로 보내졌다.

헤움역도 그렇고 폴란드-우크라이나 간 국경 검문소는 모두 예전의 유대인 대학살이 있던 수용소 자리이다. 이곳에서 여전히 국가 간 심각한 이기주의를 본다는 것은 기분 좋은 일은 아니다.

이제는 이곳이 차량이 가장 많이 이용하는 화물과 승객을 동시처리 하는 국경 검문소가 되었다. 일반 승용차 검문에 평균 3시간이 소요되는데 경우에 따라선 10시간도 소요된다. 드문 경우이지만 유럽연합집행위원회(EC)에서 회원국들의 조약 이행을 감시하는 감사가 나오면 30분 만에 통과하기도 한다.

차량으로 키이우에 오는 사람은 대부분 폴란드 라바-루스카(RAVA-RUSKA) 국경 검문소를 통과하여 M09 고속도로를 타고 르비우와 지토미르를 경유하는 지름길 행선지를 이용한다.

일반 승용차로 라바-루스카(RAVA-RUSKA) 검문소에서 키이우까지 주행할 때 총 588km 거리이며 7시간 정도 소요된다. 이 고속도로가 그나마 우크라이나 전체 도로 중 가장 잘 건설되어 있다.

2023년 9월 5일 EBRD에서 라바-루스카(RAVA-RUSKA) 검문소에서 르비우까지 182m 유로 투자비가 들어가는 도로 확장공사 입찰을 발표했다. 점차 키이우까지 전 도로 구간으로 공사를 확대할 예정이라고 한다.

라바-루스카(RAVA-RUSKA) 검문소 주변은 강과 저수지가 있어서 여름에 모기가 많다. 다행히 우크라이나 모기는 쏘여도 크게 아프지 않다.

또 다른 문제점은 자동차종합보험이 전쟁 중이어서 적용되지 않아서 차가 사고나 파손이 되는 경우 보상받을 길이 없다.

또한 국경 검문소에서만 검문, 수색하는 것이 아니라 우크라이나 고속도로는 요금소 없이 고속도로 출구에서 시내 도로로 직접 연결되기에 차량을 이용한 무기 운송을 적발하기 위해 각 도시 입구에 아직도 많은 검문소가 있다.

특히 핵발전소, 초고압선 밀집 통과 지역, 변전소, 교량 등 민감한 인프라 주변은 후방이어도 검문소에서 차량을 일일이 점검하고 중앙 지휘부에 차량번호를 확인한다.

그러나 이것도 승객의 국적에 따라 약간의 차이가 있는데 내가 아는 리투아니아 분은 공무용 프리 패스를 가지고 있어서 우크라이나에 오는데 승용차를 이용하는 것이 더 편하다고 한다.

그는 국경 검문소에서 오래 기다리지 않는다. 나는 남부 헤르손 지역 출장 갈 때 그와 동행했었는데 리투아니아 정부 발행 공문서가 있어서 검문소에서 바로 통과시켜 주었으며 리투아니아 자동차번호판을 보면서 우크라이나 군인이 손을 흔들어 주었다.

쟁 초기부터 발트 3국이 군사적, 경제적 물심양면으로 우크라이나를 도와주어서 재건 사업에서도 이들은 작은 나라임에도 우크라이나에 큰 영향력을 미친다. 가능하면 그들과 사업 파트너를 도모하는 것도 좋은 방법이다. 나도 그들과 같이 재건 사업을 하고 있는데 돈거래가 투명해서 좋다. 단점은 규모 있는 회사가 없다.

국제 버스는 대체로 두 명의 기사가 순환 교대하면서 운전한다.

물론 버스도 국경 검문에서 통관절차로 많은 시간이 소요되고 특히 일부 우등버스를 제외하고는 버스 내 화장실이 없어서 자주 정차하여 주유소 화장실을 이용하는데 승객이 많을수록 시간을 지체하게 된다.

우크라이나 고속도로
운전 시 주의 사항

우크라이나 고속도로는 21세기와 19세기 도로를 뒤섞어 놓았다. 현재까지 모든 우크라이나 고속도로는 톨게이트 요금이 전혀 없는 무료이다. 그러다 보니 고속도로가 바로 마을 거리로 연결되고, 도로 가장자리에서 특산물도 팔고 식당도 있고 강에서 잡은 큰 가재도 판다. 고속도로에 육교가 설치되지 않아서 행인들은 아예 고속도로를 넘어와서 가로질러 다닌다. 나는 한밤에 고속도로에서 만취하여 술병을 들고 내 차를 향해 돌진하는 사람도 겪어 보았다.

고속도로에 조명등 시설이 설치된 구간도 얼마 되지 않아서 안개가 끼는 밤에는 전방 시야가 제로여서 커브가 심한 길은 GPS 화면을 보면서 짐작으로 운전할 때도 있다.

특히 승용차로 전장에 가까운 남-동부 주변을 갈 때는 폭격이나 방어용으로 대부분 교량을 폭파해서 도로가 폐쇄되어 되돌아가야 하는 경우가 많으니 조심해야 하고 시청에서 나오는 도로 정보를 사전 파악한 후에 출발해야 한다.

우크라이나는 큰 강과 지류가 많지만, 보조도로가 없고 교량도 많지 않아서 다리 하나 사라지면 대안이 없다. 그래서 우크라이나 전황을 보면 철도와 도로 그리고 교량을 차지하는 것이 승리로 가는 주요 전략인 것을 이해할 수 있다.

나는 라스푸티차 기간에 승용차로 서부 지역을 여행했었는데 홍수로 다리가 망가져서 몇 시간을 되돌아갈 수 없어서 지도에 나와 있는 비포장 사잇길을 이용했다(대부분 공사 중이라는 사전 안내판도 없다.). 비에 젖은 밭은 진흙처럼 타이어에 눌어붙어서 빠져나오는 데 힘들었다. 우크라이나에서는 비포장길은 비가 많이 내리거나 폭우 후에는 절대 진입하면 안 된다.

도로상 통신 사정도 매우 안 좋아서 GPS는 항상 고속도로 출구를 지나는 중에 출구가 곧 나올 것이라고 반박자 늦게 알려 주어서 매번 출구를 놓친다. 네트워크 지연과 오류 문제가 많아서 실시간 GPS 정확도가 많이 떨어진다.

이런 이유로 우크라이나 고속도로는 종종 중앙선을 열어 놓아서 유턴하게 만든 것 같다. 이런 유턴 방식은 길을 잘못 들었을 때 자주 편리하게 이용되고, 옛날 소련 시대에 승용차가 빠르게 달리지 못할 때는 나름대로 장점이 많았다고 생각하지만, 요즘처럼 자동차 속도가 발달하여 추월차선인 1차선으로 고속으로 달리고 있는데 전방에 차들이 1차선에서 유턴하려고 줄지어 정차하고 있다면 매우 위험하다.

이외에도 전쟁으로 속도 감시 카메라가 작동을 멈춘 점, 그리고 교통경찰 단속이 거의 없는 점, 고속도로 전체 구간이 무료라는 점은 레이싱 운전을 좋아하는 폭주족에게는 천국과 다름없다.

또한 겨울 날씨가 너무 춥고 습하기에 도로는 포트홀 큰 웅덩이가 파인 곳이 사방에 널려 있다. 그곳에 사는 사람은 별로 고칠 생각이 없는 듯

오랫동안 방치하고 있다. 특히 철도 건널목 차단기가 설치된 주변 도로 상태는 차가 망가질 정도로 상태가 안 좋다.

우크라이나에서는 트럭도 차선을 따라서 운전하지 않고 웅덩이 파인 곳을 피해서 주로 중앙선을 따라서 운전한다.

크림반도의
아름다운 핑크 레이크

나는 2019년도에 승용차로 '노바카흐느카 댐'과 1시긴 정도 기리에 있는 '내셔널 지오그래픽'에서 선정한 '핑크 레이크' 명승지에 매료되어서 여러 번 그곳에 가 보았다.

주변 흑해 바닷물에 포함된 특수 유기물이 아름다운 핑크 빛을 낸다고 하는데 정말 아름다웠다. 나도 처음에는 흑해가 검은 바다인 줄 알았지만 지중해처럼 아름다운 푸른 바다였다.

흑해를 터키어로 Karadeniz(검은 바다)라고 부른다. 여기서 Kara가 '검다'는 뜻이다. 튀르크족 언어에서 검은색은 북쪽을 의미하기에 실질적으로는 북쪽에 있는 바다를 의미한다.

크림반도는 이런 희귀 유기물 바닷물과 바다 진흙을 이용해서 피부 치료를 하는 기법이 오래전부터 많이 발달되어 있었고 2014년도까지 이곳은 러시아인, 우크라이나인, 유럽인이 모두 즐겨 찾던 세계적 관광지 및 휴양지였다. 크림반도 및 주변은 세계에서도 별똥이 가장 아름다운 곳으로 사진 촬영을 하려고도 많이 왔다.

국내 수자원 K-water에서 노바카흐브카 댐을 복구하는 데 관심이 있지만 나는 이 지역 명소인 '핑크 레이크'를 누군가 다시 세계적 관광지로 만들어 주었으면 좋겠다.

특히 이 지역에는 우크라이나 고려인이 제일 많이 살고 있다.

고려인은 스탈린에 의해 민족 말살 정책으로 우크라이나에 강제로 이주당한 후에 가장 농사짓기 좋은 이곳으로 점차 이전해 왔다. 여기는 풍부한 수자원을 바탕으로 물이 많이 필요한 토마토, 수박, 참외의 최고급 생산지이다. 토마토는 한 번에 3년 이상 키워서 한국을 포함하여 전 세계로 최고급 주스로 포장되어 비싸게 팔려 나간다.

우리는 러시아가 크림반도의 수원 공급을 안정적으로 보장하기 위해서 우크라이나를 언제 가는 반드시 침공할 것을 오래전부터 알고 있었다.

크림반도는 인구는 계속 늘고 군-산업 시설도 증가하는데 자체 수원이 없었다. 우크라이나 정부에서 정치적 이유로 수원을 자주 잠그고 전기 공급도 끊어서 푸틴의 입장에서는 헤르손까지 다 장악해야 크림반도를 장기적으로 유지할 수 있을 거라고 전문가가 오래전부터 경고를 끊임없이 하였다.

이제 고려인은 이곳에서 주지사나 기업가들로 모두 성공했지만, 초기에 이들의 고생은 말로 표현 못 한다.

이들은 최고 당도의 수박을 기르기 위해 다른 농부가 한여름에 낮잠을 자거나 휴가를 가거나 보드카 마실 때, 밭에 움막을 치고 살며 경작했다고 한다. 그런 노력으로 그들은 세계 최고 대형 수박을 탄생시켰는데 나는 수박 철인 7월에 그곳에 가서 속이 빨간 수박과 노란 수박을 차 트렁크에 서너 개 실어서 가져오는데 보통 수박보다 무척 무겁다.

그래서 수박 철에는 도로에 수박을 실은 트럭이 전복되었거나 바퀴가 과적으로 가라앉은 것을 자주 본다.

노바카우프카,
존재하지 않는 미래

　'노바카우프카'시는 우크라이나의 다른 지방 도시보다 깨끗하고 고급스러웠고 건물도 마치 오스트리아 강가의 아기자기한 집들처럼 잘 장식되고 정돈되어 있었다.

　특히 도시 바로 옆으로 흐르는 드니프로강 강가로는 수많은 빨간색 홍초꽃이 산책로를 장식하고 있었다.

　그 도시에 매우 깨끗한 큰 호텔이 있었는데 프런트에서 20대 후반의 매우 날씬한 아가씨가 종일 일을 하고 한밤중에도 계속 일하는 것이었다. 그녀는 밤을 꼬박 새우고 다음 날 정오까지 24시간 동안 일한다고 한다. 그녀는 내가 한국인인지 바로 알아차렸고 간단한 한국말도 하는 것이었다. 참 이런 우크라이나 벽지에서조차 한국을 아는 사람을 만난다는 게 믿기질 않았다.

　그녀는 밤새워 즐거웠던 지난 한국 생활에 말했고 마지막에는 자신의 남자 친구와 아쉬운 이별에 대해 털어놓았다. 그녀는 10여 년 전에 댄서로 서울 놀이공원에서 1년간 일했었고 거기서 한국인 남자 친구를 사귀었는데 자신이 너무 어려서 자기 잘못으로 헤어졌다고 아쉬워했다.

　호텔 체크아웃을 하고 주변 공원에서 사진을 찍고 시내를 빠져나가려고 하는데 멀리서 그녀가 힘겹게 혼자 걷고 있는 뒷모습이 보인다. 나는 고민한다. 차로 집까지 태워다 주고 싶다. 그녀가 한국인을 만나서 정말 반가워서 늦게까지 안 떠나고 내 곁에 있었다는 사실을 나는 이미 알고 있었다. 오해를 피하려고 나는 그녀를 지나쳤는데 좀 더 좋은 얘기를 해 주지 못해서 지금까지 후회한다.

그녀가 살던 그 지역은 지금은 댐 파괴와 폭격으로 완전 폐허가 되었고 이젠 더 이상 갈 수도 없지만 나는 그녀가 무사히 전쟁을 피해 살아남아 있어서 그리던 남자 친구를 다시 볼 수 있기를 기원한다.

오데사의
비극

오데사는 친러 성향이 매우 강해서 마이단 혁명 때 반마이단 세력의 중심지였으며 현 동부 돈바스처럼 독립 자치령이 되려고 시도하였다. 이런 친러와 우크라이나 민족 세력 간 충돌이 오데사에서 있었고 친러파 진영에서 많은 사상자가 발생하는 비극적인 사건이 여러 차례 발생했으며 이 사건이 추후 푸틴이 우크라이나를 신나치라고 부르게 되는 원인이 되며 침공의 정치적 빌미가 된다.

대표적인 사건은 2014년 5월 2일, 오데사 친 유로 마이단 시위대와 친러시아 시위대가 물리적으로 맞부닥치면서 친러파 시위대가 크게 밀리면서 노동조합 회관으로 피하게 되었는데 그 건물에 대형 화재가 발생하면서 친러파 시위대 중 42명이 사망했다.

오데사 노동조합 회관에서 발생한 이 화재는 유로마이단 운동의 성공과 돈바스 전쟁의 발발에 따른 우크라이나 내 친러시아 세력의 불안으로 발생한 비극이다.

러시아 침공이 개시된 2022년 2월 24일 당일, 오데사 지역은 우크라이나 북부와 다르게 친러파들의 영향이 압도적이어서 러시아군에게 별다른 저항 없이 한 번에 미콜라이우까지 확 밀리게 된다. 사실 그 당시 최소한 도로에 지뢰를 매설하였거나 철도와 헤르손 다리를 사전에 파괴했다면 지금 이렇게 대반격이 어렵지 않았을 것이다.

그 당시 오데사 시장도 반역으로 조사를 받았다.

이런 불안정한 오데사와 주변 도시들을 모두 지켜 낸 것은 미콜라이우 '비탈리 킴' 주지사의 활약이 크다.

오데사 입구에 있는 미콜라이유주는 '드니프로강'과 '남부크 강'으로 둘러싸인 천연 요새이다. 나는 최근에 그를 만나 보았는데 어떻게 사방이 폭격으로 폐허가 된 와중에 살아남아서 저렇게 조용한 차분함을 유지할 수 있을까 정말 놀라웠다.

그는 내가 만나 본 모든 우크라이나 지도자 중에서 나이는 어리지만 가장 초인적으로 침착함과 애국심 및 여유를 지니고 있었다.

크림반도
국경 검문소

나는 러시아의 우크라이나 침공 전에 호기심으로 크림반도 국경 검문소까지도 직접 여러 번 가 보았는데 양국 간 연고자가 있으면 자유롭게 왕래할 수 있었다.

그 당시에는 우크라이나 각 도시에서 매일 큰 버스가 러시아가 점령한 크림반도 주요 도시로 왕래하였다.

내가 만나 본 크림반도 사람은 역사적으로 끊이지 않는 전쟁으로 지쳤는지 겉으로는 모두 정치에는 무관심하였다.

내가 놀랐던 것은, 그 넓은 국경 검문소를 우크라이나 경비병 딱 2명이 총구도 거꾸로 메고 지키고 있었다. 검문소 근처를 제외하고는 군사 경계선 표시도 없었으며 주요 길목에 벙커도 없었고 마음만 먹으면 걸어서 평야를 가로질러서 쉽게 상대 지역을 건너갈 수 있는 그런 상태의 상징적인 분단이었다.

한국의 전방 DMZ 철책을 예상했던 나로선 상당한 충격이었다.

또한 검문소를 통해서 수많은 수출입용 민간 화물 차량이 왕래하고 있었다.

우리가 예상하는 것보다 우크라이나와 러시아에는 양 국가의 이산가족이 많이 살고 있다.

2022년 9월 프랑스 신문에서 읽은 기사에는 정기적으로 양 국가를 넘나드는 승합차가 있는데 400달러를 주면 언제든지 우크라이나 사람이 발트 3국 국경을 통과하여 러시아 본토에 오고 갈 수 있다고 한다. 대부분 아픈 가족들을 보기 위한 병문안 방문이 많으며 러시아 국경에서도 간단히 방문 사유에 대해 구두 조사는 하지만 기록에 남지 않도록 여권에 러시아 입국 도장도 찍지 않고 통과시킨다고 하며 러시아 쪽에서도 병든 이산가족을 보기 위해 우크라이나로 그렇게 올 수 있다고 한다.

그러나 이제는 전쟁으로 이러한 일들이 불가능하게 되었다.

우크라이나의
렌터카 서비스

일단 우크라이나에 도착해시는 랜디가를 이용히여 여행히는 것도 편리하고 시간을 많이 절약할 수 있다. 우크라이나의 렌터카 서비스는 세계 최고수준이다.

그중 대표적인 SIXT 차량 대여 회사는 고객의 시간이 얼마나 중요한지 잘 알고 있고 절약하게 해 준다. 차를 반납할 때는 그들은 한겨울에도 주차장 입구에서 고객을 기다리고 바로 차량 상태를 점검한다. 고객이 손수 렌터카 주차장을 찾아 주차하고 그 후 직원을 찾아가고 사무실로 가는 모든 수고와 시간을 덜어 준다.

예약 방법은 약간 특이하다. SIXT 앱을 깔고 필요한 차량을 주문하면 우선 예약 요청을 잘 받았다는 회신이 오고, 그 후 12시간 정도 지나서 최종 확인을 해 준다. 대여 차량을 렌트 회사가 자체 소유한 것이 아니라 개인이 자신 소유의 차를 사용 안 할 때 이 회사에 대여하는 방식이다.

그런 이유로 렌터카 비용도 프랑스와 비교하여 3분의 1 정도이고 소형 차 빌리는 데 하루 30유로면 보험까지 포함해서 충분하였다.

우크라이나 렌터카의 또 다른 특징은 차량 신분증으로 공식 차량 소유자임을 증명한다. 교통경찰도 우선 이 카드부터 점검하기에 항상 소지하여야 한다.

나는 운전을 30년 이상 했지만, 아직도 타이어 교체하는 방법을 잘 모른다.

그렇지만 우크라이나에서 얼어붙은 겨울날 도로에서 타이어 교체하는 장면을 자주 본 다음에는 예비 타이어와 공구가 다 있는지 꼼꼼하게 살피고 타이어 교체 방법도 여러 번 숙지할 때까지 물어본다. 특히 유럽산 자동차들은 타이어 휠 도난이 많아서 타이어 휠에 도난 방지용 특수 잠금장치(육각 수나사 머리 모양)가 있어서 이것 없이는 정비소에서도 타이어 휠을 교체할 수가 없다.

렌터카 이용 시 또 한 가지 주의해야 하는 점은 차가 러시아 국경 근처에 수 킬로미터 정도 접근하면 엔진이 자동으로 멎는다. 도난 차로 국경 넘어가는 것을 방지하기 위해 차 엔진에 잠금장치를 설치해 놓은 것이어서 렌터카 빌릴 때 꼭 자신의 연락처 전화번호가 정확하게 기재되었는지 여러 번 확인해야 한다.

엔진이 멈추고 나서 렌터카 보안 책임자가 전화로 사유를 묻고 바로 몇 킬로미터 후방에 있는 장소로 바로 후진할 것을 지시한다. 이렇게 우크라이나 렌터카는 위성으로 대여 차량의 위치를 실시간으로 감시하고 있다.

한번은 주차 중에 타이어가 펑크나 있어서 렌터카 회사에 연락했더니 바로 서비스 센터 직원이 와서 임시 타이어로 교체해 주고 정비소로 가서 고치라고 했다. 키이우 포딜 외곽 지대는 크고 작은 많은 차량 정비 센터가 자리 잡고 있다. 타이어에 여러 군데 펑크나 있어서 한 시간 정도 수리를 받았는데 수리비가 생각보다 저렴한 단 2천 원이었다.

그러면 정비소는 무엇을 해서 돈을 버시나 살펴보았더니 미국 번호판이 그대로 붙어 있는 큰 사고로 뭉개진 고급 리무진 승용차나 SUV를 고철로 수입해 와서 감쪽같이 새 차처럼 고치고 계셨다.

렌터카는 휘발유 차량이면 더 저렴한데 시내만 돌아다닐 거 아니면 꼭 디젤로 골라야 한다. 지방 도로에는 주유소 문을 일찍 닫고 대신 셰퍼드를 풀어 놓고 자가 주유하는 방식으로 바꾸어 놓기에 보통 사람은 도저히 차에서 내릴 용기가 안 난다. 주유비는 아직도 서유럽 비교하여 반값이고 수유소는 무척 깨끗하나.

주유소 모든 화장실은 무료이고 간단한 햄버거와 핫도그 등 먹거리를 다 판다. 주유는 대부분 자가가 아니고 직원이 직접 넣어 주신다. 주유대에 차를 대면 직원이 다가와서 연료 종류와 주입량을 질문한다. 그리고 주유소 안으로 가서 기름값을 일단 지급해야 주유가 시작된다. 주유가 끝나면 유리창을 닦아 주며 이용객들은 팁을 조금 드린다.

한번은 남부 지방 외진 주유소였는데 기름값을 계산하고 나가려고 했더니 직원 아가씨가 잠깐 기다리라고 나를 제지하더니 친구들을 다 불러다 놓고 서투른 '블랙핑크' 모방 공연을 하더니 평가해 달라고 한다. 케이팝은 우크라이나 시골에서도 인기가 높다. 우크라이나에서는 아예 케이팝을 모르거나 아니면 주유소 아가씨들처럼 케이팝에 미쳤거나 두 종류의 사람이 있다. 우크라이나에서는 이처럼 가끔 전혀 예상 못 한 장소에서 한국 노래가 생방송으로 튀어나와서 놀라게 만든다.

신기한 전기자동차 충전 방식

2020년부터 우크라이나에서도 전기자동차가 많이 들어오기 시작하고 시내에 충전소도 많이 설치되기 시작했다. 테슬라 고급형 전기차도 파리보다 많이 보였다. 유럽 최대 원자력 발전 덕분에 전기세가 저렴해서 전기차 보급이 빠르다.

머스크의 스타링크 무상 도움에 감사하던 보답으로 우크라이나에서 개전 초에 엄청나게 잘 팔리던 테슬라 전기차는 20개월이 지난 현재 머스크의 변덕에 모두 실망하여 판매가 급락하고 사용자들은 중고로 판매하고 있다.

한번은 우버 그린 택시를 불렀는데 운행 중 기사분이 전기 충전을 10분 정도 급히 해야 한다고 해서 그렇게 하시라고 했더니 차가 주유소를 지나쳐서 깊은 숲속으로 마구 들어가는 것이었다. 걱정했었는데 다행히 무허가 충전소가 숲속에 있었고 송전탑에서 몰래 전기를 빼내서 간이 하압 변압기까지 만들어서 그것도 급속 DC 충전을 하고 있었다. 모든 전기 장치를 직접 손으로 다 제작한 것으로 보였는데 대단한 실력이다.

골프장과
레저산업들

우크라이나에 공 치러 나닐 곳이 있을까?

그렇다. 우크라이나 전국에 골프장이 4곳이 있으며 그중 세계 10대 가장 아름답다는 골프장이 키이우 근교에 있다.

키이우 골프 클럽은 우크라이나에서 가장 큰 골프 시설일 뿐만 아니라 우크라이나 유일의 18홀 챔피언십 골프장을 비롯해 파노라마 클럽하우스 등 3개 골프장을 포함하고 있다.

이 골프장은 키이우에서 차로 1시간 정도 거리에 자리 잡고 있고 챔피언십 기간을 제외하면 이용객도 별로 없다.

아직 여기서 골프는 대중화가 안 되어서 극소수 특권층이나 외교관들만 이용하며 그런 이유로 라운딩 비용이 한국과 비슷한 비싼 수준이며 예약은 쉽게 할 수 있으나 초보자가 급증하는 이유로 개인지도 예약은 매우 어렵다.

또 다른 특징은 보안이 상당히 까다로워서 아무나 못 들어가며 미리 가기 전에 신원과 차량번호를 등록해야 한다. 오시는 분이 대부분 VIP여서 이들을 암살에서 보호하기 위해 엄청 높은 담장이 쳐져 있고 무장 경비원이 주변 순찰을 하며 경비가 삼엄하다. 제반 시설이나 그린 상태 등 모두 훌륭하나 이용객이 너무 없어서 심심하다. 가끔 가서 보면 한국분들만 모여서 운동을 하고 계신다.

키이우 시내에서도 스윙 분석기 등 평범한 실내 스크린 골프장이나 간이 연습장도 전혀 없다.

골프장 이외에도 우크라이나에서는 일반 국민이나 어린이를 위한 레저시설이 전무하다. 놀이동산도 없고 백호 등 귀한 동물은 많이 보유하지만 동물원의 제반 시설이 너무 열악하다. 특히 실내 레저시설은 최근 건설된 대형 쇼핑센터의 부속 건물에 생긴 몇몇 인라인스케이트장이 전부이고 겨울이나 날씨가 나쁜 날에는 가족이나 친구하고 마땅히 갈 곳이 없다. 그래서 휴일이 오면 일반인들은 그냥 시내에 몰려와서 양쪽 보도를 거닌다.

서부 카르파티아 산맥에는 스키장이 있으나 여기도 인공 눈 살포 장치 등이 안 되어 있어서 종일 기차 타고 갔다가 날씨가 풀리면 눈 녹는 것만 바라보다 돌아온다.

전국을 다 돌아다니면서 지켜본 소감은 일반적으로 우크라이나의 대부분 도시는 도시로서 보유해야 하는 최소한의 레저시설이 거의 없는 것이 특징이다.

흑해 바닷가 휴양도시도 해수욕장 안으로 길 잃은 들개가 무리 지어 돌아다니고 야외 샤워 시설 등이 전무하다.

대표적인 휴양도시인 오데사도 대단한 흑해 휴양지처럼 상상하면 큰 실망을 한다. 특급 호텔이나 고급 식당 몇 군데 제외하면 관리가 안 되고 방치된 해변만이 있을 뿐이고 일반 국민의 레저를 위한 시설은 전무하다. 그래서 나는 차라리 오데사에 겨울에 간다. 겨울에는 오전 중에 매우 짙은 안개가 끼는데 그 가운데 울리는 뱃고동 소리는 눈에 거슬리는 모든 시설들을 다 덮어 주며 신비로운 분위기를 창출한다. 짙은 안개가 낀 오데사 겨울 해변은 너무나 아름답다.

통신사업은
한국에 매우 좋은 환경

우크라이나 대표적인 이동통신사는 키이우스타(Kyivstar), 보다폰 (Vodafone)과 라이프셀(Lifecell)이 있으며 이 회사들의 심카드를 하나 사면 된다. 우크라이나에서 키이우스타가 가장 대표적이고 인터넷 및 통화 품질이 가장 좋다. 우크라이나는 심카드를 사고 음성 통화와 데이터 요금을 필요한 만큼 선급으로 충전하여 채워 넣는 시스템이다. 연간 계약을 하는 곳은 통신을 많이 사용하는 큰 회사들뿐이다. 나도 이미 이런 요금 충전 방식에 익숙해져서 온라인 은행이나 거리 곳곳에 설치된 요금 충전기를 이용한다. 5달러 정도 충전하면 한 달 정도 사용한다.

표면상으로는 키이우스타는 우크라이나 회사이고, 라이프셀은 터키 회사로 유럽 내 몇 나라만 사용되는 통신 회사이지만 보다폰 같은 경우는 해외 로밍 서비스가 발달되어 있다.

그러나 이동통신사도 쇼핑센터와 마찬가지로 까 보면 모두 러시아 자금이 들어와서 완전히 잠식한 상태였고 특히 국가 기밀 통신 데이터가 그동안 죄다 중국 장비를 통해서 러시아로 넘어간 것이다. 최근에 벌어진 우크라이나 보안국(SBU) 수사 결과를 보면 어떻게 러시아 자금이 편법으로 우크라이나 산업을 교묘하게 잠식하는지 알 수 있다. 이런 이유로 우크라이나 은행에서 해외 송금이 들어오면 그것이 한국에서 오는 송금일지라도 러시아 검은돈이 우회하여 들어오는 것이 아닌지를 장시간에 걸쳐서 까다로운 심사를 하는 것이다.

2023년 10월 6일, 키이우 셰우첸코 지방법원은 우크라이나의 러시아 자금으로 운영되는 이동통신 사업체를 죄다 몰수한다고 판결하였다.

블라디미르 푸틴의 수행원이자 러시아 군에 자금을 지원하는 러시아 과두제 '미하일로 프리드만(Mykhailo Fridman)', '페트로 아벤(Petro Aven)', '안드리 코소고프(Andriy Kosogov)'가 소유한 우크라이나 내 모든 기업 권리를 압류했다고 법원은 발표했다.

이는 우크라이나 보안국(SBU)의 언론 서비스에서도 공식 공개되었다.

보안국 조사에 따르면 러시아 과두제들은 'LetterOne' 회사를 통해 우크라이나 3대 통신사인 lifecell의 소유주인 터키 회사 Turkcell Iletisim Hizmetleri A.S.의 주식을 간접적으로 소유하고 있었다.

또한 다른 3대 통신사인 키이우스타(Kyivstar)의 재산도 모두 압류되었다.

이들은 직, 간접적으로 소유나 통제하는 방식의 역외 회사를 설립해서 우크라이나 내 20개 그룹 회사와 대형 금융 및 신용기관을 지배했다.

특히 금융사, 보험사, 이동통신, IT 기업 등이 대표적이다.

압수된 총자산의 가치는 UAH 170억(6천 3백억 원)이 넘는다.

소식통에 따르면 압수된 자산 중에는 우크라이나 최대 이동통신사인 '키이우스타(Kyivstar)'의 100%가 있으며, 이는 네덜란드 회사 VEON Ltd.(규모 면에서 세계 최대 통신업체)를 통해 이들 과두제에 따라 통제되었다.

키이우스타 CEO 올렉산드르 코마로프(Oleksandr Komarov)는 자신의 차를 운전하던 중 라디오에서 뉴스 소식을 듣고 놀라 자빠졌을 만큼 이번 압수 및 국유화 결정은 전격적으로 이루어졌다.

키이우스타는 우크라이나 최대의 통신서비스 제공 업체이다. 2,400만 명의 모바일 고객, 100만 명 이상의 인터넷 서비스 가구, 100만 명 이상의 IP TV 고객을 보유하고 있다.

눈여겨보아야 할 사항은 키이우스타는 지난 6월에 중국의 장비업체인 화웨이로부터 6억 달러 신규 통신 장비를 구입할 것을 발표해서 국제적인 비난을 받았다.

우크라이나 기업들은 서방국에서 지원한 돈을 가지고 우리의 적들로부터 통신 장비를 산다고 심한 질책을 받았다.

이번 판결로 볼 때 우크라이나의 친러 청산 의지가 확고하기에 우크라이나 재건 사업에 참가하는 한국 기업이 러시아 사업과 양다리 걸치는 것이 불가능하다고 판단된다.

또한 기존 우크라이나 가면을 쓴 러시아 기업들은 재산 압류 후에 죄다 국영기업으로 전환하게 된다. 이들 러시아 자금으로 운영되던 우크라이나 통신사들이 지금까지 독점적으로 구입한 중국 통신 장비는 정부 주도 공개입찰에서 앞으로 철저히 배제될 가능성이 높기에 이번 일은 국내 통신 장비업체에 호재로 작용하게 될 것 같다.

우크라이나
언어 배우기

우크라이나어와 폴란드어는 회화적인 면에서는 유사한 점이 있어서 폴란드역 안내 창구에 보면 우크라이나 할머니들도 기본 의사소통을 창구 직원하고 잘하신다. 단 문자는 우크라이나어는 키릴문자를 쓰고 폴란드는 라틴문자를 사용하여 완전히 다르다.

우크라이나어를 배우면 러시아어, 벨라루스어, 슬로바키아어를 쉽게 이해하고 폴란드어를 알아들을 수 있다. 신기한 것은 우크라이나어를 배우면 러시아어를 이해할 수 있지만 반대로 러시아 사람은 우크라이나어를 이해 못 한다. 통역이 있어야 한다.

이런 이유로 러시아어를 공부했고 러시아에서 근무했다고 해서 우크라이나로 직원을 파견 보내면 그 직원은 우크라이나어를 다시 공부해야 한다. 아니면 그는 모든 현지 직원을 러시아어를 사용하는 직원으로 교체할 것이다.

또한 우크라이나어의 키릴문자는 러시아 및 중앙아시아에서 모두 사용하는 문자로 광범위한 대륙에서 사용하기에 배워 볼 만한 가치가 있다고 판단해서 나는 처음 우크라이나에 올 때부터 매일 온라인으로 수업을 듣는다.

온라인 이름: www.superprof.com.ua

가격은 1시간에 250흐리브냐(9,200원)이며 현지 선생님이 대부분 영어로 설명해 주신다.

주의할 점은 여선생님 중에 소녀 때의 예쁜 사진을 올려놓으셨는데 얼굴만 보고 접촉했다간 실력이 없는 선생님에게 낚인다.

나는 개인적으로 우크라이나어의 어려운 발음인 치, 시체, 식체, 챠 발음을 배우는 데 입과 입술 움직임이 중요해서 입이 큰 선생님을 선호한다. 귀로 듣는 것보다 큰 입을 보면서 배우는 게 훨씬 쉽다.

대부분 수업 전에 수강료를 온라인으로 입금하면 줌이나 팀즈로 링크를 보내 주면 연결하면 된다.

대부분 선생님은 르비우 거주자이며 열심히 가르쳐 주신다.

이유는 키이우나 동남부는 대부분 러시아어를 사용하기 때문에 우크라이나어 선생님도 이 지역에서는 구하기 어렵다.

키이우와 르비우에는 외국인을 위한 우크라이나어 학교와 학원이 있었으나 현재는 전쟁으로 외국인이 거의 없어서 문을 닫은 상태이다.

좋은 로펌을 만나는 것이
매우 중요하다

나는 회사에서 법률 자문 문제가 발생하면 키이우보다는 르비우에 소재한 법무법인을 이용한다. 이유는 키이우보다 르비우는 서방세계 고객들을 주로 서비스하고 있어서 변호사의 설명이 외국인 관점에서 듣기에도 이해하기 쉽고 체계적이며 그래서인지 신임이 더 가고 수임료도 과장되지 않는다.

키이우 로펌은 러시아 영향을 많이 받아서 모든 게 명확하지 않고 터무니없는 수임료를 요청하는 때도 많다.

거리상 문제로 여러 번 키이우 변호사에게 업무 요청을 한 적도 있으나 만족하지 못해서 현재는 모든 크고 작은 문제는 르비우 로펌에 의뢰하고 있다.

키이우와 르비우 로펌의 또 다른 큰 차이점은 르비우는 상대적으로 작은 도시여서 모든 사람이 평판을 다 아는 몇몇 로펌이 일하고 있어서 자기 일처럼 맞춤 서비스를 해 주지만 반면에 키이우는 수많은(한 집 건너) 로펌과 변호사가 있어서 그들의 진짜 신원이 파악되지 않는다.

과장된 표현이 아니라 키이우에서 만나는 대부분의 젊은 여성이 자칭 거의 새내기 변호사이거나 아동심리학 전문가이다. 아동심리학이 대학에서 상대적으로 졸업하기 쉽다는 얘기를 들었다.

르비우 로펌의 주요 고객은 미국, 중동, 유럽 소재 기업이나 개인들로서 투자나 법인설립, 비자나 영주권 취득, 송금 등 은행 문제와 세금 문제이며 미국계 퇴직자가 많이 이주하여 거주하고 있어서 그들 관련 결혼이나 이혼 등 체류 시 발생하는 일상의 전반적인 문제들을 취급하고 있다.

키이우 우리 회사 새 사무실(지난번 열병합 발전소 옆에 위치해서 파편 맞고 난 이후 아무도 출근하지 않았고 특히 비상용 발전기가 없어서 철수)은 마이단 광장에 있고 약 100m 떨어진 곳에 Senator Maidan 호텔이 있다.

이 호텔은 키이우에서 활동하고 있는 전 세계 기자들의 본거지로서 나는 매일 취재 팀이 SUV나 지프차로 최전선으로 떠나고 또 다른 팀은 차가 온통 흙먼지 뒤집혀서 돌아오는 것을 본다. 직접 최전선에 가서 그들의 눈으로 보고 겪어 보고 느껴 보고 그리고 나서 보도하는 것이다.

폴란드에서는 어느 곳을 가든지 어느 정도 영어가 통하지만, 우크라이나는 영어 쓰는 사람이 거의 없다. 학생들도 영어를 거의 못 하며 지방 도시로 가거나 중년층 이상이면 모두 우크라이나어와 러시아어만을 사용한다.

그리고 많은 공공정보가 러시아어나 우크라이나어로만 되어 있다.

처음 키이우에 왔을 때 나는 예전에 다른 나라에서 했던 거처럼 공항에 내려서 우선 렌터카를 빌려 타고 고속도로를 자신만만하게 내달렸다. 그리고 바로 나는 악! 소리를 질렀는데 모든 도로표지판이 키릴문자로만 되어 있어서 신호등 색깔 빼고는 도저히 아무런 신호도 이해할 수가 없었다.

아니 최소한 STOP 같은 단어는 영어로 그냥 써 줄 수 있었을 텐데 키릴문자로 СТОП로 적어서 걸어 놓았다. 또한 밤길은 조명이 없어서 안 보일 정도로 깜깜하고 도로 주변에 보이는 건물은 죄다 똑같이 생겼다.

GPS를 작동시키려고 하니 초기 세팅이 우크라이나어로 되어 있어서 키릴문자로 목적지 입력을 할 수 없었고 핸드폰도 2G만 잡혀서 인터넷 또한 사용할 수 없어서 밤새 시내 진입도로를 찾지 못하고 주변 지역에서만 새벽까지 헤맨 무척 곤욕스러웠던 경험이 있다.

특히 우크라이나는 도심이나 큰길에서 벗어나면 통신이 안 되는 지역이 대부분이다.

우크라이나를 방문할 계획이 있으시다면 꼭 키릴문자 정도는 숙지하고 오시는 것이 필요하다. 키릴문자만 이해해도 많은 표기가 영어단어의 발음을 키릴문자로 옮겨 놓은 것이 많아서 간판만 읽을 수만 있어도 큰 도움이 된다.

키릴문자와 라틴문자의 차이를 숙지하는 데 1시간 정도만 투자해도 정말 큰 도움이 될 것이다.

우크라이나
열차 편으로
다녀오기

우크라이나 철도의 세반 시설은 대부분 소련 시대 건설되어 다 낡았지만, 규모가 있고 도시 간 연계망도 잘 발달하여 있으며 이상하리만큼 정확하게 출발하고 도착한다. 대부분 거대한 몸체의 디젤기관차나 전동 기관차가 여러 노선의 많은 수의 객차를 동시에 끌고 가는 동력 집중식을 사용하고 있으며 객차 내부는 최근 깨끗하게 고쳐졌다.

전국이 러시아 미사일 폭격으로 블랙아웃 되었을 때도 열차와 지하철 운행은 큰 영향을 받지 않았을 정도로 철도 전력망이 튼튼하게 건설되어 있다.

개전 전 우크라이나 전체 물류 물동량 비율에서 철도운송이 차지하는 비중이 약 20%이고 도로운송은 약 70%이었다. 현재 항공 운송이 전면 중단되고 해상 운송마저 러시아의 흑해 봉쇄로 인해 제한이 있는 상황에서 철도운송은 우크라이나에서는 매우 중요한 운송수단이지만 불공평한 관세 제도, 경영 부실, 부패, 낙후된 기반 시설 등 해결되어야 할 문제가 산적해 있고 빨리 해결되지 않고 있다.

'우크라이나 철도 공사'는 현실성이 없는 여객 운임과 총 4십만 명의 엄청난 직원 수 그리고 화물운송 비용이 특정 층이 소유한 특정한 물품에 저가로 책정되어 있어서 쓸 돈은 많고 들어오는 돈은 적어서 철도 현대화에 필요한 신규 투자를 못 하고 있다.

종종 오래된 선로로 기인한 전복 사고가 발생하지만, 최대 속도 110km/h, 평균 속도 60km/h로 서행(徐行) 운행하기에 사상자는 드물다. 덜거덕! 덜거덕! 쾅쾅! 큰 소음을 반복하면서 기차가 뛸 듯이 달린다. 각 객차에 동력 분산을 하지 않고 기관차에 동력을 집중하기에 운행 중이나 정지할 때 소음이 유별나게 심하다. 청소 상태는 처음에는 많이 걱정해서 담요와 베게, 슬리퍼, 시트 등 내 몸에 닿는 침구는 늘 내 것을 가지고 다녔으나 열차 내 비치 용품은 보이는 것과 다르게 매우 청결하였다.

먼지 덩어리나 음식물 자국을 본 적이 없고, 벼룩에게 물려 본 적도 없다.

열차 내 편의시설도 모두 작동되고 냉난방도 그런 대로 잘되며 관리 부족으로 커튼 등이 보기 흉하게 찢어져 있거나 파손된 곳도 없다. 승객들도 내릴 때는 자신의 쓰레기를 치우는 등 모두가 청결에 조심하고 있으며 단지 좀 열차 내 모든 것이 무쇠로 투박하게 만들어져서 불편하고 이동통신이 안 되는 가장 큰 단점이 있다.

내 주관적으로 평가한다면 이탈리아 고속열차보다도 속도만 빼고 모든 점에서 훨씬 우수하다고 여긴다. 무엇보다 이탈리아 떼도둑 걱정 없이 마음껏 물건을 두고 자리를 비우거나 옆 승객을 의심하지 않고 안심하고 잠을 잘 수 있어서 좋다.

프랑스 철도청에선 수십 년 동안 운행을 중단했던 야간열차 운행을 개시한다고 한다. 이유는 야간에 남아도는 전력을 이용해서 운행하기에 매우 저렴한 운임을 적용할 수 있고 그렇게 돈이 부족한 서민이나 학생이 절약 여행을 할 수 있어서 사회적 계층 문제를 줄일 수 있고 또한 자동차 사용을 줄여 탄소 배출량을 줄이는 등 야간열차는 모두 긍정적인 다중 효과를 얻을 수 있다고 한다.

전쟁 전에는 파리에서 3시간이면 항공편으로 편안하게 갈 수 있던 우크라이나가 이제는 가는 방법도 복잡하고 시간이 오래 걸리고 고생도 엄청나다. 매달 2번씩 오가지만 매번 새로운 문제가 생겨서 우여곡절 끝에 키이우 중앙역에 도착하면 벌써 기운이 다 빠진다.

현재로서는 우크라이나에 무사히 도착하는 것이 출장의 가장 중요한 목표이다.

폴란드에서
우크라이나 국경 가기

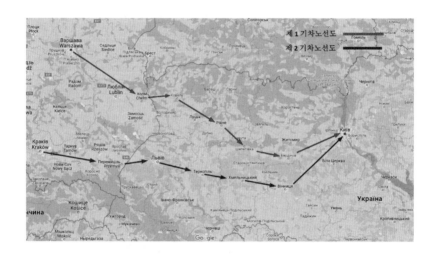

폴란드 열차 이용할 때
일반적 주의 사항

폴란드에서 우그라이나로 들어가는 철도편은 크게 세 가지 노선(실지는 두 가지 노선)이 있다.

폴란드 내에서 이동할 때 이용하는 열차는 고속열차로 평균 열차속도가 150km/h이며 최대 허용 속도는 200km/h로 빠른 편이지만 아직 프랑스 떼제베(TGV) 같은 속도의 초고속열차는 없다.

내 경우에는 계절에 따라서 노선을 결정하는데 노선마다 장단점이 있고 특히 여행 목적에 따라서 달라진다.

가령 대리모 도움으로 신생아를 출산하고 함께 철도편으로 귀환할 때는 꼭 프세미실역(Przemysl Glowny)을 이용하여야 한다.

세관이 병원하고 연관이 있어서 이 노선으로만 출국해야 신생아 출국 시 서류 문제가 없다고 한다.

그러나 내가 업무용 많은 제품 샘플이나 거래처 선물을 많이 가지고 갈 때 나는 짐 검사가 까다로운 프세미실역(Przemysl Glowny)을 피한다.

폴란드역에서는 한국 여행객이 종종 나에게 "자주 가는 곳인데, 항상 헷갈려요, 여기가 이곳에 가는 승강장 맞나요?" 하고 물어보신다.

폴란드 역사 구조는 모두 같다. 중앙 홀에 열차 출발 및 도착 안내 전광판 있고 지하로 내려가면 긴 복도가 있고 거기서 승강장으로 다시 올라가게 되어 있으며 승강장에는 좌우로 트랙 번호가 있다. 개찰구는 전혀 없고 표를 찍을 필요도 없다. 대부분 역사 내 화장실은 유료이다.

폴란드 열차표는 앱을 통하여 쉽게 구매하고 변경하고 환불받을 수 있다. 나는 www.polishtrains.eu 웹사이트를 주로 이용하고 비교 확인하기 위하여 PKP INTERCITY 앱을 추가 이용한다.

웹사이트나 앱에서 유용한 표를 찾을 때 꼭 중복 확인이 필요하다. 폴란드는 현재 한국의 1990년도처럼 전 국토가 공사장이며 특히 폴란드의 철도, 통신, 전력망을 우크라이나로 연계하는 확장공사가 한창이다.

바르샤바 출발역이 확장공사 이유로 제3의 역사로 갑자기 변동되는 경우가 많다.

바르샤바 동역(Warszawa Wschodnia)에서 헤움(Xhelm, 폴란드어 Chelm)역으로 표를 요청했는데 열차가 없다고 나오면 출발지 역 이름을 바르샤바 그단스크(Warszawa Gdanska)역으로 바꾸어서 입력해 본다.

출발은 바르샤바 동역(Warszawa Wschodnia)이었는데 귀환할 때는 편리한 바르샤바 중앙역(Warszawa Centralna)인 경우도 있다.

일등석은 차량의 이등석 중에서 일부 좌석이 할당되어 있어서 좌석이 많지 않다. 일등석과 이등석의 차이는 차량 칸이 가족용 6인승 칸이거나 오픈된 칸이거나의 차이이다. 이등석에는 대낮에도 만취하신 분이 타는 경우가 많다.

좌석 번호 없이 승차하는 입석도 있는데 빈자리 나는 대로 가서 앉을 수 있다.

나는 초기에 정보가 없어서 연착으로 기차를 놓치고 다음 기차의 표를 구할 수 없어서 너무 순진하게 하룻밤을 호텔에서 자거나 심야 버스로 이동했는데, 폴란드는 만석이어도 열차에 오를 수 있고 승무원으로부터 표를 살 수 있다는 것을 나중에 알았다. 가장 좋은 방법은 판매 안내소에 가서 입석을 요청했다는 껌 종이 크기만 한 확인증을 받고 검표원이 오면 확인증을 보여 주고 표를 즉석에서 사면 된다.

폴란드는 서유럽 국가와 다르게 열차표 사는 시스템이 무척 편리하게 되어 있다. 공항에서 시내로 들어오는 도시 열차는 매표소, 승강장 자동판매기, 객차 안에 설치된 미니 사동판매기로부터 여러 방법으로 표를 살 수 있고 심지어 지나다니는 검표원으로부터 직접 사도 된다.

표 없이 승차해도 벌금이 없다. 시간이 없거나 표가 매진되었더라도 무조건 타고 나서 열차 승무원에게 표를 구입하면 된다. 모두 신용카드로 원하는 화폐단위로 쉽게 지급할 수 있고 요금도 저렴하다.

폴란드 택시 이용할 때
일반적 주의 사항

　도착 공항에서 출발역으로 이동할 때 또는 호텔에서 출발역으로 이동할 때는 가능하면 대중교통을 추천한다.

　이유는 현재 폴란드의 인플레이션과 각종 세금이 폭등하였다. 유럽의 인플레이션 강도는 서유럽보다도 동유럽과 발트 3국에 심하다. 택시 기사분의 설명을 듣자면 모든 게 매일 올라서 택시비 산정 자체가 어렵다고 하신다.

　그렇지만 폴란드를 자주 다녀보니 다 좋은데 일부 택시에 대하여 주의를 하여야 한다. 그들은 바가지도 몇 배가 아니라 열 배 이상 씌운다. 미터기가 없으며 카드 결제가 안 된다고 하는 택시는 절대 이용하면 안 된다.

　우크라이나에는 터키 출신 택시 기사도 많은데 우크라이나와 터키는 상호 노동력 교환 협정이 있어서 양 국가 국민이 상호 국가의 아무 도시나 가서 일할 수 있다. 이들은 우크라이나가 최종목적지가 아니라 영주권을 받은 후에 서유럽으로 넘어가려고 준비하고 있다.

　나는 폴란드에서 이런 이민 온 택시 기사들을 제외하고는 전혀 문제가 없었다. 많은 폴란드 기사분은 완벽한 서비스에 내가 드리는 팁마저도 사양하기도 하였다.

폴란드 대중교통은 아주 잘 발달하여 있고 저렴하다. 처음에는 좀 어색하고 어렵지만 한두 번 타 보면 아주 편하다. 바르샤바에선 티켓 기계가 곳곳에 설치되어 있고 영어로 주문도 가능하며 20분 동안 노면전차나 버스를 이용하여 아무 곳이나 갈 수 있는 타임티켓을 파는데 3.40즈워티(1,078원)이다.

시내에서 공항으로 갈 때 이 티켓 한 장을 사용하면 무척 편리하다. 겨울에 폭설이 내리면 폴란드는 큰 교통체증이 발생하기에 공항철도 사용법은 꼭 알아 둘 필요가 있다.

어쩔 수 없이 택시를 탄다면 호텔에서 제공하는 리무진 택시를 타는 게 비용을 조금 더 지급하더라도 속지 않는다. 폴란드는 우버(UBER) 택시가 우크라이나와 마찬가지로 정확하고 저렴하며 안전하다.

우버(UBER)
택시 타는 법

꼭 우버 앱을 깔고 오시기를 바란다. 폴란드나 우크라이나의 작은 도시도 우버 택시를 어느 때든지 이용할 수 있다. 우크라이나는 우버 택시의 천국이며 우크라이나에서 개발한 우클론(Uklon) 택시도 많이 이용되고 있다.

리무진 우버도 있고, 7인승 승합차용 우버도 있고 르비우까지 오가는 장거리 우버도 있다.

우버 택시는 리무진부터 여러 개의 급이 있으며 너무 낮은 급을 부르면 종종 겨우 굴러가는 차가 오는데 바쁠 때 고장 날 수도 있다. 우크라이나에서는 호텔에서 지원하는 리무진 택시나 일반 택시면 미터기 없이 일단 타면 부르는 게 값이다. 우버 택시와 가격 차이가 10배 나기도 하니 꼭 우버 택시를 이용하시기 바란다. 많은 우버 택시 기사분들은 영어가 잘 안 되지만, 구글 번역기를 이용하거나 주변 학생들에게 도움을 청하면 다들 친절하게 도와준다.

폴란드 공항이나 역에는 심지어 택시 정류장과 나란히 붙어서 우버 택시 전용 정류장이 별도로 설치되어 있고 대부분은 우버 택시가 줄 서서 고객을 기다리고 있어서 바로 타면 된다.

이용 방법은 우버 앱에서 목적지와 현재 위치를 정하면서 근처 우버 정류장을 이용한다고 하면 4가지 숫자로 된 우버 예약 번호를 보내 준다. 정류장에서 자기 차례가 오면 우버 택시 기사분에게 예약 번호를 건네주면 다 끝난 것이다. 볼트(BOLT) 택시도 있지만 전용 정류장은 없다. 우크라이나에서는 핑크빛 우버 택시가 있는데 여성 기사분이 여성 고객만을 위하여 영업한다.

폴란드/우크라이나 유흥업소 이용할 때 일반적 주의 사항

　재건 사업차 폴란드에 와서 우연히 들른 술집에서 출장비를 다 털리고 혹 되돌아가는 사람이 있을지 모른다.

　바르샤바 노보텔 센트룸이나 고급 호텔 주변은 사방이 클럽 네온사인으로 화려하고 밤늦은 시간까지 영업하는 유흥업소가 빵집만큼이나 흔하다.

　나는 바르샤바에서 호텔은 시내 중심에 있는 노보텔 센트룸을 자주 이용한다. 위치가 중앙역에서 가깝고 동, 서부역과도 쉽게 갈 수 있고 무엇보다 한국 식당이 2개나 바로 앞뒤에 있어서 편하지만, 이런 호객꾼이 몰려들어서 밥 먹으러 외출하기가 짜증이 난다. 특히 노보텔 센트룸이나 머큐어 바르샤바 센트럼 호텔 주변이 심하다.

　추운 겨울 어느 날, 공항에서부터 우버 택시를 타고 호텔 입구에 하차하고 트렁크에서 짐을 꺼내는데 영어 잘하는 아가씨가 오더니 내 짐을 챙겨 들고 앞장서기에 당연히 호텔 여종업원인 줄 알고 졸졸 따라갔더니 호텔 뒤 클럽으로 들어가는 것이었다.

　날씨가 안 좋아서 투숙객이 일단 호텔로 들어가면 안 나오기에 아예 가방을 낚아채 가야 한다는 설명이다. 창문 아래로 지켜보니 거리는 얼음이 땡땡 얼었는데 그녀는 밤중 내내 그렇게 호텔 손님들의 짐 가방을 낚아채고 있었다.

폴란드 거리에선 호텔 주변에서 호객꾼이 깔려 있으며 싫다고 해도 끈질기게 따라온다. 어쩌다 따돌리면 또 다른 호객꾼이 릴레이 하는데 멀쩡한 건장한 청년도 많다.

한 번쯤 머리 식힐 겸 클럽에 가 보고 싶거든 신용카드를 모두 두고 필요한 예산만 현찰로 가지고 가야 한다. 특히 눈 나쁘신 분들 조심해야 한다. 카드 단말기 비용 표기 크기와 종이 영수증 글자 크기가 깨알같이 작세 쓰여 있어서 징확하게 확인 못 히고 지급 버튼 누르면 유로화로 수천 유로가 지급되고 난 뒤이다.

가장 보편화된 수법은 이렇게 현지 화폐인 즈워티를 유로화처럼 지급하게 하는 것이다. 모든 카드 단말기에는 즈워티(유로화의 1/4.5) 또는 유로화를 선택 지급하게 되어 있는데 이 점을 악용하는 것이고 우크라이나 유흥업소에서도 동일 수법을 많이 쓴다. 우크라이나 흐리브냐(Hryvnia)화는 유로화의 1/40이다.

이런 이유로 이들은 현찰로 지급하는 사람을 꺼린다. 술값을 지급하는데 자꾸 카드 지급을 유도하면 바로 나오면 된다.

입장료가 무료인 곳은 절대 무료가 아니다.

또한 점잖은 술집 바에서도 사고가 자주 터진다.

위스키나 와인을 잔으로 시키면 그 안에 어떤 성분이 들었는지 모른다.

술집 바에 가시거든 한 잔을 마셔도 가능하시면 병으로 주문하셔서 보는 앞에서 병마개를 따게 해야 된다.

이제 웬만한 여행객들은 모두 이런 사실을 알아서 유흥업소에 가지 않는다.

우크라이나
가는 데 이용하는
폴란드 공항

1. 바르샤바 프레드릭 쇼팽 국세공항(WAW)

2. 크라쿠프(Krakow)의 '요한 바오로 2세 크라쿠프 발리체 국제공항 (KRK)'

3. 제슈프(Rzeszow) 야시온카 공항(RZE)

바르샤바 프레데릭
쇼팽 국제공항(WAW)

탑승객 검사는 세관 직원이나 사설 보안 직원이 아닌 군인이 권총을 차고 실시하고 공항 홀에는 많은 군인이 배낭을 메고 바쁘게 오가는 것을 보면서 당신은 전쟁터 근처에 도착했음을 실감할 것이다.

매번 이 공항을 이용할 때마다 참 많은 사람의 사랑을 받는 '프레데릭 쇼팽' 이름에 전혀 무성의하게 공항 건물을 참 멋없게 지었다는 생각이 든다.

최소한 쇼팽이 좋아했던 제비꽃을 장식해 놓는다거나 쇼팽 음악이 공항 내에서 흘러나온다거나 했으면 좋았을 텐데 쇼팽과 연관되는 아무것도 없다. 모차르트를 엄청나게 광고하는 오스트리아 공항들과는 사뭇 다르다.

어쩌면 이런 나의 소망은 사치일 뿐이며 공항을 최대로 현실적으로 만들었는지도 모른다. 우크라이나만큼이나 전쟁의 비극이 끊이지 않았던 폴란드는 항상 우울하게 보인다.

시내 곳곳에 설치된 큰 규모의 전승 기념탑들도 그런 분위기를 증가시키며 항상 극우와 공산주의로부터 전쟁에 항상 대비하라는 희생된 분들의 목소리로 들린다.

전쟁 속에서 대부분을 살아갔던 쇼팽은 죽어서도 그의 심장은 많은 우여곡절을 겪는다. 그는 파리에서 망명하는 동안 죽었고 여자 친구가 심장만 달랑 베어 내서 코냑 병에 넣어 치마 속에 숨겨서 바르샤바로 가져 왔다. 그것도 '성십자가 성당'에 현재처럼 안치되기까지는 또 많은 우여곡절이 있었다.

바르샤바 공항에 도착하기 전 쇼팽의 일대기를 읽어 보고 그리고 쇼팽의 조국에 대한 그리움을 이해했다면 당신은 우크라이나의 현 전쟁도 쉽게 이해하실 수 있다. 당신은 가는 길에 많은 우크라이나 피난민들과 미주칠 것이다. 그중에는 쇼팽처럼 몸의 한 부분만 돌아오시는 분도 많을 것이고 아예 못 돌아오시는 분들도 많을 것이다.

쇼팽 공항 건물은 폴란드식 다른 건물들처럼 실내에 아주 두꺼운 원기둥이 촘촘히 너무 많이 설치되고 천장이 너무 낮고 어둡다. 한 국가의 수도권 공항치곤 너무 빈약하다는 생각이 든다.

반면 쇼팽 공항 구조는 환승 시간을 줄일 수 있어서 좋다. 국제선에서 하차하고 잠깐 걸어가면서 도중에 햄버거 하나 사서 들고 국내선으로 옮겨 타면 된다. 파리나 암스테르담 공항처럼 지도 보고 찾아갈 필요도 없고 단 2개 층으로 구성되어 있는데, 1층이 도착이고 2층이 출국이다. 1층 오른쪽 끝은 공항철도가 들어오고 거기엔 또 시내 가는 버스터미널도 있다.

공항철도 S2 라인은 중앙역을 통과하고 서부역, 동역까지 우크라이나에 가기 위해 이용하는 모든 3개 역을 정차한다. 단점은 매시간 운행되어서 편수가 드문 것이고 야간과 주말에는 기다리는 시간이 더 길어진다. 버스가 운행 편수가 더 많아서 사람이 선호한다.

버스나 공항철도나 티켓과 비용은 같으며 중앙역이 있는 시내 중심지까지는 20분용 티켓을 구매하면 되고 비용은 3.4즈워티(PLN, zL)이다. 주의할 점은 공항철도 S2 라인의 시내 중심지 정차하는 역 이름이 중앙역이 아니라 시로드미에시치(SRODMIESCIE)역이며 중앙역과 붙어 있다.

쇼팽 공항에서부터 공항철도로 서부역까지는 15분, 중앙역까지는 20분, 가장 먼 동역까지는 40분 소요된다.

귀환할 때 공항 출국장은 이용객 수에 비교해 공항이 너무 협소해서 항상 출국심사대로 나가는 대기 줄이 엄청 길다. 쇼팽 공항의 규모는 우크라이나 키이우 보리스필 공항보다도 작다. 아마도 우크라이나 인구(2022년 기준 4천1백만)가 폴란드 인구(3천 8백만)보다 많아서일 수도 있다.

혹, 비즈니스석이 아니더라도 '에어프랑스'의 '스카이 프라이어리티'나 '스타 얼라이언스'의 우대증이 있으면 맨 오른쪽 구석으로 가면 인파가 없어서 바로 통과할 수 있다. '패스트 트랙' 출구라고 아주 조그마하게 적어 놓았고 눈에 잘 띄지 않는다.

대부분의 나라처럼 바르샤바 공항 주변 호텔은 불친절하고, 공항 내 식당은 맥도날드 말고는 먹을 것이 없고, 맛도 없으며 일찍 문을 닫는다.

그래서 쇼팽 공항은 저녁 10시 이후에 도착하면 아주 황량하다.

또한 바르샤바 쇼팽 공항은 귀환할 때 항공편이 자주 연기된다. 아마 공항 시설이 현대화가 아직 안 되어서 제대로 항공기 이착륙이 처리되지 못하는 것이 이유인 것 같다.

파리에서 암스테르담을 거쳐 바르샤바에 가는 경우 더 많은 항공기를 선택할 수 있다.

그러나 경험상 암스테르담을 경유하면 문제가 많다. 매번 환승 시간이 너무 촉박하게 짜여 있어서 항상 정신없이 뛰어서 탑승구에 도착해야 하고 위탁 수화물이 안 온 경우도 많고 제일 재수가 없으면 출발 하루 전에 예약된 항공편이 이유 없이 취소되고 그다음 날 새벽에 LOT 항공기로 자기들 멋대로 대체하는 때도 있다.

최근에 발견한 에어프랑스의 아주 안 좋은 항공권 경영방식인데 항공권이 다 팔리지 않으면 출발 단 하루 전에 항공편을 취소시키고 고객에게 환불받든가 저가 LOT 편을 제시하는데 울며 겨자 먹기로 받아들일 수밖에 없다. 이 문제는 너무 사주 발생한다.

암스테르담 공항도 이해하기 어려운 공항이다. 원래 에어프랑스가 파리 샤를르 드골 공항이 포화하여서 근처에 초현대식 대형 신공항을 건설할 예정이었는데 KLM과 합병하면서 신규 공항 계획을 취소하고 암스테르담 공항으로 대신하게 된 것이다.

항상 갈아탈 항공편과 가장 멀리 떨어진 터미널 및 게이트를 배치하여 대부분 버스로 승객을 게이트로 이동시키고 게이트마저 한참 떨어진 곳에 있다. 암스테르담 공항에서는 발 빠른 사람도 환승 시간이 최소 1시간 30분 이상 필요하다.

파리에서 7시 10분 첫 직행 비행기를 타면 힘들어도 폴란드에서 숙박하지 않고 다음 날 오전 7시에 키이우에 도착할 수 있다. 잘 준비한 계획이 암스테르담 공항에서 문제가 생기면서 복잡하게 꼬여 버린 경우가 너무 많아서 나는 이 공항을 더 이상 이용하지 않는다.

아래는 쇼팽 국제공항에서 환승역까지 우버 택시를 이용하는 경우 시간과 비용이다(2023년 11월 기준).

쇼팽 공항에서 바르샤바 서부역: 8km, 15분, 35PLN

쇼팽 공항에서 바르샤바 중앙역: 10km, 20분, 45PLN

쇼팽 공항에서 바르샤바 동역: 15km, 30분, 52PLN

중앙역에서 바르샤바 동역: 5km, 10분, 22PLN

제슈프(Rzeszow)
야시온카 공항(RZE)에서 키이우 가기

우크라이나와 가장 근접한 곳까지 힝공편으로 와서 그곳에서 열차를 이용하는 것이 가장 효율적이다.

이런 경우 제슈프(Rzeszow) 야시온카 공항(RZE)까지 항공편으로 온 후에 택시로 제슈프역(Rzeszow Glowny) 으로 이동하고, 바르샤바에서 프세미실역(Przemysl Glowny)으로 운행하는 열차가 대부분 제슈프역(Rzeszow Glowny)에서 정차하므로, 이곳에서 열차를 타면, 약 1시간이 면 목적지인 국경에 다다를 수 있다. 기차는 매시간 있으며 가격은 일등석 38PLN(이등석 24PLN)으로 약 4.5유로이다.

즉 바르샤바에서 프세미실역(Przemysl Glowny)으로 열차 편으로 오든가 아니면 바르샤바 쇼팽 국제공항에서 LOT 항공 국내선으로 제슈프 공항으로 와서 택시를 타고 20분 정도면 제슈프역(Rzeszow Glowny)에 도달할 수 있다(11km, 40PLN).

제슈프(Rzeszow) 야시온카 공항(RZE)은 폴란드 국적항공사 LOT과 독일 Lufthansa가 주로 운항한다.

한국에서 LOT 편을 이용하여 폴란드에 온다면 바르샤바에서 국내선으로 갈아타 제슈프(Rzeszow) 야시온카 공항(RZE)까지 오는 방법도 좋다.

기차 타는 시간이 너무 길고 힘들기에 가능하면 항공기를 최대로 이용하고 항공기도 일등석을 추천한다. 우크라이나 가는 길에는 돈을 절약하려고 하지 말고 자신 최선의 컨디션을 위해서 최고 조건인 호텔 및 항공기, 열차를 이용하지 않으면 골병든다.

나는 제슈프를 경유하는 노선도 자주 이용하는데, 제슈프 공항에는 우크라이나를 지원하기 위한 나토군 임시 공항 및 물류 창고가 있어서 한눈에 나름대로 전장의 흐름을 짐작할 수 있다.

또한 우크라이나 재건 사업을 폴란드와 연관 지을 때 제슈프(Rzeszow)는 폴란드의 최전방에 위치하는 지역으로 이곳을 통하여 우크라이나의 새로운 규격의 철도가 시작되고 초고압 전력망도 이곳을 통하여 연결된다.

즉 폴란드와 우크라이나가 이 도시를 통하여 연결된다고 보면 정확하다. 전쟁 이전에도 이곳은 우크라이나 노동자가 많이 와서 일하고 있었고 지금은 많은 피난민이 와 있다.

폴란드에서 볼 수 있는 우크라이나 피난민은 세 가지 부류로 분류된다.

폭격으로 모든 것을 잃고 애들과 반려견을 데리고 국경을 넘은 돈바스 지역 아줌마와 노부모,

평상시에도 임금을 많이 주는 서유럽으로 가길 고대했는데 전쟁 덕에 합법적으로 출국하여 지원금도 받고 직장도 찾은 외국어가 가능한 젊은 여성들,

우크라이나 최고위 상류층으로 돈이 엄청나게 많지만, 계엄령 발효 이전에 미리 알고 출국하여 징집을 회피하고 제슈프(Rzeszow)의 5성 호텔을 모두 차지하고 있으며 최고급 승용차를 몰고 다니는 남자들.

이들은 나올 때 가지고 나온 돈으로 폴란드에서 미용실, 식당, 성인 클럽 등을 개업하려고 준비하고 있고 이런 사람을 도와주는 사업도 성행 중이다.

이렇게 제슈프(Rzeszow)시는 우크라이나 전쟁에서 지리적 장점으로 인해 폴란드의 변방에서 우크라이나 가는 주요 길목으로 더 활발한 도시로 탈바꿈하는 중이다.

파트너 F 회사가 10여 년 전부터 우리 회사 통신 장비를 판매 및 설치하고 있어서 나는 오래전부터 이 지역을 자주 다녔다.

지난겨울에 내가 방문했을 때는 도시가 인프라 공사가 한창이었고 작고 볼품없던 제슈프역(Rzeszow Glowny) 역사도 더 크고 보기 좋게 증축하고 있었다. 우리 파트너 F 회사는 비영리 구호사업으로는 모듈형 컨테이너 주택을 제작해서 우크라이나로 매주 전달하고 있고 재건 사업으로는 친환경 에너지 사업을 시작해서 영역을 확대하고 있었다.

우리 파트너 F 회사를 통해서 10여 년 전 폴란드는 한국의 통신 장비를 많이 구매했다. 그러나 6년여 전부터 화웨이를 앞세운 중국이 본격적으로 동유럽을 공략하면서 폴란드를 전략 기지로 키웠다. 서유럽에서도 폴란드는 동유럽 시장의 중심이어서 유럽 최대인 오렌지통신사의 세계 최대 총괄구매 부서인 바이인(BuyIn)이 자리 잡고 있다.

중국은 정부 차원에서 천문학적 투자로 우리 회사를 제치고 들어왔는데 바로 폴란드가 필요한 발전소 등 에너지 분야를 헐값에 지원하면서 일괄 타결로 통신 시장 개방을 요청했고 이것이 성사되어 국내 기업이 그 이후로 크게 고전해 왔으나, 우크라이나 전쟁으로 다시 중국 업체가 밀려나면서 한국 업체에 기회의 공이 굴러오고 있다.

그러나 일본 경제가 다시 살아나면서 우크라이나에서는 통신 장비 분야에서 일본과 경쟁을 해야 하는데 일본은 지금까지 우크라이나에 한국보다 더 적극적으로 지원을 했고 엔화 약세까지 더해져서 힘든 경쟁이 될 것 같다. 또한 일본은 관사가 일심동체로 같이 움직이는 대표적 국가이다.

국내 언론에서는 한국의 IT가 세계적인 수준이라고 떠들고 국민도 그렇게 믿고 있지만 현장을 뛰는 내가 느끼는 사실은 통신 장비 면에 있어서는 삼성전자를 제외하곤 미국과 일본 그리고 북유럽에 뒤처지고 있다.

폴란드에서 통신 장비 사업의 또 다른 어려운 점은 여기도 역사적으로 많은 전쟁과 합병과 분리가 일어난 곳으로 지역 간 특징이 유별나게 심해서 도시별로 소비자들의 요구사항이 가지각색이기에 엔지니어가 모두 대응하기 어렵다는 점이다.

폴란드 파트너 F 회사 사장은 최근 들어 우크라이나 재건 사업 관련하여 한국 업체들로부터 많은 협력 제안을 받고 있다고 말했다.

이 지역은 유럽 최고 빈국인 우크라이나와 근접하고 있고 폴란드에서도 가장 낙후된 지역이어서 값싼 노동력을 이용하기 위해 많은 산업 시설이 유치되고 있다.

나는 한번 '프세미실역(Przemysl Glowny)'에서 '크라쿠프'로 가는 기차를 놓쳐서 새벽 2시에 '플릭스버스(Flixbus)'를 대신 이용했는데 좌석 간 사이가 30cm도 안 되는 협소한 공간에서 3시간을 버티었지만, 여행 내내 열심히 일하는 젊은이를 보면서 큰 감동하였다.

새벽까지 공장에서 일하는 폴란드 청년으로 버스가 만원이었고 정차하는 버스 정류장도 청년들로 크게 붐비었다. 그들은 좁은 자리에 앉자마자 준비한 큰 도시락으로 밤참을 빠르게 먹고 바로 노트북을 꺼내 무릎

위에 놓고 계속 일하였다.

밥 먹고 살 수 있는 나라 중에서 이민자가 아니라 자국 청년이 이렇게 새벽까지 일하는 모습을 보는 것은 흔하지 않다.

제슈프(Rzeszow)시의 중심지는 깨끗하고 친절하고 물가가 저렴하다.

이 도시에서 보는 대부분 사람은 우크라이나인이거나 연고가 있는 사람이 많다. 공업도시여서 저녁이 되면 맥줏집이나 유흥업소를 제외하고는 일찍 문을 닫는다. 이 도시에는 이상하게 튀르키예식 케밥 집이 많다. 내 생각에 폴란드 음식이 너무 맛이 없어서 값싸게 쉽게 먹을 수 있는 음식으로 발전한 거 같다. 우크라이나에도 긴 세월 동안 오스만제국의 영향을 받아서인지 튀르키예식 케밥 집을 많이 볼 수 있다.

이 도시의 모든 광통신망은 국내 D 기업이 설치해서 통신 속도가 놀랍다. 그러나 아직도 폴란드는 개발도상국으로 통신시설이 그렇게 전국적으로 좋은 건 아니고 특히 달리는 열차 안에서 이동통신은 장애가 빈번하게 발생한다.

제슈프(Rzeszow)는 또한 폴란드 정부로부터 지역개발비로 많은 보조금을 받고 있고 밤낮으로 청년이 열심히 일하고 있어서 한국 제조업을 현지화하기에 최적의 지역이다. 우크라이나 가는 길에 한번 이 지역을 둘러보는 것도 미래 재건 사업 구상을 위해서 좋을 것 같다.

크라쿠프(Krakow)의
발리체 국제공항(KRK)에서 키이우 가기

내가 이렇게 공항이나 역사 이름을 한 단어도 생략 안 하고 길어도 모두 나열 기재하는 이유는 이들의 풀 네임을 모르면 사람마다, 지역마다, 기업마다, 다르게, 적당히 잘라서 줄여서 사용하는 약자를 잘 이해 못해서 큰 혼동을 가질 수 있기 때문이다. 구글에서 사용하는 명칭, 철도청에서 사용하는 명칭, 티켓에 찍히는 명칭, 영어 명칭, 자국어 명칭이 다 다르기에 한번은 풀 네임을 알아 두는 것이 필요하다.

가령 바르샤바 중앙역을 비롯한 기타 주요 역들의 공식 명칭을 죄다 다르게 써서 나는 아직도 어느 것이 공식 명칭인지 잘 모르겠다. 즉 티켓을 온라인으로 판매하는 앱에서 목적지 이름과 출발지 역 대형 전광판에 나와 있는 목적지명 그리고 승강장에 설치된 간이 전광판의 목적지명 그리고 기차 문 옆에 기재된 목적지명이 다 다르다. 어떨 때는 폴란드어로 어떨 때는 우크라이나어로 혼합 표기되어 있다.

더 헛갈리게 만드는 것은 우크라이나는 여러 목적지를 조합해서 붙이고 다니는 복합 열차를 종종 중간마다 끊어 놓는다. 끊어진 칸에 타고 있으면 떠날 시간은 다 되어 가는데 이 객차가 맞는지 내가 잘못 올라탄 건지 몹시 불안해진다. 심지어 멀리 떨어진 다른 승강장에 끊어 놓은 예도 있다. 또는 승강장이 없는 철로에 잘라 놓고 출발시간이 다 되어서 붙이는 예도 있다.

한번 경험해 보면 이해가 되나 초행길에는 큰 혼동과 불안이었다. 여기 복합 열차 시스템은 출발시간이 다 되어서 기관차가 나타나서 열차를 합치거나 분리하기에 이런 혼동을 준다.

'크라쿠프 발리체 국제공항'은 수도인 바르샤바 공항보다 규모도 더 크고 시설도 더 좋다.

주변에 많은 고직지와 잘 정비된 교통 인프라, 좋온 시설과 완벽한 서비스의 숙박업소, 잘 조경된 많은 공원, 바르샤바보다 맛있는 수많은 식당 등으로 여기는 동유럽이라기보다는 고풍 속 낭만을 즐기는 서유럽 쪽에 더 가깝게 느껴진다.

'크라쿠프 발리체 국제공항'에서 시내 중심지에 있는 '크라쿠프 중앙역(Krakow Glowny)'까지 가는 공항철도가 자주 있어서 간편하게 이동할 수 있다. 약 20분 정도 소요된다.

공항 청사 출구를 나가서 바로 2층으로 올라가면 공항역으로 이어 주는 육교가 있다.

승강장에 자동 표 판매기가 있으나 시간이 없으면 바로 열차에 올라타면 각 열차 칸마다 자동 표 판매기가 있다. 이것 또한 사람이 줄 서서 표를 산다면 그냥 앉아서 기다리고 있으면 검표원이 지나갈 때 표를 사도 된다. 긴 설명의 변명이 필요 없이 짧게 "표가 필요합니다."라고 하면 된다.

'크라쿠프 중앙역(Krakow Glowny)'에서 국경 '프세미실역(Przemysl Glowny)'까지 매시간 출발하는 기차가 있으며 약 3시간 소요된다. 가격은 일등석 81PLN(이등석 52PLN)으로 약 18유로이다.

'크라쿠프 중앙역(Krakow Glowny)'은 대형 쇼핑몰 안에 위치하고 있고 24시간 운행하는 국제 버스터미널로도 연계되기에 열차 시간이 끊어지는 야간 시간대에는 심야 버스를 이용하기도 좋다.

또한 중앙역 출구에서 길만 건너면 바로 '이비스 호텔(70-90유로)'과 '머큐어 호텔(100-350유로)'이 있어서 쉬고 다음 날 바로 역으로 되돌아오기에도 좋다. 이 도시의 호텔 수준은 대부분 매우 높다.

요즘 한 가지 이상한 것은 인플레이션으로 최근 폴란드 호텔 가격이 터무니없이 올라서 이제 파리 중심지 호텔비하고 별 차이가 없거나 더 비싸다.

식당 음식값도 마찬가지이고 많은 것이 가격이 올라서 벌써 폴란드에 한국 생산 공장을 유지하는 것이 어려워질 거라고 현지인이 전한다. 인건비 또한 더 이상 저렴하지 않다고 한다.

2023년 기준으로 하여 폴란드 제조업 평균임금이 이미 1,400유로를 넘었으며 매년 10% 정도의 임금 상승이 지속되고 있다. 또한 폴란드도 노동력을 확보하는 데 시간이 갈수록 어려움이 많다.

내 생각에는 우크라이나가 유럽연합에 가입되어 관세 및 통관절차가 사라지고 철도 현대화로 수송 시간이 단축되면 곧 폴란드에 있는 한국 현지 공장이 비용 절약 차원에서 우크라이나 국경 지역으로 대부분 이전해 올 거로 생각한다.

사실 폴란드, 헝가리, 슬로바키아의 한국 현지 공장의 제조업 직원들은 이미 우크라이나 사람이다. 그리고 키이우 한국어학과를 졸업하면 바로 이곳 공장으로 가서 한국 매니저와 우크라이나 노동자 간 의사소통을 돕고 임금도 많이 받아서 키이우 한국어학과의 인기가 외국어학교에서 중국어, 일본어보다도 높다.

'크라쿠프 중앙역(Krakow Glowny)' 3층에 각국의 음식을 파는 식당이 즐비하고 일식집도 있는데 비싼 게 흠이긴 한데 맛있다. 역 주변엔 폴란드인이 요리하고 운영하는 비빔밥과 만둣집이 나란히 붙어서 있는데 현지인들에게 큰 인기가 있어서 배달도 많이 하고 항상 앉을 자리가 없다. 맛은 한국인에게는 10% 부족하게 느껴지는데 폴란드 사람은 맛있게 드신다.

또한 중앙역이 있는 대형 쇼핑몰 지하층에 한국 식품점이 있어서 나는 여기서 한국 식품을 매번 사 간다. 또한 이상하게 동부 유럽의 한국 식품은 우크라이나를 비롯하여 가격이 매우 비싸다. 유통에 큰 문제가 있는지 아니면 아직 수요가 많지 않아서 그런지 너무 비싸서 잘 팔리지 않고 도리어 제3국에서 만든 듯한 유사품이 잘 팔린다.

직항이 아닌 경우 발송한 위탁 수화물이 늦게 도착하는 경우가 너무 많다. 특히 암스테르담을 거치는 경우 자주 위탁 수화물이 다음 날 오후에 오며 그것도 호텔로 배송도 해 주지 않아서 다시 공항으로 찾으러 가야 한다.

짐을 찾으려면 그다음 날 우크라이나 열차를 탈 수 없기에 나는 더 이상 짐을 따로 부치지 않고 손가방만 가지고 탑승하며 일단 폴란드에 도착해서 필요한 식료품들을 모두 산다.

수화물이 늦게 도착하는 경우에, 나는 도착하지 않은 짐을 다시 파리 집으로 반송해 달라고 요청하고 내 원래 계획 시간대로 움직인다. 연착된 수화물은 대부분 그다음 날 오전이 아니라 오후에 배달되어서 짐 기다리다 모든 일정이 망가지며 키이우 열차표 다시 구매하는 데 며칠을 허비하게 된다.

크라쿠프는 한국에는 잘 안 알려져 있지만 과거 중세에서 르네상스, 심지어 고딕양식까지 망라한 폴란드 건축물이 모두 보존되어 있어서 관광객이 사시사철 끊이지 않는다. 많은 성당이 있으며 일요일에는 성당 밖에까지 신자가 몰려 미사 드리는 것을 볼 수 있고 헤아릴 수 없을 만큼 많은 식당과 카페 그리고 골목길마다 유흥업소가 자리 잡고 있다.

우크라이나에서 관광사업을 구상하시는 분들도 많을 텐데 키이우 한 도시 보러 한국서부터 오기엔 너무 먼 여정과 큰 비용이기에 '크라쿠프-르비우-키이우-오데사'를 하나로 묶는 코스이면 최상이 될 것 같다.

크라쿠프는 현재 폴란드의 제2도시이며 옛 수도 중에서 가장 유명한 최대의 관광도시이다. 하지만 한국에서는 중부 유럽의 다른 관광지들에 비하면 인지도가 좀 떨어지는 편이라 앞으로 개발할 가치가 높다.

근세 이후의 폴란드 역사가 바르샤바, 그단스크를 중심으로 돌아갔다면, 중세와 근세 초기 폴란드 역사는 대부분 크라쿠프를 중심으로 이루어져 있어서 매우 중요하다. 또한 크라쿠프 근교에도 비엘리치카 소금 광산 등 관광지가 많으므로 크라쿠프 여행은 최소 2박 정도가 필요하다.

〈인생은 아름다워〉나 〈쉰들러 리스트〉 같은 명화를 통해서도 잘 알려진 이곳은 항상 관광객이 몰려오고 있으나 대부분 백인이며 아시아 관광객은 거의 없다. 항공편도 에어프랑스, 이지젯, 라이언에어, 중국동방항공, KLM, LOT 수많은 항공사가 운항하고 있다.

1978년에 유네스코는 이 도시의 역사적 가치를 인정하여 구시가지 전체를 유네스코 세계유산으로 지정했다. 천천히 산책하면서 가까운 거리에 다양한 볼거리를 보면서 맛있는 것도 먹어 가면서 편안하게 관광할 수 있다.

나는 처음에 크라쿠프에 갈 때 '아우슈비츠 수용소' 얘기를 들어서 대학살이 발생한 이런 곳이 어떻게 관광지가 되었을까 의아해했는데, 가 보니 어둡고 무거운 분위기의 아우슈비츠 수용소와 시내는 차로 1시간가량 떨어져 있었다.

바르샤바에서 '크라쿠프-제슈프-프세미실'을 연결하는 철도노선은 이미 고속열차가 운행할 수 있게 현대화되었으며 실지 프랑스 테제베 열차가 폴란드 국철 PKP 마크를 달고 운행하고 있다. 최대속도 200km/h(평균 150km/h)까지 달릴 수 있는 이 열차들은 완벽한 와이파이 서비스와 무료 원두커피를 제공하는 등 서비스도 최상급이다.

현재 르비우에서부터 우크라이나 철도 궤도(현재 러시아 궤간으로 85mm 폭이 더 넓다.)를 더 폭이 좁은 유럽연합 표준 궤도로 교체 작업을 시작했다.

일단은 국경에서 르비우역까지 유럽연합 표준 궤도로 만들어서 르비우에서 전 유럽 국가로 나가는 객차나 화차를 운행하고 르비우에서 우크라이나 지방 도시 간 구간은 기존 러시아 궤간을 유지하여 전국 주요 도시로 유럽연합 표준 궤도로 확대할 때까지 운행한다는 계획이다.

즉 르비우역이 유럽연합과 연결되는 우크라이나 철도망의 중심지가 되게 된다. 물류사업에 관심 높으신 분들은 이 점을 유의하여야 한다.

우크라이나를 기차로 여행하다 보면 우선 수많은 철로와 큰 역, 또한 곳곳에 방치되고 녹슬어 가고 있는 아주 오래된 치장 열차들의 수에 압도당한다.

우크라이나 기차(모두 기관차 이용)는 일반 기차와 고속 급행 기차인 '인터시티'로 나뉘는데 일반 기차는 1, 2, 3등석이 있고 장거리 열차는 대부분 침대 칸이고 2, 3, 4, 6인승으로 구성되어 있다.

폴란드와 우크라이나 대도시를 연결하는 인터시티 열차는 2013년 현대로템이 현대코퍼레이션을 통해 우크라이나에 열차를 납품한 것이다.

우크라이나는 세계에서 6번째로 큰 거대한 여객 철도망과 세계에서 7번째로 큰 화물철도망을 보유하고 있다. 우크라이나 전체 철도망은 24,000km이며 한국의 5배 길이이다.

바르샤바에서 프세미실역까지 단선 구간의 복선 공사가 연잇고 있으며 동시에 썩은 침목을 교체하고 전선을 다시 설치하는 작업으로 기차가 계속 서행 운행하거나 멈춘다.

이렇게 폴란드는 이미 우크라이나를 연결하는 물류 중심지로 변모하기 위해 우크라이나 방향으로 철도망 확장공사를 본격적으로 시작한 것이다.

3가지 노선 중 가장 편한 것은 당연히 바르샤바에서 키이우까지 한 번에 가는 노선이 환승 시간도 절약하고 갈아타는 수고도 덜어서 최고이지만 티켓 구하기가 하늘의 별 따기처럼 힘들다.

이 노선은 구매자가 너무 몰려서 브로커도 표를 구하지 못한다. 대부분이 여성 및 아이들인 여행객들은 이 노선을 타고 바르샤바까지 와서 환승하여 다시 빈, 베를린, 프라하 등의 유럽 각 국가로 일자리를 찾아서 떠난다.

이제 본격적으로 폴란드 국경에 위치한 두 개 역을 거쳐서 키이우에 가는 3가지 노선의 차이점을 설명한다.

1. 바르샤바 중앙역(Warszawa Centralna)에서 환승 없이 바로 키이우 중앙역(KYIV-PASAZHYRSKYI)으로 가는 방법으로 총 16시간 소요.
   침대 열차 차비: 3단 3인승 1,900 Hryvnia
   브로커 수수료(2단 2인승 기준): 2,200 Hryvnia

2. 바르샤바 동역(Warszawa Wschodnia) 또는 바르샤바 그단스크역 (Warszawa Gdanska)에서 폴란드 국경 헤움역(Chelm)으로 가서 벨라루스 국경을 따라서 키이우 중앙역(KYIV PASAZHYRSKYI)까지 가는 방법으로 바르샤바역에서 고속열차로 국경까지 3시간 소요+국경에서 키이우까지 13시간 소요.
   서부 도시 르비우(Lviv)를 경유하지 않음.
   폴란드 내 열차료: 일등석 40-20euros, 이등석 25-13euros
   침대 열차 차비: 1단 2인승 2,600Hryvnia, 2단 4인승 1,300Hryvnia
   브로커 수수료(2단 2인승 기준): 2,200Hryvnia
   좌석 열차 일등 칸: 1,500Hryvnia
   좌석 열차 일반석: 1,000Hryvnia

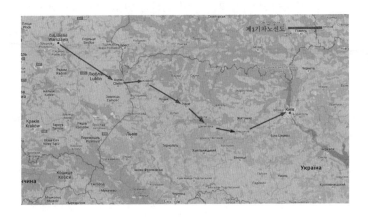

3. 바르샤바 서부역(Warszawa Zachodnia) 또는 바르샤바 그단스크
   역(Warszawa Gdanska)에서 폴란드 국경 프세미실역(Przemysl
   Glowny)으로 가서 우크라이나 서부 도시 르비우(Lviv)를 거쳐 키
   이우 중앙역(KYIV-PASAZHYRSKYI)까지 가는 방법.

   바르샤바 서부역에서 국경까지 5시간 30분 소요+국경에서 키이우
   까지 11시간 소요.

   침대 열차 차비: 1단 2인승 3,200Hryvnia, 2단 4인승 1,900Hryvnia

   브로커 수수료(2단 2인승 기준): 2,200Hryvnia

   크라코프역-프세미실역 간 고속열차료: 일등석 20유로, 이등석 13
   유로

   바르샤바 서부역-프세미실역 간 고속열차료: 일등석 79 유로, 이등
   석 53유로

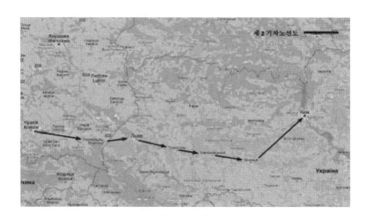

우크라이나 열차표의 환급은 현실적으로는 매우 어렵다. 온라인 또는 브로커 통해 산 표는 환급이 거의 안 된다. 환급이 가능하게 하려면 처음 구매할 때부터 역 창구에 가서 구매자 정보를 제출하고 환급할 때는 동일인 확인을 받아야 한다.

온라인에서 구매한 표는 큰 역에서만 환급할 수 있다. 왜냐하면 작은 역에는 환불에 필요한 네트웍스 장비가 없거나 있어도 대부분 작동이 안되기 때문이다.

위의 1번 코스인 바르샤바 중앙역에서 바로 키이우 중앙역으로 가는 노선과 2번 코스인 바르샤바 동역에서 헤움역(Chelm, 우크라이나어 Xhelm)에서 침대 열차로 갈아타서 키이우 중앙역으로 가는 노선은 같다.

위의 1, 2번의 헤움(Chelm)역과 3번 프세미실역(Przemysl Glowny)은 안전과 국경 검문 방법에 관하여 서로 많은 차이점이 있다. 나는 봄, 여름에는 프세미실역(Przemysl Glowny)을 이용하고 비가 내리기 시작하는 가을, 겨울엔 헤움(Chelm)역을 이용한다.

뉴스 화면에 나오는 세계 정상이 이용하는 폴란드 국경 역은 항상 프세미실역(Przemysl Glowny)이다. 이유는 군사적으로 훨씬 안전하기 때문이다. 지도상으로 보면 헤움(Chelm)역은 러시아 군대가 들어와 있는 벨라루스 국경에 너무 가깝고, 프세미실역(Przemysl Glowny)은 벨라루스 반대편 나토 가입국 슬로바키아 국경에 가깝다.

즉, 위의 1, 2번 코스인 헤움(Chelm)역을 통하는 것은 벨라루스와 너무 가까워서 포격이나 사보타주를 당하기 쉽다. 그런 이유로 VIP들은 이 노선을 절대 택하지 않으며 기차비도 저렴하고 경유하는 역들도 큰 도시가 없어서 표 구하기도 쉽다.

나도 벨라루스로부터 미사일이 오가고 긴장이 높아지면 꼭 서쪽 프세미실역(Przemysl Glowny)을 이용한다.

그러나 바이든 대통령을 비롯하여 각국 VIP가 이용하는 노선이어서 자주 경호 문제로 기차가 출발 못 하고 2, 3시간씩 장시간 지체된다는 단점도 있다.

두 노선의 또 큰 차이점은 국경 검문 방식이다.

프세미실역(Przemysl Glowny)은 공항 출입국 검사와 같은 절차가 이루어진다. 역 밖에서 도착 순서대로 줄 서서 기다리면 열차 출발시간 1시간 정도에 문이 열리며 출국수속이 시작된다.

탑승자 여권검사와 간단한 여행 사유를 묻는 말, 그리고 유럽연합 국가 내에서 구입한 물건들에 대한 부가세 환급 절차를 밟고, 최종적으로 수화물을 X ray 검사하고 탑승하게 된다.

반면 헤움(Chelm) 노선은 출입국 검사 및 수화물 검사 그리고 구입한 물건들에 대한 부가세 환급 절차를 모두 양국 국경에서 열차 안에서 하차 없이 진행한다. 문제는 달리는 기차 안에서 운행 중에 하는 것이 아니라 기차를 세워 놓고 하기에 서너 시간을 허비한다. 그래도 겨울처럼 날씨가 나쁜 계절에는 프세미실역(Przemysl Glowny)같이 역사 외부에서 몇 시간 기다리면서 비나 눈을 맞지 않아서 좋다.

열차표는 헤움(Chelm) 노선이 구하기 비교적 쉽고 가격도 저렴하다.

승무원 책임감, 열차 및 청결 상태는 VIP가 이용하기에 프세미실(Przemysl Glowny) 노선 열차가 더 좋다.

바르샤바 서부역(Warszawa Zachodnia)에서 키이우 중앙역(KYIV-PASAZHYRSKYI)까지 가는 방법

-프세미실역(Przemysl Glowny)으로 가서 서부 Lviv(르비우)를 거쳐-

바르샤바 서부역에서 고속열차로 국경까지 5시간 30분 소요ㅣ국경에서 키이우까지 11시간 소요. 탑승 시간만 계산한 것으로 16시간 30분이 소요되며 대기시간까지 포함하면 무려 18-20시간 정도 걸린다.

바르샤바 서부역(Warszawa Zachodnia)은 바르샤바 중앙역에서 기찻길로 일직선으로 뻗어져 있어서 찾아가기 쉽고 도보로 약 40분 정도 소용된다. 아니면 중앙역에서 도시 열차나 시내버스를 타도 된다. 우버 택시를 불러도 되고 10분 정도 소요된다.

바르샤바 서부역(Warszawa Zachodnia)은 현재 한창 역사 확장공사 중이다. 한국의 용산역보다 규모가 더 큰 거 같다. 주의 사항은 고속열차 승강장과 시내 전철역 승강장이 붙어 있어서 잘못하면 전철역에서 한없이 기다리다 고속열차를 놓친다. 승강장에서 큰 여행용 가방과 애들 손을 잡은 중년의 여성이 보이지 않으면 우크라이나로 가는 방향이 절대 아니다.

이미 앞에서 설명해 드린 대로 열차표에 적힌 열차 차량번호와 전광판 차량번호가 일치하는지 확인한다(21000, 21001처럼 끝자리가 틀린 예도 있다). 그리고 열차는 정해진 출발시간 이전에는 승강장에 절대 안 나타나기에 초조할 필요가 없다.

5시간 30분 동안을, 열차를 타는 것은 엄청 지루하고 피곤하다.

장시간 열차를 타면 몸이 다 망가지기에 가능하면 앉지 말고 걸어야 살아남는다.

열차 안에는 전기 소켓이 각 좌석 아래에 배치되어 있고 LTE, 5G 통신도 구간별로 연결되어 인터넷을 이용할 수는 있지만 원만하지는 않다. 시간대가 맞아서 PKP 고속열차를 이용할 수 있으면 추가 서비스 비용을 지급하면 완벽한 고속 와이파이 서비스를 이용할 수 있다.

가끔 스낵과 음료수를 파는 매점 직원이 지나다니고 열차에 따라선 식당차가 있는 예도 있다.

프세미실역(Przemysl Glowny)은 종점이어서 마지막 남은 승객들은 대부분 우크라이나로 가는 짐 많은 아줌마와 큰 인형을 안은 귀여운 아이들뿐이다. 그들의 무거운 짐을 들어 주며 따라가면 된다. 이제부터 되돌아올 때까지 모든 것이 불편한 전쟁터로 가는 길이다.

지하도를 내려와서 왼쪽으로 가서 다시 올라가면 역사 및 프세미실 시내를 향하는 방향이고 오른쪽으로 향하면 우크라이나로 가는 출입국심사 건물 방향이다.

이제부터 승강기나 에스컬레이터는 사치이다.

많은 할머니와 아줌마가 애들 손을 잡고 바퀴 빠진 여러 개의 큰 가방을 옮길 수 없어서 하늘만 쳐다보고 계신다. 충분하지 못한 인원의 자원봉사자가 짐 가방 올리는 것을 돕고는 있으나 애들까지 자기 키보다 큰 짐 가방을 끌고 가는 것을 보게 된다.

간단하게 자동 전동 컨베이어 몇 대 설치하면 될 것을 폴란드 역장이 머리가 모자라서 많은 피난민이 너무들 힘들다. 한국엔 수없이 많은 이런 장비가 여기엔 한 대도 보이지 않는다. 우크라이나 중앙역도 마찬가지이다.

작년 3, 4월에, 키이우 포위가 풀리면서 떠났던 수많은 피난민이 1차로 우크라이나로 되돌아올 때 나는 승객 중 유일한 남자였다. 열차 승무원도 모두 여자여서 짐 많은 승객을 돕는 도우미는 나밖에는 열차 승객 중 없어서 나는 쌀가마보다 무거운 짐을 끌고 올리고 내리는 것을 수천 번 반복해서 아직도 허리가 아주 좋시 않다.

한 아주머니의 어마어마하게 무거운, 큰 가방 2개를 경유 역에서 새벽에 내려 드렸는데 그분이 너무 미안하신지 자신의 신분을 자백하시듯이 큰 가방을 열어젖히고 태블릿 초콜릿 2개를 주신다.

큰 가방 전체에 스위스 태블릿 초콜릿이 꽉 차 있었다. 피난민이 아니라 보따리상이셨는데, 여러 번 나에게 미안하다는 말씀하셨다. 나는 그분에게 "괜찮아요!"라고 말하고 다시 열차에 타는 사람의 짐을 올렸다.

우크라이나 침대 열차는 유별나게 계단이 높아서 승강장과 기차 문까지 높이 차이가 1미터 되는 것 같다. 그리고 피난민들의 짐 가방들은 왜 그리도 무거웠었는지 아직도 잘 모르겠다.

종착지에 하차 후 오른쪽 지하도 끝에서 올라서면 왼쪽으로 100미터 거리에 버스터미널이 보이고, 오른쪽으로 200미터 거리에 출입국심사 건물이 보인다. 방향 표시는 A4 용지에 달랑 우크라이나 국기를 그려서 붙여 놓았다.

역사 안은 항상 오가는 피난민으로 북적여서 빈자리를 찾기가 어렵다.

역사를 나오면 길 건너서 바로 케밥 집이 있어서 간단한 요기를 할 수 있다.

이른 아침에는 여기밖에는 식사를 할 수 있는 곳이 없다.

한 10분 걸어 나가면 시내 중심이 나오는데 매우 아름다운 성당이 있고 광장과 여러 종류의 식당이 있다. 나는 유치원에서 운영하는 식당에 자주 간다. 노는 애들을 보면서 그곳에서 정말 검소하지만, 맛있는 스파게티를 먹는다. 시간이 남으면 시내를 가로지르는 강 넘어까지 걸어갔다 온다. 시내에는 큰 편의점이 두 군데 있어서 간단한 식품을 살 수 있다.

역 근처에 썰렁한 국제 버스터미널이 있다. 한번은 열차가 늦게 도착해서 '크라쿠프' 가는 기차를 놓쳤고 다른 승객들과 같이 심야 버스를 타고 간 적이 있다. 동유럽 기차역은 대부분 국제 버스터미널과 같이 운영되고 있어서 정말 편하다. 그러나 시설은 정말 열악해서 주로 땅바닥에 앉게 된다. 키이우를 오가면서 이런 열악한 환경에 적응하다 보니 내 복장은 점차 전투 복장으로 변해 갔다.

출입국심사 건물 밖에는 도착 순서대로 줄을 선다. 비가 오나 눈이 오나 그렇게 서서 한두 시간을 기다려야 한다.

열차 출발시간 1시간 전에 군인이 나와서 앞줄부터 안으로 들여보내고 여권 및 수화물 검사가 이루어진다.

출입국심사 건물을 나와서 좀 걸어가면 승강장이 나오고 반가운 우크라이나 열차는 이미 도착하여 우리를 기다리고 있다.

그곳에 서서 한 30분 정도 기다리면 차량별로 우크라이나 철도청 정복을 깔끔하게 입은 우크라이나 여자 승무원이 내려와서 열차표와 여권을 확인하고 올려 보낸다.

야외에서 3시간 이상 소요되는 이 모든 절차가 눈 내리고 비 내리는 거울에도 진행된다면 성인도 견디어 내기 힘들다. 그런 이유로 이 노선은 나는 겨울에는 절대로 이용 안 한다.

침대에는 비닐에 포장된 시트와 담요(열차 상단에 두꺼운 이불이 별도로 있다.)와 푹신하고 깨끗한 베개, 옷걸이 2개 그리고 화장지 소량과 생수병 하나가 무료로 비치되어 있다.

열차의 외부는 낡았어도 내부는 최근에 고친 듯 화장실도 진공식이다.

오래전부터 나는 프랑스 기차를 타면 그냥 복도에서 서서 갔었다. 벼룩도 부섭지만, 쇠석 머리 받침 부분에 항상 이가 들끓는다. 공기 환기가 안 되는 테제베 화장실도 숨 막혀서 절대 가지 않는다. 프랑스는 나라는 큰데 모든 건물이나 차량을 아주 작게 공기 안 통하게 만든다.

프랑스는 대대로 집에 들어오는 바람과 햇빛에도 높은 세금을 매겼다. 즉 창문의 크기에 따라서 세금을 매겨서 극빈층은 집을 창문 없이 경사지게 지었다. 물론 같은 이유로 화장실도 안 만들었다. 그런 전통이 계속 전해져 내려오는 것이다. 이런 이유로 프랑스에 있다가 우크라이나로 오면 모든 것이 더 넓고 여유 있고 풍요롭게 느껴진다.

열차 침대 칸은 남녀 구분이 없어서 혹 젊은 여자가 오게 되면 대부분 여승무원에게 요청해서 다른 칸으로 가고 대신 아줌마나 할머니를 교체해서 보낸다.

하단 침대를 위로 열어젖히면 그 밑에 짐을 넣어 둘 수 있는 공간이 있다.

화장실은 열차 칸 양쪽으로 큰 공간으로 된 2개가 자리 잡고 있으며 여승무원을 잘 만나면 여행 내내 청결하다. 환기도 아주 잘되어서 냄새도 없다.

그런데, 여승무원을 잘못 만나면 화장지가 마분지 재질에 넓이가 보통 화장지 반쪽이어서 사용하려면 위험이 따른다. 나는 한번은 화장실에서 잠갔던 철문을 열고 나가려고 하니 잠금장치가 다시 풀리지 않고 끼어서 승무원이 청소하러 올 때까지 몇 시간을 갇혀 있었던 적도 있다.

열차가 경유지 역에서 장시간 정차하게 될 때는 화장실이 진공식이 아닌 경우에는 승무원이 미리 와서 화장실 문을 모두 잠근다.

한여름에는 기차가 운행 중에는 간간이 약하게나마 냉방이 들어온다. 문제는 겨울이다. 난방을 객차 끝에 있는 구석에서 갈탄을 태워서 보일러를 가동한다. 열차가 달릴 때는 갈탄 가스가 연통을 타고 하늘로 다 날려 가지만, 정차하는 경우엔 갈탄 가스가 객차 내부로 스며들어 와서 정신이 멍해지고 목이 아파 온다. 키이우 중앙역 주변은 겨울이면 이렇게 모든 열차에서 내뿜는 갈탄 가스에 무거운 겨울 안개까지 더해져서 강한 스모그에 묻히며 숨쉬기조차 힘들다. 항상 겨울에 침대 열차를 타면 이렇게 연탄가스로 인해 목감기로 고생한다. 천식이나 기관지 안 좋으신 분들은 겨울엔 꼭 대책 마련을 하시고 오시기를 바란다.

열차가 국경을 향해 천천히 출발하기 시작하면 폴란드 통신을 사용할 수 있는 마지막 지점이 다가오므로 나는 서둘러 인터넷이 필요한 업무를 마무리한다. 이제 열차가 우크라이나 영토에 들어가면 큰 역에서 정차하는 경우에만 겨우 통신이 된다.

그리고 나는 권총의 탄창을 바꾸듯이 우크라이나용 핸드폰을 꺼내서 심카드를 작동시킨다.

우크라이나는 아직 유럽연합과 이동통신 무료 로밍 서비스(추진 중)가 안 되어서 나는 5년 전 산 우크라이나 심카드에서 핫스팟을 연결해 프랑스 핸드폰의 앱들을 동시에 사용한다.

우크라이나는 까다로운 서유럽과 다르게 심카드를 아주 쉽게 아무 데서나 구할 수 있다. 심지어 길거리에서 판촉 행사로 무료로 나누어도 준다.

정복 차림의 여승무원은 자정이 되자 잠옷으로 갈아입고 열차 복도를 돌아다녀서 깜짝 놀랐는데 차량마다 여승무원이 승객과 같이 숙박하면서 종착역까지 동행한다.

가끔 남승무원도 있지만 국경을 넘는 열차의 경우는 대부분 여승무원 배정되며 주요 임무는 표 검사, 신원확인, 음료수 서비스, 승객 안전과 화장실 청소 및 국경 검문을 돕는다. 그리고 경우에 따라선 여승무원 남편도 같이 자주 동행하면서 부인 일을 거든다는데 이들은 커피와 차 이외 승객이 여행 중 필요한 생활필수품들도 판다.

나에게 있어서 열차 내에서 마시는 따뜻한 녹차는 아무리 음료수 수질이 나쁠지라도 많은 상징적 가치가 있다. 전쟁은 나에게 평범하게 지나쳐 버린 것들에 대한 귀중함을 일깨워 주었다. 지난겨울 러시아 폭격으로 수돗물이 장기간 끊어져서 나는 물 때문에 많은 고생을 하였었다.

우크라이나는 러시아 기차처럼 라면이나 도시락 같은 스낵 음식은 절대 팔지 않는다. 그러나 항상 뜨거운 물은 무료로 제공한다. 전쟁 중에 자기 나라를 찾는 외국인들에게 우크라이나 사람은 매우 친절하다.

열차가 '프세미실'역에서 한 시간 정도 천천히 달리다 정차하면 확성기에서 우크라이나 국가가 찌렁찌렁 울려 퍼진다. 드디어 우크라이나에 들어온 것이다. 나는 이곳을 지나기 좋아한다.

내가 2월 20일 우크라이나를 떠날 때 나는 모든 것을 잃고 다시는 못 돌아올 줄 알았다.

그리고 검문이 시작되는데 우선 잭크 러셜 혈통의 작은 강아지 군견이 무기 탐색하려 지나가고 정말 아름다운 젊은 우크라이나 여군이 여권검사를 한다. 정말 열여덟이나 되었을까? 아직도 애티가 가득한데 장총을 메고 있다. 어디 가냐고 해서 키이우 집에 간다고 했더니 웰컴 하면서 웃는다.

우크라이나 열차 안에서는 인터넷이 안 되기에 현장에서 즉각 입국 등록을 못 한다. 그래서 승객들 여권을 일일이 다 모아서 가지고 나가서 인터넷 되는 사무실에서 등록하고 다시 가지고 열차에 올라와서 또 한 명씩 나누어 준다. 여러 팀이 여권을 수거하면 빠를 텐데 단 한 팀이 20량이 넘는 열차를 모두 처리하지만 아무도 바빠 보이지 않는다. 대략 2시간 정도 검문이 진행되며, 하차할 수 없고 지정석에 그대로 있어야 한다.

이게 다가 아니다. 간혹 징집을 피하였다 되돌아오는 우크라이나 청년이나 우크라이나 비우호국에서 온 사람이 있는 경우에는 하차하여 심문받고 열차는 그들이 다시 올 때까지 기다린다.

그래도 놀랄 일은 여러 사유로 인해 지연이 발생했어도 종착역에는 예정된 시간에 정확하게 도착한다.

열차는 또한 우크라이나 서부 최대 역인 르비우에서 오래 정차한다. 여기서부터 다른 방향 목적지를 가는 열차를 분리하고 또 같은 방향의 열차를 추가로 연결하는 작업을 한다.

기차는 매우 천천히 서행하지만, 소음과 진동이 너무 크다. 처음 여행할 때는 내가 지진으로 붕괴한 건물 잔해에 갇혀 있고 구조대원이 착암기를 이용해서 잔해를 부수고 나에게 다가오는 악몽을 자주 꾸었다. 열차가는 소리가 착암기가 콘크리트 덩어리를 뚫는 소음과 유사하다.

우크라이나는 날이 꽤 빨리 밝는다. 국경에서 여권검사를 마치면 눈가리개, 귀마개를 하고 바로 잠들어야 조금이라도 잘 수 있다.

서서히 날이 밝기 시작하면 여름엔 새벽 5시, 겨울엔 7시 정도가 되었다.

새벽에는 탁 트인 대평야에 떠오르는 태양을 볼 수 있다. 눈앞에 보이는 것이 모두 농지인 우크라이나 평야는 경탄이 나온다. 해바라기밭이 끝도 없이 펼쳐진다. 선로(線路)를 따라가며 양측에는 미루나무도 많이 자라고 있고 우리나라에서 약용으로 비싸게 파는 겨우살이도 많다. 그리고 많은 강과 호수들과 어른 키 높이의 전봇대와 손에 닿을 듯한 전선줄, 가도 가도 끝없는 밀밭과 들꽃들의 아름다움이 내가 여기까지 오는 여행의 피로를 잊게 한다.

열차는 러시아군에 의해 학살이 행해졌던 지토미르, 이르핑을 지나서 키이우로 다가간다.

키이우역으로 진입하는 철로들의 수가 어마어마하다. 우크라이나는 유럽에서 러시아 다음으로 철로가 발달하였다.

주말엔 철로 주변으로 열리는 벼룩시장을 볼 수 있다. 사람이 생활필수품까지 다 가져다 내다 파는 전쟁의 참상을 마주한다.

아침이 밝고 도착 1시간 이전에 여승무원이 돌아다니면서 승객들을 깨우고 아침 음료수 주문을 받고 여승객은 얼굴 화장을 하기 위해 화장실로 모여들고 얼마 지나지 않아서 열차는 거대한 규모의 키이우 중앙역에 도착한다.

승강장에 꽃다발을 들고 마중 나온 사람과 깊은 포옹하는 장면을 보면서 새삼 잊어버린 가족과 친구의 소중함을 느낀다.

승강장에는 또한 자가용 차로 알바하시는 아저씨가 기다리시는데 좋은 점은 역 밖에 있는 정류장까지 무거운 짐 가방을 모두 들어 주시기에 나는 그분들에게 자주 부탁을 드린다.

부르는 비용은 좀 비싼 편이고 역에서 시내 중심지까지 약 15분 거리를 300흐리브냐(11,000원) 정도에 흥정해서 갈 수 있다.

키이우 중앙역 공식 명칭은 KYIV-PASAZHYRSKYI이고 지하철역 'VOKZALNA'은 100m 떨어진 옆 건물에 위치하며 시내 중심지를 가로지르는 지하철 1호선(적색)이 지나간다. 지하도에서 바로 환승이 되지 않기에 외부로 나가서 광장을 가로질러서 지하철역에 와서 다시 지하로 내려가야 하는데, 키이우는 지하철 노선도 짧고, 3개 노선만 존재하기에 그렇게 복잡하지 않다.

역에선 기대하지 못한 큰 슬픔에 빠진 사람이 자주 보인다. 집에 가는 기대로 밤새 들떠서 열차를 타고 도착했고, 여기서 다시 동부나 남부로 지방열차를 타고 가야 하는데, 밤새 러시아 포격으로 위험지역이 되어서 집에 못 가는 사람이다.

이들은 무엇을 해야 할지 몰라서 광장에서 실성한 사람처럼 고개 숙이고 이리저리 방향 없이 옮겨 다닌다.

지난 2022년 5월이었다. 나는 4인승 침대 칸을 초등생 두 아들을 데리고 여행하는 아줌마하고 함께 탔는데, 그들은 집에 가는 게 얼마나 좋은지 밤새워 쉬지 않고 작은 목소리로 즐겁게 속삭였다. 대강 들리는 내용은 친구들은 다 돌아와 있을 것인지? 집은 안 부서지고 무사한지? 그들의 얘기를 엿듣는 나마저도 행복해졌다.

그 가족이 중앙역에 도착하여 고향으로 타고 갈 기차가 없어진 것을 알고서는 낙심에 빠진 모습을 보는 것은 내 일처럼 정말 괴로웠다.

나는 중앙역에 도착하면 바로 떠나지 않고 모든 승객의 모습과 사연을 내 기억 속에 각인한다. 이들은 전쟁터에서 싸우느라 아니면 피난 다니기에 바쁘기에 그들의 이야기를 기록할 여유가 전혀 없다. 그러나 나는 그들을 대신하여 그들의 오늘의 역사를 기록한다.

중앙역 큰 벽에는 두 개의 대형 열차 시간 전광판과 작은 국제노선 열차 전광판이 있다. 그리고 바닥에 놓인 전광판이 있다. 그렇게 많이 중앙역을 다녔어도 나는 이 바닥에 놓인 전광판의 의미를 최근에서야 깨달았다.

휴전선을 뚫고 기적을 울리며 달리고 싶은 '철마는 달리고 싶다'의 녹슨 기차처럼, 키이우 중앙역에도 러시아 점령으로 철마가 못 가는 행선지만 전광판에 따로 표기하여 바닥에 내려놓았다.

대부분은 동부 지역의 러시아에 점령당한 도시들과 크림반도 도시이다. 현재까진 오직 헤르손만 되찾은 걸로 표시되어 있다.

중앙역에서 나오면 바로 오른쪽 멀리, 폭격 맞은 삼성 지점 고층 건물의 파손된 창문을 보수하는 장면이 한눈에 들어온다.

내 눈앞에 보이는 장면은 이른 아침부터 생존을 위해 바쁘게 움직이는 사람과 경직된 눈동자이다. 역 앞 광장에서는 특히 많은 군인이 바쁘게 이동하고 있다. 고물차 택시 기사분이 줄을 지어 걱정스러운 표정으로 고객을 기다리고 있고, 허름한 시내버스 정류장에는 긴긴 줄이 늘어서 있다.

중앙역에서 나와서 100보 정도 걸으면 오른쪽에 키이우 종합버스터미널이 있다.

이른 아침 시외버스터미널 분위기는 너무 슬프다. 바로 이곳에서 기차는 위험해서 더 이상 운행하지 않는 작은 도시들로 승합차가 출발한다.

대부분 위험지역 거주민이 피난 갔다가 고향으로 되돌아갈 때 기차가 끊어지면 죽기를 각오하고 승합차를 타고 떠나는 것이다. 매번 그들을 볼 때마다 정말 대단한 민족이라고 생각한다. 그런 위험지역까지 운전하시는 기사분도 대단하시다. 그리고 이런 승합차를 이용하여 최전선으로 향하는 군인들도 많다. 군인이 가족들과 마치 아무 일도 없을 것처럼 평범한 작별을 하는 모습을 보면서 내가 지난 20개월 동안에 내 눈에 담은 사람 중에서 수천 명은 이미 전사했을 거라는 생각은 나를 슬프게 만든다.

중앙역에서 걸어서 시내 중심지 흐리샤틱 대로까지는 약 30분 소요되는데, 가는 도중에 아름다운 타라스 셰우첸코 키이우 국립대학교와 식물원 공원을 지나치기에 나는 짐이 별로 없으면 걸어서 간다. 참고로 중앙역에서 시내 중심지까지는 오르막길이어서 큰 캐리어 가방 끌며 걸어가기는 벅차다.

특히 타라스 세브첸코 대학 뒤 공원에는 김소월 시인 동상이 있고 봄에는 진달래꽃이 주변으로 만발한다. 이 대학 정면에 있는 공원에 어린이 놀이터에 지난 9월 대규모 미사일 폭격이 있었고 아직도 주변이 훼손된 상태로 남아 있다. 지금은 미사일로 파헤쳐진 구덩이를 다시 흙으로 메꾸고 그네를 설치해 놓았고 어린이가 다시 놀고 있다.

귀환할 때 주의 사항은 다음과 같다.

키이우 중앙역에서 출발하여 반대로 폴란드 프세미실역(Przemysl Glowny)으로 되돌아올 때 키이우 중앙역의 위치는 유럽 대부분 도시처럼 시내 중심지에 위치하지 않고 약간 외곽으로 빠지는 곳에 자리 잡고 있다. 키이우 중심지가 언덕 위에 위치하기에 역을 만들 수 없어서 아래 지역에 역을 만든 거로 추측한다.

시내중심지 흐리샤틱 대로에서 역까지 걸어서 찾아가기는 매우 쉽다. 흐리샤틱 대로 종단에 1910년에 건설된 '베사라비안 마케트

(BESSARABIAN MARKET)'이 자리 잡고 있다. 나는 처음에 이 건물이 키이우역인 줄 알았지만, 키이우시에서 운영하는 전통 실내 재래시장으로 캐비아부터 생선 절인 것, 케밥, 육류, 과일, 꽃을 주로 판다. 전통시장인데 너무 비싸서 손님은 항상 없다.

'베사라비안 마케트' 건물을 뒤로하고 정면으로 쭉 걸어가면 된다. 길 건너 정면에는 우크라이나 역사에서 매우 중요한 상징을 가지는 볼품없는 탄피 모양을 한 기념비 받침대가 있다. 예전에는 레닌 기념비가 있었지만 2013년 유로마이단 시위 중에 레닌 동상을 내려 부수어 버려서 지금은 동상 받침대만 남아 있다. 지금은 레닌 대신 삼지창이 꽂혀 있다. 이 동상의 파괴를 신호로 우크라이나 전국에 세워진 천 개 이상의 레닌 동상이 죄다 철거되었고 2015년에는 아예 법에 따라 공산주의 상징물이 모두 불법화되면서 기념물 명칭, 거리 이름, 도시 이름 등을 모두 우크라이나어로 뜯어고쳤다. 우크라이나 전역에서 거리 이름만 5만 개, 도시와 마을 이름을 1,000여 개나 바꾸었다. 그리고 이번 전쟁으로 그나마 남아 있던 소련 예술가들의 이름을 딴 공연장, 거리 이름, 지하철 이름도 모두 전사한 영웅들의 이름으로 변경하였다.

이런 역사적 상징성 때문인지 몰라도 국가 중요 시위가 있을 때마다 이곳이 출발점이 된다.

도로 중앙에 2열로 일직선으로 시원하게 뻗은 포플러 산책로가 놓인 아름다운 이 거리는 '타라스 셰우첸코 거리'이다. 러시아에는 '알렉산드르 푸시킨'이 있다면 우크라이나에는 '타라스 셰우첸코(1814-1861)'가 있다고 말한다. 우크라이나의 문인, 화가, 독립운동가로 우크라이나 모든 국민으로부터 추앙받는 대표적인 우크라이나 영웅이다.

우크라이나 국민이 2004년 오렌지 혁명과 2014년 유로마이단 그리고 현 전쟁 중에 모두 외치는 유명한 구호가 바로 타라스 셰우첸코의 시에 나오는 구절이다.

셰우첸코는 러시아 제국의 지배를 받던 약소국이었던 우크라이나 국민에게 민족의식을 일깨운 시인이었다. 농노의 신분으로 태어나 비운의 조국에 자유와 저항의 불길을 지핀 사상가이기도 하였다.

그는 제정 러시아의 압제 속에서 러시아어 대신 오로지 우크라이나어로만 시를 썼다. 나라 없던 시절, 모국어의 뿌리로 민족자존과 독립의 꿈을 키웠다.

정치적인 탄압으로 인해 교육활동에서 공식적으로는 퇴출당했지만, 키이우 대학교에서 현장 연구원으로 일했고 현재 그 대학은 '타라스 셰우첸코 키이우 국립대학교'가 되었다.

대형 탄피 모양을 한 기념비 받침대를 지나면 1900년도에 건설된 럭셔리 5성급 대형 호텔인 '프리미어 팰리스(Premier Palace) 호텔'이 나온다.

건물 옥상에 초호화 나이트클럽이 있는 고급 호텔인데 정치적 문제가 있는지 현지 언론에 자주 거론되고 호텔 앞에서 유명한 암살 사건도 있었다.

키이우에는 '프리미어'라는 이름을 가진 초대형 호텔이 여러 개 존재한다.

또 다른 'Premier Hotel Rus 호텔'은 투숙객의 성격이 완전히 다른, 키이우에서 규모 면에서 제일 큰 3성 호텔로 많은 대형 행사장과 만찬장을 보유하고 스타디움 근처에 있으며 유엔 산하 국제기구나 단체들의 세미나가 주로 개최되는 비즈니스 행사장으로 매우 중요하다.

숙박비나 세미나실 이용료가 높지 않고 충분한 주차장을 보유해서 우리 협회에서도 이곳에서 행사를 많이 거행한다.

마지막으로 'Premier Hotel Lybid'는 3성 고층 호텔로 중앙역 근처에 있으며 현재 고객이 없어서 임시 문을 닫았다.

타라스 셰우첸코 대학교의 붉은 담장을 끼고 '마리오(Mario)'라는 이탈리아 고급 레스토랑이 있는데 피자나 파스타 등 음식은 아주 맛있는데 고객이 없고 여기도 항상 중무장한 경비원이 지키고 있다. 정치적으로 친러 의심을 받는 식당으로 언제 테러가 생길지 모르니 가까이 안 가는 게 좋다.

기이우에는 아발론, 일래스가, 프리히, 베란다 등 약 열 군데의 최고급 유명 레스토랑이 있는데 나는 가지 않는데, 식당 외부의 생활에 찌든 평범한 사람의 모습과 식당 내부의 부가 과도하게 넘치는 기득권 사람의 모습이 정말 보기 역겹기 때문이다. 식당 주인들도 대부분 고위 정치권 세력이나 국회의원 또는 이미 말한 대로 러시아 자금을 받은 과두제이다.

타라스 셰우첸코 거리를 따라서 계속 쭉 가면 왼쪽으로 온통 시뻘건 색칠을 한 웅장한 타라스 셰우첸코 대학 건물이 나온다.

건물을 처음 대할 때는 색상에 충격을 받는다.

나는 건물 색깔에 대하여 궁금해서 조사해 보니 여러 설이 존재한다.

원래 흰색이었던 대학 건물의 외벽은 건축 후 몇 년이 지나서 빨간색으로 다시 칠해졌고 기둥의 상, 하단 부분은 검은색으로 칠해졌다. 이 선택은 1782년에 설립된 세인트 블라디미르(Saint-Vladimir) 교단의 빨강(붉은 태양), 검정 색상을 빌렸다.

또 다른 설은, 차르 니콜라스 2세는 1차 세계대전 중 징집에 반대하는 대학생들의 대규모 시위에 대응하여 본관 전체를 빨간색으로 칠하도록 명령하여 시위자들에게 우크라이나 군인이 지급한 피를 상기시키려고 했다고 한다.

현 페인트칠은 개전 직전의 수년간에 걸쳐서 칠한 것으로 소름 돋게 빨갛다.

타라스 셰우첸코 대학 건물을 지나면 언제나 쪼그리고 앉아서 꽃을 파는 할머니가 계시는 지하철 출구이며 정원과 식물원이 나오고 이제 내리막길이 시작한다. 오른쪽으로 힐튼 호텔과 도로 중앙에 낙서로 뒤덮인 기마상이 보이면 왼쪽으로 돌면 정면에 중앙역이 보인다.

중앙역 광장에는 2층 규모의 큰 맥도널드 매장이 24시간 운영하고 있으니, 열차에서 필요한 먹거리를 챙기거나 근처 우크라이나 전통 음식점에서 마지막으로 시뻘건 보르쉬 스프를 먹어 보는 것도 좋다.

가끔 중앙역 입구에서 금속 탐지기를 이용하여 수화물 검사를 철저하게 하는 경우가 있기에 출발시간 1시간 전에는 역에 도착해 있는 게 좋다.

역사 내 홀에 열차들의 출발과 도착을 알리는 거대한 전광판이 있는데 글자가 너무 깨알 같고 중복된 내용도 많아서 한눈에 이해하기 힘들다.

여기서도 전광판 열차 번호와 승차권 열차 번호를 대조하면 아주 쉽게 출발 승강장 번호를 찾을 수 있다. 대부분의 폴란드 국경 넘는 기차는 1번 아니면 2번 승강장인데 1번은 1층에서 바로 문 열고 나가면 되고 2번은 에스컬레이터 타고 2층으로 올라가서 다시 내려가면 된다.

화장실은 2층에 있고 은색 10흐리브냐 동전을 입구에서 내면 된다. 우크라이나는 승무원이 탑승 전에 일일이 승차권을 검사하기에 역에는 별도의 검표기가 없고 모두 개방형이다.

중앙역 2층에서는 공항처럼 고급 라운지가 있는데 보리스필 국제공항으로 가는 공항철도 고객이나 장거리 열차의 일등석 티켓(Spalny Vagon)

을 구입한 경우 입장할 수 있으며 내부는 하늘로 치솟은 높은 천장에 온통 대리석으로 매우 화려하게 장식되어 있다. 전 세계 공항이나 열차 라운지 중에서 제일 아름답다는 평가를 받고 있다. 음료나 스낵을 주문할 수 있고 모두 유료이다.

종일 비가 내려서 중앙역까지 걸어갈 수 없어서 작은 캐리어를 끌고 지하철을 이용했는데 검표기 입구 정복 역무원이 내 캐리어를 막으며 줄자를 가지고 크기를 쟀다.

그리고 보니 기이우 지하철에선 캐리어를 가지고 타는 사람을 한 번도 보지 못했는데 크기 제한이 있어서였다. 가방은 항공기 기내 반입용 크기까지만 허용된다.

침대 열차를 이용하기 위해 나는 우크라이나 중앙역에서 저녁 시간에 매번 출발한다. 저녁 6시쯤 출발하면 폴란드 국경에 새벽 5시에 도착하고 밤 자정에 출발하면 대략 정오경에 도착한다.

아무리 여행 출발 준비로 바빠도 2끼 먹을 정도의 비상 도시락을 돌소금과 밥만을 이용하여 손수 만든다.

우크라이나 돌소금은 밥 위에 많이 뿌려 섞어도 짜거나 쓰지 않아서 소금 맛을 음미하며 맛있게 먹을 수 있고 더운 여름에도 쉽게 상하지 않는다.

특히 바흐무트 돌소금으로 김치 절임을 하면 정말 맛있다. 우크라이나에서 가장 싸고 흔한 생선이 노르웨이에서 수입되는 고등어인데 돌소금으로 절임을 하면 이것도 별미이다. 나는 지금까지 건강을 이유로 소금을 삼가는데 우크라이나 돌소금을 맛본 이래로 이제는 간장보다 소금을 주로 사용한다. 1시간 정도 일찍 중앙역에 도착해서 수화물 검사를 마치고 커피 전문점에서 원두커피를 사서 기차를 기다린다.

차량이 들어올 수 있는 1번 승강장은 각 객차에서 난방하기 위해 내뿜는 연탄 연기로 목과 골이 벌써 아파진다. 승강장으로 구급차 행렬이 수도 헤아릴 수 없이 연이어 들어오고 위생병이 들것과 의료기기를 점검한다. 우리 열차가 떠나고 난 후 다음 열차는 전방에서 부상자를 실어 온다. 키이우까지 후송해 오는 것을 보니 전방에서 격전이 있었나 보다. 이런 장면을 보는 것도 정말 견디기 힘들다.

귀환할 때는 올 때보다 긴장도 덜하고 수월하지만 또 몇 가지 주의할 사항이 있다.

종착지가 프세미실역(Przemysl Glowny)인 경우는 VIP 보안 조치로 도착한 후에도 2, 3시간씩 열차 안에서 기다려야 한다.

열차가 프세미실역(Przemysl Glowny)에 정시에 도착했어도 승객들은 바로 하차하지 못한다. 승객이 한 번에 하차하면서 발생하는 역사 내 혼잡을 피하고자 뒤 차량에서부터 한 명씩 차례로 하차시킨다.

내가 탑승한 차량이 제일 선두이면 한 시간 이상 소요된다. 하차해도 또 한 시간 이상 입국심사 대기 줄을 서야 하고, 가끔 우크라이나 담배나 보드카 또는 현찰 다발 또는 무기류를 가방 가득 가지고 가다 걸리는 사람이 발생하면 무조건 전수검사가 실행되면서 나는 5시간을 허비한 때도 있었다.

이런 이유로 프세미실역(Przemysl Glowny)에 도착해서 1시간 후에 폴란드 도시로 출발하는 열차를 타기는 어렵다. 가장 빨리 입국 절차가 끝나도 2시간 이상은 소요된다.

프세미실역은 이런 이유로 늦은 승객이 표를 환급하거나 교환하려고 안내 창구가 늘 붐빈다. 꼭 폴란드 열차표 구매 앱을 깔아서 현장에서 온라인으로 즉시 교환하거나 환급하고 새 표를 구해야 한다. 그리고 표가 없으면 바로 탄다.

여기서 안내 창구 가서 줄 서서 기다리다 보면 반나절 다 간다. 죄다 피난민이어서 사연이 많고 빨리 대기 줄이 줄지 않는다.

환승 열차 타는 데 문제가 발생하면 바로 근처 국제 버스터미널로 가서 대타 버스를 물색한다. 폴란드 전 도시로 가는 버스가 매시간 출발한다. 좌석이 무척 비좁으니 2개 좌석을 사서 편하게 가면 된다.

벨라루스 국경을 따라서
키이우 중앙역까지 가는 방법
-바르샤바 동역(Warszawa Wschodnia) 또는
바르샤바 그단스크(Warszawa Gdanska)에서 헤움(Xhelm)역으로 가서-

바르샤바 동역과 쇼팽 공항은 시내 정반대에 있다. 쇼팽 공항이 종점인 도시철도 S2 라인을 이용하면 40분 소요된다. 택시를 타도 바르샤바 외곽 도로는 대중교통 우선 차선을 실행하고 있어서 크게 교통체증에 지장을 받지 않는다.

최근에는 우크라이나와 폴란드 간 교통망 확장 및 현대화 공사로 프세미실행 열차도 대부분 바르샤바 그단스크(Warszawa Gdanska)역에서 출발한다. 대부분 고속철인 ICC여서 깨끗하고 편하다.

이 역은 공원과 사무실 빌딩이 있는 시내 외곽 지역에 파묻혀 있어서 한눈에 찾기가 쉽지 않고 장거리 열차가 이용하는 역사치고는 너무 작아서 처음 올 때는 택시에서 내리면서 진짜 여기가 맞는가 걱정했었다.

우크라이나 국경으로 가는 열차는 대부분 승강장 2번이다. 조심할 점은 폴란드의 대부분 승강장 구조는 섬식 승강장(Island Platform)으로 한 승강장에 양옆으로 두 개의 열차가 운행되고 있다.

승강장(PLATFORM)은 폴란드어로 'PERON'이고 승강장 트랙(TRACK)은 폴란드어로 'TOR'이다.

헤움역은 헤움 시의 중앙역 격인 'Chelm Miasto'와 우크라이나 국경역

격인 'Chelm' 두 가지 역이 있으므로 혼동하면 안 된다. 5분 정도의 차이를 두고 정차해서 혼동되는데 우리가 내리는 곳은 종착역 헤움이다.

또한 다른 지방에 있는 나치 절멸 수용소가 있던 헤움노 'Chelmno'하고도 혼동하면 안 된다.

'Chelm Miasto'역을 지나면 여기서부터는 민가가 거의 없다. 2차 세계 대전 전까지는 500백 년 역사의 대표적 유대인 도시였었는데 모두 학살 당했고 근처 숲에는 이들의 시신을 처리하기 위한 화장터가 있었다.

이제는 시멘트 생산도시로서 시멘트 공장과 시멘트를 나르는 수많은 화차만 줄지어 서 있다. 이 도시 역사책을 보았더니 유령이 종종 나타나서 목격한 사람이 많다고 기록되어 있다.

헤움역은 새벽에 내리면 여우와 늑대가 곧 튀어나올 것 같은, 사방이 잡초만 무성한 벌판에, 초라한 역하나 세워져 있는 아주 서글픈 역이다. 큰 짐 가방을 들고 지쳐서 무표정한 엄마와 구호 센터에서 받은 인형을 안은 잠에 졸린 아이가 힘겹게 열차에서 내린다. 이 장면을 흑백으로만 본다면 영락없이 2차대전 때 유대인 수용소 가는 모습이다.

동부 유럽은 겨울이 시작되는 11월부터는 밤이 무척 빠르게 다가와서 오후 4시만 되어도 밖이 깜깜해진다.

하차한 승강장의 맞은편에 우크라이나로 떠날 열차가 미리 와서 대기하고 있다. 약 2시간의 환승 시간이 있다. 헤움역은 까다로운 통제를 하는 프세미실역(Przemysl Glowny)과 다르게 통제가 전혀 없고 상황에 따라서 승객들의 편리를 우선시한다.

여기서는 기차 출발 40분 전에 탑승을 개시하지만, 날씨가 나쁠 때는 승무원이 미리 승객을 열차에 태운다. 또 귀환할 때도 2시간 정도의 환승 시간이 있는데 새벽(오전 4시 55분 도착, 6시 58분 출발)에 도착하면 계속 객차 내에서 머물며 새벽잠을 끝내게 승무원이 기다려 준다.

긴 우크라이나 열차는 비좁은 역사 출입구를 가로막고 있어서 보행자가 큰 짐을 가지고 사이로 건너다닐 수 있게 둘로 나누어 놓았다가 출발 전에 다시 연결한다. 철길을 가로지르는 육교를 통해서 역사로 건너가도 되고 갈라진 열차 사이를 통해서도 역사나 마을로 갈 수 있다.

역사는 그래도 겨울에는 난방이 들어오기에 의자 몇 개 비치된 대기실에서 쉴 수도 있고 지하 무료 화장실도 갈 수 있다.

역사 밖으로 나가면 마을 가는 길목에 큰 편의점이 2개 있고 식당은 오른쪽 길가에 딱 하나 있다. 아줌마가 두 딸하고 같이 운영하는 작은 식당은 여행객들로 바로 만원이 되어 버리기에 나는 열차에서 나오자마자 바로 식당으로 향한다.

우리는 모두 같은 목적지를 가는 피난민이기에 좌석이 없으면 와서 같이 앉으라고 눈짓하고 주문한 각자의 음식이 나오면 옆좌석에 먼저 권한다. 우리는 이렇게 정말 쉽게 친구가 되고 서로를 배려한다.

여기 식당은 손님이 한 번에 몰려들어서 주문하기에 매번 열차 출발시간이 다 되어서 음식이 나온다.

메뉴는 주로 '미트 볼로냐 스파게티', '시저 샐러드', '닭고기 요리'가 나오는데 폴란드 음식점치곤 아주 맛있다. 그리고 식당의 깨끗하고 큰 화장실에 가서 간편한 잠옷을 겸한 운동복으로 갈아입고 양치질하고 역으로 가면 된다.

열차표는 가능하면 프린트하는 것이 좋다. 핸드폰에 저장하여 보여 주면 영어를 전혀 모르는 승무원이 일일이 내 여권의 신원 사항을 핸드폰

열차표와 비교하며 종이에 적으면서 영어 글자를 잘 몰라서 짜증을 낸다.

우크라이나에서 영어를 모른다는 의미는 로마자 알파벳 자체를 모른다는 말이다. 이 역은 프세미실역(Przemysl Glowny)처럼 몇 시간씩 줄서기를 피하여 일찍 기차에 오를 수 있어서 추운 겨울에 정말 좋다.

그러나 즐거움도 잠시, 곧 이 노선의 큰 단점에 부딪히게 된다.

열차가 출발하고 30분 정도 지나면 폴란드 국경 간이역이 나오고 폴란드 군인이 올라와서 출국 검사와 부가세 환급이 필요한 사람을 위해서 물품 구매 서류에 확인 도장을 찍어 준다. 여기서는 인터넷이 되기에 군인이 휴대용 여권 정보 입력기를 목에 걸고 다니며 즉석에서 여권을 스캔하고 되돌려준다. 수화물 검사도 눈으로 대충 보고 통과시킨다.

이런 이유로, 혹 많은 상품 샘플이나 고가품을 가지고 여행하는 경우에 프세미실역(Przemysl Glowny)을 이용하는 것보다 헤움역을 이용하는 것이 통관하는 데 편하다.

이렇게 폴란드 측에서 1시간 정도의 출국 검사를 마치면 열차가 다시 서행하고 국경을 이루는 큰 늪지대와 강을 건너면 이제 우크라이나 영토이다.

우크라이나 측 국경에는 은색으로 된 아주 높은 철조망이 새로 설치되어 있다.

불법 이민자를 막기 위한 것이 아니라 요즘 문제되는 징집을 피해서 도망가는 사람을 막기 위한 것이다.

우크라이나 여군이 열차 내로 들어온다. 강아지 군견이 들어오고 폭발물 검사도 하고 금지된 반입품도 확인한 후에 여권을 죄다 거둬 간다.

확실한 여권이나 여행허가서가 없는 남자 승객들은 여러 차례 심문을 받고 그러는 사이에 기차가 재출발하지 못한다. 가령 이민을 가서 외국 여권을 소지하고 있지만 출생지가 러시아나 러시아 점령지역 출신들은 세밀하게 검사받는다.

국경은 늪지대여서 여름에는 모기가 난입한다. 정차 중에는 객차 내 전기 작동을 멈추기에 그나마 나오던 냉방도 사라진다. 특히 불볕더위가 덮친 한여름엔 몇 시간을 이렇게 열차 침대에서 보내는 것이 고욕이다. 최근엔 잠시 승객을 하차시켜 그늘에서 쉬게 하기도 한다. 국경에서 이런 느린 양 국가 간 검문 절차로 한 4시간 정도를 소비한다. 그리고 조금 눈을 붙이려고 하면 벌써 태양이 떠오른다.

이 노선은 거의 잠을 잘 수가 없다.

날씨가 맑은 날에는 나는 잠을 자지 않고 창문 넘어 밤하늘 은하수를 바라본다. 평생을 바쁘게 살아오면서 인생 말년에 이렇게 한가히 별들을 감상할 수 있는 시간을 가지게 된 것이 나에겐 큰 사치이다. 도시가 없는 캄캄한 대평야에서 달리는 열차에서 바라보는 별들은 정말 눈이 부시게 아름답다. 세상에 이렇게 많은 별이 있었단 말인가. 인생을 거의 다 살고 죽을 때가 다 되어 가면서 깨우친다는 사실이 너무 원통하다.

나는 내가 은하계의 돛단배를 타고 이 별, 저 별을 항해하는 상상을 해보며 곧 소르본 대학에서 열릴 UFO 회의(ECHO 2023)에 참석할 계획을 세운다. 전 미국 국방 차관(정보국 총책) 및 하버드 천체물리학 교수도 참가한다고 한다. 누군가가 만든 은하계의 돛단배가 실지 존재했을 가능성도 토론한다고 한다. 앞으로 세상은 우주에 대해서 엄청난 관심을 가지게 될 것이다.

나는 새벽부터 우크라이나 녹차를 주문해서 계속 마시며 온다. 정수를 제대로 하지 않아서 옛날 시골에서 장마철 나오는 공동 우물의 탁한 물맛이지만, 이 맛이 지금 분위기에는 더 잘 어울린다.

녹차 비용은 한 잔에 360원, 하차하기 전 승무원에게 일시금으로 지급하면 된다. 일본에는 차를 마시는 아름다운 법도가 있지만, 희미한 불빛 아래로 내 뜨거운 녹차 잔을 두 손에 공손히 들고 크게 흔들리는 열차에서 몸 균형을 유지하며 조심스럽게 작은 발걸음으로 나에게 걸어오는 여승무원의 모습은 정말 천사 같다. 요즘 지구상 어디에도 이런 사랑 넘치는 서비스를 어디서 받아 본단 말인가?

우크라이나에는 들꽃이 많아서 약국이나 마트에서도 이름 모를 온갖 들꽃으로 만든 차들을 판다. 우크라이나 겨울은 매우 습한 추위로 목감기가 크게 유행한다. 병원 가기 힘들고 약이 안 좋고 제대로 치료를 못 받아서 만성 질환이 된다. 특히 우크라이나 여성은 대부분이 편도선염으로 크게 고생하고 수술로 편도선을 제거해 버린 여성도 많다.

특히 겨울엔 열병합발전소에서 때는 석탄으로 대기질이 나빠져서 목에 염증이 가실 날이 없을 때 좋은 녹차는 고통을 삭여 준다. 이렇게 우크라이나에서 들풀 차와 들꽃 차는 가난한 자들의 민간요법으로 발전된 것 같다.

나는 차창 넘어 기찻길을 따라 자라는 들꽃들을 몇 시간씩 지켜보는 것을 좋아한다. 이렇게 들꽃을 유심히 바라보며 그들의 이름을 생각해 보는 버릇은 천 작가를 만나면서부터이다.

그는 지상의 모든 풀과 들꽃과 나무 이름과 심지어 그들의 이야기까지 다 외우고 있었다. 그가 한번은 남불에 있는 우리 집에 왔는데 그는 프랑스의 들꽃 이름도 죄다 알고 있었다. 그는 차를 타고 여행할 때도 나무들과 들풀 얘기만 했다. 남불의 넓은 평야에 작은 올리브 나무들 위로 높게 한 줄로 뻗은 시원한 미루나무를 보면서 그는 한국에도 옛날에는 저렇게 높은 미루나무가 장관을 이루었다고 하며 새마을운동으로 시골길을 넓히고 경제성이 없다는 이유로 다 베어 버려서 한국에선 사라졌다고 이유를 알려 주었다. 그는 들풀을 포함하여 세상의 모든 버려진 것을 사랑한다.

우크라이나에는 우리나라에 있는 많은 꽃이 공존한다. 나는 키이우 시외버스터미널의 더러워진 화분에서 선명하게 피어나는 해당화를 발견했을 때 엄청나게 반가웠다.

새로운 아름다운 들꽃을 발견할 때마다 나는 그것들의 이름이 궁금해지고 그럴 때마다 한국에 있는 천 작가가 떠오른다. 아마 그도 이런 들꽃은 처음 보았을 거다. 다음에 서울 가면 천 작가에게 물어보려고 많은 들꽃을 말려서 보관한다.

이번 여름, 서울 방문 때 나는 그를 10년 만에 다시 만났다. 그는 오늘까지도 내가 그를 찾은 이유를 모른다. 내가 그를 마지막 만났을 때 그는 세상의 식물을 모두 마스터하고 미항공우주국 홈페이지에서 혜성들을 새로 연구하는 중이었다. 만나자마자 나는 그에게 그의 혜성 연구 결과에 관해서 물어보니 너무 많아서 포기했단다. 그래 세상의 들풀 이름은 다 외울 수 있어도 무한한 별이 존재하기에 그들의 이름을 만드는 것은 인간으로서는 불가능한 것이다. 아니면 그는 진짜 아름다운 별을 아직 보지 못한 것이다. 내가 그를 찾은 것은 그를 우크라이나에 초청해서 진짜 슬픈 별들을 보여 주기 위해서였다.

그는, 밤새 참혹하게 학살당한 희생자들 무덤 위로 작은 목소리로 반짝거리는 별들을 보면서 좋은 책을 만들어 낼 수 있을 것 같다.

바르샤바 중앙역(Warszawa Centralna)에서 키이우 중앙역(KYIV-PASAZHYRSKYI)으로 바로 가는 방법

이 노선은 갈아타지 않고 비르샤바와 키이우를 잇는 직행(폴란드와 우크라이나 주요 역은 경유)으로 여행객이 가장 선호하는 노선이다. 온라인 판매가 20일 전에 개시되자마자 매진되어서 탈 기회가 많지 않았다.

그런데 한번 타 본 이후로는 너무 협소하고 지루하고 불편해서 더 이상 타고 싶지 않다.

바르샤바 직행 침대 열차는 많은 승객들을 실어 나르기 위해 공간을 줄여서 차량 객실 구조가 다르다.

2인승이 없고 3인승과 6인승으로만 되어 있다. 문제는 3인승 공간이 너무 협소하다. 보통 칸의 절반 면적에 수직으로 침대 3개를 쌓아 놓았다. 그냥 간신히 누워만 있을 수 있는 공간이어서 고개를 들 수가 없다. 완전히 관 안에 드러누운 것 같다는 생각이 많이 들었다.

그렇게 협소한 공간이지만 세면대, 둥근 거울, 긴 옷장 등 있을 것은 다 갖추어져 있고 상단으로 올라가는 철제 사다리도 벽 안에서 끄집어내면 된다. 이렇게 꼬박 16시간을 밖에도 못 나가고 누워서 가야 한다. 맨 위층은 고개를 들 수 있는 공간 여유가 있어서 좀 더 낫다.

이 노선은 열차 궤도 길이를 조정하기 위해 국경에서 더 오랜 시간 정차한다.

이 직행 노선의 국경 출입국절차는 헤움역을 통하여 오가는 노선하고 같다. 단, 키이우 중앙역에서 바르샤바로 이 열차를 이용하여 귀환할 때는 좀 다른 점이 있다.

복잡하게 구성되는 복합 기차 방식인데, 키이우에서 출발하여 폴란드 국경 가는 기차와 아예 바르샤바 중앙역까지 가는 기차, 또한 지방 하르키우에서 올라와서 폴란드 국경 가는 기차 등 3편을 연결해서 수많은 차량을 동시 운행한다.

출발시간은 다 되었는데 내가 탑승할 기차가 승강장에서 아주 멀리 떨어져 있거나 승강장 건너편에서 대기하기도 한다. 결국 출발시간이 다 되어서 기관차가 가서 끌고 와서 연결하고 출발한다. 이런 이유로 우크라이나에서도 철도편을 이용할 시에는 폴란드에서처럼 항상 기차 번호를 우선해서 확인해야 쉽게 찾을 수 있다.

나도 처음엔 정차해 있는 기차에서 아무리 찾아도 내 차량이 빠진 거여서 혹 브로커가 가짜 표를 팔았나 하고 걱정을 많이 했는데 출발 바로 직전에 기관차가 내 차량을 끌고 나타났다.

키이우에
도착해서

르비우 크루아상(Lviv Croissants)에서
키이우식 아침 식사

이른 아침에 키이우에 도착해서 배가 고프면 르비우 크루아상에서 커피와 크루아상으로 아침을 먹는 것도 키이우 스타일 중 한 가지를 체험하는 좋은 경험이다.

키이우 국립 오페라 발레 극장 앞에 작은 르비우 크루아상점이 있고 주변에 여러 다양한 빵집이 모여 있다.

우크라이나 크루아상은 파리 것보다 크기가 한 3배는 크고 맛도 4배 있다.

커피도 엄청 맛있다. 이유는 르비우의 커피와 크루아상이 프랑스보다 더 원조이며 더 많은 발전 기간을 가졌다.

이 르비우 커피의 특징은 커피를 한 모금 마셨을 때 차갑지만 달콤한 노른자 크림과 뜨거운 쓴 커피가 입안에서 어우러짐에 있다.

우크라이나에서 커피에 대한 언급은 무려 1672년부터 시작되었다. 커피가 우크라이나에 어떻게 들어오게 되었는지에 대한 주장은 다양하게 많은데 그중 지지를 얻는 설은 두 가지가 있다.

하나는 폴란드, 오스트리아에 가까운 우크라이나 르비우(Lviv) 지역 원주민이 빈의 커피 전문점을 가져왔다는 전설이 있다. 유리 프란츠 쿨치스키(Yuriy Frants Kulchytsky)는 폴란드-리투아니아 연방의 귀족이었다. 1683년에 위장한 쿨치스키는 빈 도시를 포위한 터키 군대를 빠져나와 교전을 벌이고 성공한다. 그는 패배한 터키 군대에서 우연히 콩 자루를 발견하였고 이를 사용하여 빈 최초의 커피 전문점 중 하나인 Blue Bottle을 만들었다고 전해진다. 이러한 쿨치스키(Kulchytsky)의 전설은 커피에 대한 사랑과 관심이 많은 르비우(Lviv)에서 대대로 전해지게 되었고 현재 최고의 카페가 있는 도시로 선정되게 되었다.

또한, 우크라이나는 커피 패션이 등장한 유럽 최초의 국가로 자체 커피 스타일을 가지고 있게 되었다. 현재까지도 커피 문화와 축제는 우크라이나에서 끊임없이 발전하고 있으며 르비우(Lviv)는 커피의 수도로 불리며 각 지역의 특색에 맞는 커피에 있으며 최고수준으로 발전시키고 있다. 이러한 다양한 커피를 맛보고 즐길 수 있는 커피 축제는 키이우, 카미아네즈 포딜스키(Kamianets-Podilskyi) 와 미콜라이우(Mykolaiv)에서 매년 개최되고 있다.

우크라이나 커피 소비 시장 조사에 따르면 국민 커피 소비는 꾸준히 증가하고 있으며 지난 10년간 연평균 커피 소비 증가율은 23%로, 우크라이나는 세계 커피 소비 최다국 중 하나이다.

그러나 현재 우크라이나의 불안정한 경제 상황으로 인해 소비자들은 카페와 레스토랑을 방문하는 데 드는 비용을 줄이기 위해 집에서 더 많은 커피를 소비한다. 이에 따라 커피 판매율은 카페나 레스토랑보다 마트에서 커피 판매가 더 높다는 수치가 나왔는데, 모든 커피 소비의 약 70%는 가정에서, 25%는 카페 및 식당에서 마시는 것으로 나타났다. 이는 이전 커피 판매율보다 증가한 수치이며 경제 활성화의 긍정적인 영향을 미쳤다고 보고되고 있다.

길거리 가판에서 파는 원두커피는 800원에서 1,000원 정도이다. 아무리 비싼 커피점에서도 2,000원을 넘지 않는다. 그것도 내가 원하는 맛과 기호에 정확하게 맞추어서 뽑아 준다.

신기한 것은 키이우에는 맥도널드는 많은데 아직 스타벅스는 단 한 곳도 없다.

아마 현지 커피값이 너무 싸고 좋고 커피점 실내장식도 최상이어서 경쟁이 셉나서 못 들어오는 깃 같다.

요즘은 'Ministry of Desserts'라고 화려한 초호화 현대적 실내장식에 커피와 케이크를 전문으로 판매하는 가맹점이 생기고 있으며 식당이나 카페 이름에 'Ministry'이름을 붙이는 것도 유행이니 망설임 없이 들어가서 식사하시면 된다.

우연히 발견한 마콤(MAKOM)이라는 빵은 우크라이나 빵 중에서 가장 맛난 빵이며 다른 나라에서 찾기는 흔하지 않다.

가격은 하나에 천 원 정도에 둘둘 말아 만든 빵 모양과 카스텔라 빵 같은 모양 등 여러 가지가 있는데 처음에는 한국 단팥빵과 비슷하게 생겨서 먹어 보니 단팥은 아니고 깨도 아닌데 맛이 좋아서 이 빵만 주로 사 먹었고 이 빵이 바로 마콤(MAKOM)이라는 양귀비 씨앗으로 만든 것이라는 사실은 최근에 알았다.

씨앗이 깨처럼 살짝 조금 뿌린 것이 아니라 빵 반, 씨앗 반으로 섞어서 엄청 많은 양의 양귀비 씨앗이 들어갔다. 지금까지 먹어 보니 환각작용은 없는 듯하고 무엇보다 먹고 나서 속이 매우 편하고 잠이 잘 온다.

우크라이나도 한여름에는 대평야에 프랑스 남불처럼 적색의 아름다운 코쿠리코 개양귀비꽃이 만발한다. 이웃 나라 폴란드는 한국처럼 완전 양귀비꽃이 불법이어서 모두 뽑아 버린다.

이렇게 르비우 크루아상에서 커피와 마콤 크루아상으로 아침을 마치고 가능하면 산책을 해 보시길 바란다.

의미 있는
산책

드니프로강 도보 다리를 걸어서 건너편 강변에 가 보면 강변 모래가
참 부드럽다.

그곳에서 키이우를 보면서 멀리 건너편 블로디미르스카 언덕에 키이
우의 수호신처럼 세워진 볼로디미르 대공 동상을 보면서 타라스 체브첸
코의 유언이라는 시를 낭독해 보자.

꼭 알아야 하는
'타라스 셰브첸코'의 시

'타라스 셰브첸코'의 시는 젤렌스키 대통령을 비롯하여 우크라이나의 많은 지도자가 자주 인용하고 있다. 이 시의 한 부분인 "적들의 죽은 피가 드니프로강을 따라 깊고 푸른 바다로 떠나면, 나는 신께 감사드리기 위해 하늘나라로 날아갈 것이다. 하지만 나는 그때까지 신을 알지 못한다." 바로 젤렌스키 대통령이 전쟁 초기에 승리를 염원하며 자주 인용했던 구절이다.

이 시는 1845년에 지어졌으며 그동안 전 세계 150개 이상의 언어로 번역되었지만, 우리나라에서는 압도적인 러시아 문학의 영향으로 잘 알려지지 않았다. 한국에서 우크라이나 관련 전문가는 거의 없고 대부분 러시아 유학을 한 학자가 대부분이었고 이들이 러시아어로 우크라이나 문화를 소개하다 보니 변방 문화로 취급해서 싸구려처럼 한국에 알렸다.

이 시는 읽어 본다면 당신은 벌써 우크라이나 문화의 절반을 이해한 것이 된다. 엄청나게 중요한 시이다.

나 죽거든 부디 그리운 우크라이나
넓은 벌판 높은 곳에 나를 묻어 주오,

그 높은 무덤에 누워

끝없이 펼쳐진 고향의 전원과

드니프로강과 주변 험한 벼랑을 바라보며

강물의 거친 울부짖 소리를 듣고 싶네,

우크라이나 들에서 적들의 피가 드니프로강물에 실려

깊고 푸른 바다로 떠날 때,

내가 묻힌 이 언덕과 비옥한 들판 모두 버리고,

나의 기도를 들어준 신에게 감사하기 위해 기꺼이 날아

갈 것이다.

하지만 그날까지 나는 신에 대해 아는 것이 없다.

나를 묻고 일어나라!

예속의 무거운 쇠사슬을 끊어 버리고 적들의 불순한 피

로써

그대들의 자유를 굳게 지키라!

그리고 위대한 새 가족 안에서, 자유의 새 나라에서

다정한 말투로 날 잊지 말고 기억해 다오.

타라스 셰브첸코, 〈유언〉

벌써 86살이 된 알랭 들롱이 안락사를 결정하고 2022년 9월에 프랑스 국제방송인 TV5Monde 텔레비전 프로에 나와서 자신의 안락사에 대해서 언급하기보다는 이 시를 자신의 유언처럼 낭독하고 나갔다.

키이우
이해하기

서민들의 포차이나(Почайна)
벼룩시장 가 보기

키이우 중심지에서 승용차나 지하철로 10분 거리에 있고 관광지보다 키이우 시민들의 생활을 쉽게 이해할 수 있는 장소로 시간이 나면 가볍게 가 볼 곳으로 '포차이나 지역'을 추천한다. 처음 키이우에 왔을 때 나는 '차이나'라고 불러서 '차이나타운'인지 알고 중국 음식 먹으려고 큰 결심하고 찾아갔는데 근처 흐르는 드니프로강 지류 강 이름이다. 그리고 물건 살 때마다 'ЦІНА(치나)'라고 써 있어서 'Made in China' 중국제인 줄 알고, 여긴 다 중국제 천지구나 생각했는데 'ЦІНА'는 가격을 말한다. 중국 국가 이름은 완전히 들어 보지 못한 단어를 쓴다. 중국은 '키타이(Китай)', 한국은 '피브덴나 코레야(Північна Корея)'이고 미국은 약자로 '스샤(США)'이다. 일본은 '야포니아(Японія)'로 영자 표기와 완전히 다른 경우가 많다.

그렇게 나는 차이나타운 대신 큰 중고 서적 시장, 중고 의류, 건자재 시장, 그리고 무엇보다 엄청난 규모의 벼룩시장을 발견하고 많은 것들을 깨달았다.

포차이나는 국철이 지나는 역 주변으로 키이우 최대 벼룩시장이 주말에 서는데 아예 운행하는 철로 위로 장이 서고 기차가 경적을 울리며 들어오면 사람은 잠시 피했다가 다시 팔 물건을 내려놓는다.

6살 정도 소녀가 자신이 입던 무용복과 신까지 들고나와서 판다. 파리 벼룩시장이 그래도 골동품 위주라면 이곳은 한 끼를 먹기 위해 자신에게 소중한 다른 한 가지를 내놓는 것이다.

팔려고 내놓은 물건 중에는 전쟁을 많이 한 나라여서 구식 무기나 군복, 훈장 등 군 관련 제품도 많고 또 제련업이 발달하여서 그런지 초대형 드릴 촉이나 칼 같은 강철로 된 쇠 종류도 많이 나와 있다.

무엇보다 입다 가지고 나온 의류가 많다. 저걸 팔아서 여기 오가는 버스비나 나올지 생각이 들 정도로 팔러 나온 물건들은 빈약하고 사람은 엄청나게 많다.

여기는 유럽 대륙에서 가장 가난한 장소라고 생각한다.

이렇게 생명을 건 기찻길 벼룩시장이 있지만 어마어마한 중고 책 시장이 또 옆에 자리 잡고 있다. 전 세계에서 이렇게 큰 중고 도서 시장은 처음 본다.

우크라이나에서 매번 책을 사면 놀라는데 엄청 두꺼운 책도 책값이 매우 저렴하다. 인쇄 원료인 나무와 잉크가 풍부하고 노동력도 저렴하며 정부에서 문화 장려로 세금도 없어서 그렇단다. 오늘날의 우크라이나가 있기까지는 역사적으로도 지속해서 부흥시킨 출판에 대한 노력 덕분이다.

세계 최고 하이퍼마켓인
에피센터(Epicentr K) 가 보기

포차이니에서 오블랑 쪽으로 대로를 따라가면 대리석, 가구, 전등, 공작기계류 등 건축에 필요한 많은 자재나 부속품, 장비를 파는 대형 상점이 줄을 지어 있어서 우크라이나의 건자재의 종류, 품질 수준, 가격을 한눈에 비교해 볼 수 있다.

특히 우크라이나 고유 브랜드인 하드웨어 하이퍼마켓인 에피센터 (Epicentr K)를 가 보시면 우크라이나의 건축자재 및 장비, 생활용품에 대해서도 모두 한눈에 파악할 수 있다. 프랑스의 하드웨어 하이퍼마켓인 Castorama, Leroy Merlin을 모방해서 만들어졌다고 하나 훨씬 물건도 다양하고 무엇보다 판매 직원들의 자질이 높다. 재건 사업에 특히 장비나 제품 판매에 관심이 있다면 꼭 방문해 볼 필요가 있다.

에피센터(Epicentr K)는 우크라이나 전역에 75개의 가맹점을 운영 중이며 모든 게 다 있다.

주얼리
시장

또한 주변에 멀티 쇼핑몰이 있고 서울의 종로3가처럼 금은방이 즐비하다. 신기한 것은 우크라이나에서는 24K가 없다. 그래서 순금 송아지나 가락지, 순금 목걸이 이런 것이 없고 금은방에서는 주로 18K 패션 액세서리를 판다. 한국에서 파는 순금 24K나 골드바는 모든 은행에서 예약제로 보증서와 같이 판매한다.

우크라이나는 귀금속의 재료가 되는 온갖 지하자원을 다 보유하고 있다. 특히 저렴한 패션 액세서리의 원료가 되는 호박(보석)은 세계 최대 매장을 가지고 있으며 아무나 숲에서 쉽게 대거 채취할 수 있어서 나무를 다 파내서 환경파괴 문제가 되기도 한다. 숙련된 주얼리 가공 노동력도 풍부해서 우크라이나는 패션 액세서리나 주얼리가 매우 크게 발달하여서 외제가 들어오기 어렵다. 허름한 지하도에서도 다이아몬드 등을 가공한 주얼리 숍이 흔하게 자리 잡고 있고 보석 디자인도 높은 수준을 자랑한다.

포차이나에서 한 20분 걸으면 오볼온(оболонь) 신시가지가 나온다. 호반 도시로서 키이우의 중상층이 사는 대표적 아파트 단지이다. 나는 우크라이나 중상층은 어떻게 사는가 보려고 여러 번 가 보았다. 1970

년도부터 드니프로 지류를 막고 호수를 만들어 주택단지 공사가 시작되었다. 호수에서 낚시나 산책하면서 여유를 찾는 멋쟁이가 많이 산다.

키이우 구시가지의
성격

키이우 중심 구시가지는 상류층이 모두 거주한다고 말하기 어렵다. 소련 시대에 공산당으로부터 아파트를 무상으로 받은 사람이 많아서 이들은 달랑 아파트 한 채가 전 재산이고 집에 들어가 보면 거의 유랑민 천막 생활 수준이다. 물가나 관리비가 저렴하니 이렇게 계속 사는 사람도 있고, 아니면 자식이 성장하면 팔아서 나누어 준다. 그러면 부동산업자가 구매해서 내외부 공사를 모두 새로 해서 부유한 상류층에 되판다. 또 다른 경우는 파는 대신에 임대하고 자신은 아주 저렴한 도시로 가서 임대료를 가지고 생활한다. 이렇게 키이우 중심 구시가지는 모든 계층이 섞여서 공존하고 있어서 건물 보수 등을 위한 공동 예산을 만드는 데 큰 어려움이 있다.

전쟁 지역
여행자 보험 정보

우크리이나 여행자를 위한 보험은 현재로서는 극소수의 보험회사에서만 취급한다.

언론인, 구호 활동가, 엔지니어, 기업인 등 우크라이나에서 활동하는 사람에게 적용되는 보험료는 이라크나 아프가니스탄 전쟁 때보다 더 비싸다. 또한 격전지인 우크라이나 동쪽에서 체류한다면 보험금이 폭등한다.

Lloyd's of London에 소속된 회사인 Battleface 보험회사는 우크라이나를 일반적인 분쟁 지역보다 확전 될 수 있는 더 위험한 전쟁 지역으로 간주한다고 설명한다. 그런 이유로 이 보험회사는 중장기 기간이 아니라 일반적으로 주간 또는 일일 보험만을 제공한다.

우크라이나 후방의 경우엔 최대 7일 동안의 보험 상품을 제공하며 평균 보험료는 $3,429이다. 보장 한도는 개인 사고의 경우 $250,000, 의료비의 경우 $250,000까지를 보상해 준다. 러시아 로켓포 사정거리에 있는 우크라이나 동-남부의 고위험지역의 경우 보험료는 USD 4,285에 달할 수 있다. 돈바스와 오데사 지역은 매일 변하는 전황에 따라서 청구되는 일일 특별 보험 방식이 적용된다.

다른 보험사들은 보험료가 더욱 비싸서 보장 한도액의 약 5-10%를 보험료로 지급해야 한다.

장보기

키이우에는 서울처럼 곳곳에 많은 마트기 있어서 장 보기가 편하다. 한국 마트와 똑같이 담배도 팔고 매일 문을 연다. 많은 마트 체인점이 있는데 성격이 다양해서 가장 저렴한 ATB, 전국적 체인점을 운영하는 대형 슈퍼마켓인 NOVUS, SILPO(FORA), Auchan(프랑스), Eco Market 등등이 있다.

또한 계산대 등은 대부분이 자동화가 되어 있어서 큰 줄을 서는 적이 거의 없다.

키이우에서 가장 좋은 곳은 명품 숍이 몰려 있는 만다린 플라자(Mandarin Plaza) 지하에 있는 Le SILPO로 없는 식품이 없다. 특히 살아 있는 해산물 판매대에서 많은 선택을 할 수 있고 요리하기 싫을 때 미리 만들어진 음식을 사다 먹기도 편하다. 사람이 많지 않아서 줄 서는 경우도 없다. 고급 호텔 입구처럼 빨간색 정장을 한 문지기 아저씨가 손님이 오면 정중히 문까지 열어 드린다.

키이우 대표적 백화점인 춤 백화점(TSUM) 6층에도 해산물 식당이 있고 완제품이나 절반 정도 가동된 상태로 팔기도 한다. 그렇게 안 비싸다. 이 식당은 술은 안 판다. 반대편에 있는 와인 바에 가서 먹으면서 술을 시키면 된다.

환전과
은행

우선 신용카드를 이용하여 현금 인출을 할 수 있는데 대부분 인출기에서는 큰 액수 인출이 불가능하고 대부분 1,000흐리브냐(35,000원) 정도만 찾을 수 있다.

200달러 이상을 찾으려면 흐리샤틱 거리에 있는 몇몇 ATM에서 가능하다.

BNP 지점이나, 흐리샤틱 비즈니스 센터 ATM에서 안전하게 찾으면 된다. 대부분의 우크라이나 ATM 인출기는 환경보호로 프린트된 영수증이 발행되지 않는다.

우크라이나에서는 미국이나 영국계 은행보다 UKRSIBBANK BNP Paribas, CREDIT Agricole 같은 프랑스 은행이 압도하고 있다. 예전엔 러시아계 은행도 많았었는데 이제 모두 사라지거나 압류되었다.

프리밧뱅크(PrivatBank)는 우크라이나 국립은행으로 최대 은행이다. 크레도뱅크(KredoBank)는 폴란드 은행이고 르비우 등 서부 도시 가면 많다. 내 경험에는 외국계 은행보다 우크라이나 프리밧뱅크의 서비스가 최고이다.

우크라이나 화폐 단위는 흐리브냐(Hryvnia, 복수 Hryven)와 흐리브냐화의 1/100 가치 보조 화폐 단위인 코피카(Kopiyka, 복수 Kopiyok)로 이루어져 있다.

인플레이션 때문에 아주 정액권부터 고액권까지 단위 폭이 아주 넓은 것이 특징이다.

지폐는 1,000, 500, 200, 100, 50, 20, 10, 5, 1흐리브냐로 되어 있다. 동전은 1흐리브냐와 50, 25, 10, 5, 2, 1코피카로 되어 있다.

커피 한 잔 대략 50, 20흐리브냐, 공중화장실 대략 10흐리브냐.

유로화 도입을 준비하는 단계여서 그런지 몰라도 지폐는 색상과 크기가 유로화와 너무 비슷해서 쉽게 혼동한다.

나는 한번 술집에서 한잔하고 1,000흐리브냐(약 25유로)를 지급하면서 200유로를 200흐리브냐로 헛갈려서 5장으로 거금 1,000유로를 지급한 적이 있다. 다음 날 찾아갔더니 자기들도 헛갈렸다며, 아주 미안하지만, 돈으로 환급은 늦었고 술로 마시라고 했다. 그 이후로 현지 화폐만을 위한 지갑을 프랑스 유로화용, 폴란드 즈워티용, 우크라이나 흐리브냐용으로 가지고 다니면서 국경을 넘으면 바로 교체한다. 이 방식을 도입한 이후로는 혼동으로 더 이상 실수하지 않고 있다.

외화 환전율은 은행과 사설 환전소 사이에 차이가 없고 환전소마다 비슷해서 환율 좋은 곳을 찾아다닐 필요가 없다. 단 공항의 환전소는 환율 차이가 크다. 환전소는 2, 3평 규모의 작은 공간에서 운영하는데 보석상 안에도 있고 성인용품점 한구석에서도 있다.

달러를 흐리브냐화로 환전하는 경우, 그냥 돈을 밀어 넣으면 신분증 보자는 말도 없이 종이 한 장 내주는데 그냥 서명해 주면 된다.

2014년 러시아가 크림반도를 침공하기 전 1달러가 7흐리브냐였고

2022년 개전 전에 환율이 1달러에 25흐리브냐였으며, 개전 직후 3월에 정부에서 국방비 지출을 늘리면서 평가절하시켜서 지금은 37흐리브냐 수준이며 전쟁 중임에도 불구하고 이 수준을 안정적으로 유지하고 있다.

특별한 계층을 제외하고는 외화를 더 선호하거나 암달러상이 있는 것이 아니다. 거꾸로 흐리브냐화를 달러나 유로화로 사기도 쉬우며 며칠 전에 예약을 해 놓으면 은행 본점으로부터 돈을 가져다 놓는다.

환전 시 꼭 주의해야 할 사항은 지폐가 약간만 구겨지거나 훼손된 것도 바꾸어 주지 않거나(몰도바나 조지아도 동일 현상), 20% 정도 가격을 인하해서 환전해 준다.

키이우시 구조
이해 및 교통

키이우의 행정 구역은 2001년 이래 10개 구(райoн)로 이루어져 있으며, 이 중 7개 구는 드니프로강 우안에, 3개 구는 좌안에 자리 잡고 있다.

키이우
지역별 인구분포

드니프로강 우안 합계 1,887,382명.

셰우첸키우스키 구 215,924명, 페체르스키 구 163,672명, 솔로미얀스키 구 384,616 명, 스뱌토신스키 구 341,886명, 오볼론스키 구 318,137명, 포딜스키 구 209,133명, 홀로시이우스키 구 254,014명,

드니프로강 좌안 합계 107,479명.

다르니츠키 구 348,401명, 데스냔스키 구 368,461명, 드니프로우스키 구 357,936명,

키이우시 총인구: 2,962,180명.

한국인에게 해당하는 지역은 정부 기관과 대사관, 구시가지인 셰우첸키우스키 구와 대통령 궁 및 국회가 있고 현대적 주거 아파트 및 상권인 페체르스키 구, 그리고 오래된 낮은 건물과 도보 통행 거리 및 식당이 밀집한 관광 구역인 포딜스키 구이다.

페체르스키 구에서 자고, 셰우첸키우스키 구에서 일하고, 포딜스키 구에서 밥 먹고 산책하며 즐기며 산다고 줄여서 말할 수 있다.

키이우 지하철은 현재 총 3개 노선이 운행 중이고 수십 년 전부터 확장되거나 신규 노선이 개통될 거라고 떠들었지만, 모두 그동안 선거용 거짓

으로 현재 공사 중인 곳은 없다.

지하철도 침대 열차처럼 진동과 소음이 무척 심하다. 전차 안에서는 꼭 손잡이를 잡지 않으면 성인도 넘어지거나 의자에 앉았어도 미끄러진다.

지하철은 탑승 시간보다 에스컬레이터가 길어서 내려가고 올라오는 데 시간이 몇 배 더 걸린다.

내가 방공호나 대피소를 매일 사용해 보니, 숙소 가까이 지하철역이 있는 것이 매우 중요하다. 대피소는 큰 폭격을 막아 내지 못하기에 냉전시대 건설된 지하철역 정도는 되어야 한다. 지하철역은 숙소에서 조금만 떨어져 있어도 한밤중에는 졸려서 서너 번씩 방공호에 가지 못한다.

대부분 대피소는 잘못 지어져서 도리어 피했다가 더 위험할 수 있고 문이 잠겨 있는 경우가 허다하다.

그런데 유럽연합에서 건설 부문의 원조 조건이 안전한 도시 건설이다.

앞으로 많은 교통 인프라를 지하로 해 달라고 요청하고 있어서 지하 시설 건설도 많아질 것이다.

빌딩도 지금까지는 공사비 절감으로 지하 주차장을 별도로 건설하지 않아서 있어도 아주 소수의 지하 주차장만 가능했지만, 건축법도 변경되어 대피소로 이용할 지하 주차장 설치가 의무 사항이 되었다.

방공호나 대피소
이용하기

우크라이나에서 절대로 해서는 안 되는 것은 미사일이나 드론에 의한 폭격이나 요격 장면 등을 촬영하는 것이다. 심각한 위법으로 감옥에 몇 년간 가게 된다.

더욱이 이런 사진이나 비디오를 인터넷으로 유포할 때는 아군의 요격 미사일 위치를 알려 줄 수 있고 러시아가 목표 좌표를 재조정할 수 있으며 동시에 아군의 요격 방공포대를 반격할 가능성이 높다.

공습경보를 휴대전화로 즉시 전달받으려면 앱을 깔면 외부에서 울리는 사이렌 소리 이전에 앱에서 사이렌 경보와 해제를 앞서서 알려 주기에 꼭 설치해야 한다. 자신이 거주하는 해당 도시를 선택할 수 있다.

구글 플레이에서 Air Alert Ukraine을 검색하면 쉽게 앱을 찾을 수 있다.

공습경보는 대부분 자정부터 시작하여 해 뜨기 시작하는 오전 5시까지 거의 매일 울린다.

러시아 본토에서 수호이 전폭기가 이륙하거나 흑해나 카스피해 지역에 순항 중인 잠수함이나 군함에서 극초음속 미사일을 쏘려는 징조가 감지되면 경보가 바로 울린다. 드론은 연료 문제로 장거리에서부터 날려 보낼 수 없어서 대부분 가까운 크림반도에서 날아온다.

키이우의 경우, 이렇게 발사 징조가 감지되면 경보를 울리기에 경보가 울리고 바로 폭격이 있는 것은 아니어서 천천히 대피할 시간이 있으므로 서두를 필요는 없다. 경보가 야간에 울리면 날씨 좋은 여름이라도 요가용 매트와 두꺼운 옷을 가지고 근처 방공호로 가면 되고 키이우 시내는 대부분 지하철역으로 가면 된다.

가끔은 거꾸로 폭발음이 먼저 들리고 경보가 후에 울리는 예도 있다.

그러나 하르키우나 헤르손 등 전선에서 가까운 곳에 있는 경우에는 폭격 징조가 감지되어서 경보가 울리는 것이 아니라 실지 로켓이 발포되는 순간 경보가 울리기에 바로 뛰어서 대피소로 가야 한다.

20개월 지속된 전쟁으로 우크라이나 시민들은 전시 상황에 따라서 공습 강도를 예측하여서 어느 경우에는 잠시 대피소 입구에 피신하거나 아니면 지하철 아주 깊숙이 가서 자리를 잡기에 따라서 행동하면 된다. 공습 중 기차와 지하철은 대부분 운행하지만, 지하철이 외부로 나가거나 철교 운행이 있는 노선의 경우는 운행 중지한다. 버스 등 기타 실외 공공 운송수단은 모두 정지한다.

지하철 바닥은 밤에 물걸레로 매일 청소해서 매우 깨끗하여 눕거나 앉으면 된다. 휴대전화용 충전 기구도 비치되어 있다. 그리고 지하철이 없는 곳은 설비 미비로 방공호가 더 위험한 곳이 많다. 지하실이나 큰 지하 주차장은 도심 난방이나 도시가스 큰 관이 지나가기에 사고 나면 다 죽을 것 같아 보인다. 환풍도 잘 되지 않아서 현재 우리나라 대형 환풍기를 도입하려고 하고 있다.

외부에서 울리는 사이렌 경보는 도시 소음과 섞여서 실내에서는 잘 들리지 않는다.

경보가 한 시간 이상이 지속되었는데 폭격도 없고 경보가 지속되면 진짜 큰 미사일이 다가오는 것으로 인내심을 가지고 방공호에 머물면서 끝까지 기다려야 한다. 두 시간 넘게 지속되면 장거리 순항 미사일 가능성이 높기에 심각하게 받아들여야 한다. 경보 후 세 시간이 넘으면 분명하게 실제 큰 폭격이 있게 되며 사상자가 발생한다. 즉 경보 해제까지 시간이 오래 걸릴수록 위험한 상황이다. 특히 밤새 서너 번 울리는 경우도 항상 희생자가 발생한다. 우크라이나 사람은 경험이 많아서 큰 폭격을 전황에 따라서 잘 예측하므로 그들을 따라서 행동하면 된다. 어떤 날은 평소보다 방공호에 더 많은 사람이 있는 경우도 있고 이런 경우는 큰 폭격이 예상된 경우가 많다.

요격 미사일은 정확도를 높이기 위해서 멀리서 안 터지고 정말 머리 위에서 터져서 간을 시리게 한다. 밤에 드론을 잡는 벌컨포의 총알도 지붕 위로 저고도로 발포하여 드론을 잡는다.

새벽에 두세 번 이렇게 방공호를 들락거리면 바로 집에 가고 싶은 생각이 들기 시작하고 모든 소음이 공습경보 사이렌이나 드론 소리로 환청처럼 들리기 시작한다.

침실은 꼭 창문 크기가 적은 방을 택하고 파편에 따라 다칠 수 있으니 지붕 밑 윗방은 절대 피해야 한다. 그리고 시내 중심부가 방공시스템이 집중으로 잘 배치되어 있어서 더욱 안전하다. 지난해 9월 이후로 거의 피해가 없다.

침대는 창가에서 가장 멀리 이동시키고 가능하면 아파트 복도 부분이 가장 안전하기에 방공호로 갈 수 없다면 복도에서 머무르는 것이 좋다. 낮에는 사무실 큰 창문가에서 일하는 것도 피해야 한다. 대부분 큰 식당이나 관공서, 공연장, 백화점 등은 경보가 울리면 바로 폐점하지만, 가족이 운영하는 작은 업체는 영업을 계속한다.

시내에는 지하 깊숙한 곳에 자리 잡은 벙커 술집이 인기가 많다. 아예 경보를 무시하고 음악을 들으며 술을 마실 수 있으며 요즈음은 관광객이 주로 찾아온다.

전쟁 와중에도 단체 관광객이 많지는 않지만 꾸준하게 찾아오고 있다.

현지에서
주의 사항

가장 조심해야 하는 점은 우크라이나의 관공서나 영업장소 입구에 비치된 흔한 열쇠가 갖춰진 물품 보관함이다. 마트 입구나 역사, 쇼핑몰 등 전반적으로 설치되어 있어 가방 넣어 두고 장 보기 아주 편하다. 그러나 보관한 소지품을 다 털릴 수도 있으니 정말 조심해야 한다. 특히 큰 기차역의 물건 보관함은 비밀번호 설정이 유명무실한 수준이 많다. 기차역 물품 보관함 직원들과 절도범이 짜고서 비밀번호를 푼 뒤 비싼 물건을 훔쳐 가는 일도 일부 발생한다고 한다.

우크라이나는 아직 한국처럼 디지털 자물쇠를 사용하지 않는다. 나도 팔아 보려고 했는데 문화가 달라서 안 된다. 이들은 한국 드라마에서 다들 사용하는 도어록 방식을 매우 불안전하게 생각한다.

서유럽도 대부분 수동식 열쇠 잠금 방식인데 차이점은 서유럽은 사용하는 열쇠 복제가 구매 때 부여받은 특수 고유 번호가 적힌 카드가 있어서 이것이 없으면 복제할 수 없기에 안전하지만, 우크라이나는 아무 열쇠나 열쇠점에 가져가면 즉석에서 바로 복제해 주고 비용도 저렴하다.

절대 열쇠를 믿지 마시고 열쇠를 절대 타인에게 잠시라도 넘기면 안 된다.

건물의 발코니가 너무 오래되어서 붕괴 사고가 자주 발생하므로 건물 벽에서 좀 떨어져서 걷는 게 안전하다. 특히 바람 불거나 눈 많이 오는 날 조심해야 하는 것이 에어컨이나 위성 안테나들이 바람에 날려서 떨어져서 매년 강풍이 부는 시기에는 여러 명이 사고를 당한다. 그리고 눈이 녹는 봄에는 그동안 지붕 위에 쌓인 눈덩이가 떨어져서 주차된 차가 많이 망가지고 사람도 크게 다친다. 폴란드만 하더라도 시청에서 바가지 차량이나 특수 제설 차량을 이용하여 눈이 녹아서 떨어지기 전에 제거하는데 우크라이나에서는 아직 이런 작업을 보지 못했다.

마이단 광장에서 비둘기와 사진 찍으면 50불 이상 주어야 하니 절대 동물하고 같이 사진 찍지 말아야 한다.

통행금지는 꼭 지킨다. 단 공습경보 때는 숙소 근처일 때에만 나갈 수 있다. 통행금지가 실행되는 이유는 이 시간 동안에 전국적으로 대공 포대나 군 장비가 이동하기 때문이며 러시아 간첩이 이런 이동 동선을 알아볼 수 없게 하는 것이다.

가끔 통행금지 어겨 가며 부잣집 자녀를 위하여 오픈하는 나이트클럽도 있는데 이것도 걸리면 경찰 버스행이다.

고급 식당에는 미국처럼 팁 문화가 있다. 영수증에 서비스료가 포함인지, 비포함인지 나온다. 비포함이면 약 10%를 팁으로 드리면 된다.

식당에서 술과 음식을 같이 먹을 때에 영수증이 두 종목으로 각각 발행되고 신용카드로 정산할 때 각각 별도 지급하게 된다.

신용카드가 없는 사람도 많아서 마트에서 현금 지급하는 계산대는 항상 줄이 길게 늘어서 있다.

마트에서 과일이나 채소를 사는 경우, 과일을 담는 비치된 얇은 비닐

백은 바코드가 찍혀 있어서 별도 비용 계산을 해야 한다. 자가 자동 계산대를 이용할 때는 비닐 백도 바코드를 꼭 찍어야 한다.

때에 따라서 음주 판매가 저녁 7시에 또는 오후 4시에 금하는 경우가 있다. 이럴 땐 음주만 별도로 계산하는 계산대를 이용하여야 한다.

약국은 24시간 운영하는 비상 약국이 있으며 애완동물을 위한 약국도 있다. 마트를 비롯하여 간이음식점 등, 시내에는 24시간 영업하는 곳이 있다. 항생제 구매는 지난달부터 의사 처방이 있어야 가능하지만, 인터넷으로 구매하거나 약국 가서 설명을 잘하면 의사 처방이 없어도 살 수 있다.

거리에서 경찰관이나 군인이 몰려다니면서 좀 이상하게 보이는 사람들의 신분증 검문과 함께 휴대 전화에 간첩 내용이 있나 알아보기 위해서 휴대 전화를 전부 점검한다.

특수 장비를 이용해서 점검하기에 모든 기록이 전부 재생되어 밝혀진다.

꼭 오시기 전에 러시아에 갔었거나 반 우크라이나적인 내용이나 사진이 있었다면 크라우드에 저장된 사진까지 모두 삭제하고 오시는 것이 좋다. 가능하면 다른 중고 휴대전화를 가지고 오는 것도 좋은 해결책이다. 나도 종종 자주 검문에 걸리고 그 이후에 휴대전화가 자주 고장이 발생한다.

키이우 중심 지역에선 적 미사일이나 드론을 무력화하기 위하여 매우 강한 전자파를 쏜다. 그래서 위성 전화 같은 민감한 장비가 쉽게 작동불능 된다. 혹, 기자분들 위성 전화를 여기에 가져오시면 시내에선 사용할 수 없다.

지하철 내에서나 거리에서 소매치기는 없지만 간혹 걸리버 쇼핑센터 입구에 집시 무리가 있다. 특히 양손에 짐 들고 걸어가면 바로 나타나서 뒤편에서 소매치기한다.

키이우 근교, 특히 러시아 군이 키이우 포위 때 접근했던 북쪽과 Kolomia, 이르핑 부근엔 우크라이나 군이 러시아 군으로 키이우로 방어하기 위해 매설한 지뢰가 아직도 많다. 주택가 바로 근접한 숲에도 지뢰가 대량 매설 또는 살포되어 있다. 물론 지뢰 주의 푯말이 세워져 있으나 못 보고 들어가서 사고 당하는 사람이 많다.

우크라이나 상징
'우크라이나 별'을 만들었다

마이단 독립광장에서 한 대중음악 가수가 우크라이나 깃발을 자신 허리에 묶어서 길게 늘어뜨리고 달리는 영상을 온종일 제작하는 장면을 보았다.

요즘 키이우 거리에선 이렇게 우크라이나 깃발을 장식으로 한 사진 촬영이 유행이다.

이렇게 우크라이나 깃발은 전장에서뿐만 아니라 온갖 행사와 광고에 모두 승리의 상징처럼 이용되지만, 프랑스처럼 깔끔하게 만들지 못하고 있다.

역사적 자료와 키이우 길거리 동상까지 모두 찾아보니 우크라이나 상징으로 유일한 것은 키이우 탄생 모체인 바이킹과 키이우의 랜드마크 '조국의 어머니 동상'이 전부였다.

그래서 내가 시간을 내어서 직접 작게나마 만들어 보기로 하였다.

우선 프랑스 드라크루와 화가에 의해 잘 표현된 프랑스를 의인화한 인물 '마리안느(Marianne)'를 모델로 삼았다.

우선 이름을 정하기 위해서 우크라이나에서 가장 흔한 이름을 찾아보았다.

우선 Ivanka, Ganna, Hristina, Sophia, Daria 등등 그리스 정교회 성녀의 이름이었고 또한 제일 평범한 Olexandra, Victoria, Diana, Evgena, Tatyana, Alina, Veronika… 등 많다.

딱 마음에 드는 것이 없어서 그냥 '우크라이나 별'이라고 칭하기로 했다.

우크라이나를 여행하다 보면 프랑스처럼 고성은 없지만, 끝없이 펼쳐진 초원 위에 빛나는 별이 매우 아름답다.

우크라이나 국기보다 좀 더 상징적인 깃발을 찾기로 했다. 이번 전쟁에서 제일 큰 항전의 전설인 마리우폴 아조우 연대와 연관이 있으면 좋을 것 같아서 우크라이나군 관계 지인에게 도움을 요청했다.

마리우폴 북부를 지키던 '제56 기계화 여단 깃발'을 구했다.

촬영용 모델은 우크라이나 서부 르비우 지역 온화한 동부와 북유럽이 겹치는 여성상을 찾았다. 즉 바이킹과 슬라브족이 섞인 듯한 얼굴을 찾았다.

마리안느처럼 자수가 놓인 전통의상이면서 현대적인 의상을 선정하고 색상은 박애의 상징인 적색을 선정했다.

또한 태양을 견디어 낸다는… 그래서 저항의 상징인 '우크라이나 국화 해바라기꽃'을 추가하였지만 너무 흔한 직설적 표현이라 최종 단계에서 취소하였다.

장소는 우크라이나 문화의 상징이며 많은 남녀 단원이 돈바스 전장으로 자진해서 입대한 '우크라이나 국립 오페라 발레 극장'을 택했다. 비가 멈추기를 기다려서 아주 깨끗한 광선을 이용하여 촬영하였다.

이렇게 2022년 8월 4일 '마리우폴 연대 깃발'을 어깨에 두른 우크라이나를 상징하는 '우크라이나 별'이 태어났다.

아직도 불충분하지만 시간이 나는 대로 수정 작업을 거쳐서 좀 더 세련된 상징을 만들고 싶다.

"모든 별은 누군가에게 태양이 될 수 있다."라고 미국의 천문학자인 칼 세이건이 말했다.

맺음말

지금은 2023년 10월 26일 오전 5시, 내가 키이우부터 타고 온 침대 열차가 '드거륵, 드거락, 칙칙!'을 반복하며 열몇 시간 만에 폴란드 국경에 도착했다. 다시 전쟁터에서 정상 세계로 되돌아온 것이다.

우크라이나도 기후 온난화를 실감한다. 그런데 너무 급변하고 있어서 걱정이 된다. 매년 겨울 시작이 늦어지고 가을 날씨도 갈수록 더 더워지고 있어서 이러다가는 남유럽 기온과 별 차이가 없어질 것 같다. 한 주일 내내 현지 뉴스에선 오데사 해변에서 막바지 가을에 수영객이 몰리고 있는 장면을 내보냈다. 그래서 그런지 예년 같으면 채솟값과 꽃 가격이 폭등해야 하는데 올해는 평상시 그대로이다. 우크라이나는 한국처럼 비닐하우스 재배가 거의 없어서 겨울이 오면 채솟값이 수배 폭등하고 신선도 또한 많이 떨어진다.

열차 승무원이 날짜만 보고 객차에 연탄보일러를 가동했는지 너무 더워서 창문을 죄다 열고 왔어도 몸이 땀으로 다 젖었다. 작년 같은 시기에는 추워서 한국 출장 시 구입한 내복을 입고 여행했었다.

이번 여행도 너무 피곤해서 나는 드러누우면 바로 잠들 것 같았는데,

356

열차 진동과 소음도 방해되었지만, 내 머릿속을 떠나지 않는 끝없는 내 자신에 대한 질문이 나를 잠 못 자게 하였다.

이젠 떠날 날이 머지않은 내 인생에 있어서 시간은 점점 더 나에겐 소중한 것인데 이렇게 우크라이나에서 사업한다고 그 시간을 보내는 것이 현명한 짓인지?

너무 내 나이에 비해서 무리하는 것은 아닌지?

사실 우크라이나 재건 사업은 내 노년 인생에 대한 재건 사업이기도 하다. 우크라이나와 인연이 없었다면 나는 벌써 퇴직하여 니스 별장에서 강아지와 날씨 좋은 바닷가나 거닐면서 내 프랑스 이웃들처럼 매일 밤 와인 잔 속에 파묻혀 지난날을 회상하면서 그렇게 남은 시간을 보냈을 것이다.

그러나 수많은 전쟁의 참혹한 현장을 실제로 보면서 내 심장은 너무 아파서 터진 후 다시 태어났으며, 하늘에서 목표물 없이 마구잡이로 떨어지는 미사일 속에서 나도 이들처럼 살기 위해 뛰어다녔다. 연세 많은 피난민들이 천근 나가는 짐 가방을 옮겨 줄 것을 부탁하면 나는 내 어머니의 것처럼 밤새 옮기면서 내 근육은 끊어지고 다시 돋아났다.

개전 초기 사랑하는 사람들이 다칠 것에 대한 걱정으로 다 빠져 버린 내 흰머리는 다시 굵고 길게 검은 머리로 잘 자라나고 있다.

결국 나는 오래 편안하게 사는 것도 중요하지만 많이 느끼고 고민하고 생각하며 의미 있게 사는 것이 더 중요하다며, 우크라이나에 인생 말년에 맞추어 오길 정말 잘했다고, 오늘 밤 내내 스스로에게 한 질문에 결론을 내린다.

이 책을 읽고 있는 당신도 곧 이곳에 올 것이라고 생각한다.

몇 달 전 나는 방공호에서 시간을 보내면서 사회 초년생처럼 인생의 3

가지 목표를 세웠고, 오늘 그중 첫 번째인 이 책을 쓰고 있고 이제는 마지막 페이지를 마무리한다.

키이우는 지난 2주 동안은 날아오는 미사일도 거의 없어서 방공호도 가지 않았고 전반적인 분위기는 전쟁이 오래가지는 않을 것 같다.

문학 서적 쓰는 것도 아니고 완행열차 여행 중 옆 좌석에서 만난 사람과 대화하듯이 이 책을 쓰려고 했다.

모든 얘기를 다 못 하고 열차를 내린다. 곧 내 책을 보완하는 우크라이나 관련 더 많은 좋은 책이 계속 나올 것이기에 나는 상관하지 않는다.

그때쯤에 나는 '체르노빌 시리우스 동물보호소'에서 전쟁으로 짓다가 중단한 고양이 숙소를 완성하는 것을 도와주면서, 흑해 오지에서는 대단위적인 현지 공장터를 만들기 위해 해안가를 불도저로 다지고 있을 것이다.

오랫동안 국내 모 그룹에서 큰 프로젝트를 관리했던 경험에 의하면 오지(奧地) 국가에서 사업을 성공시키는 데 있어서 기본은, 그들 국가의 언어, 회계 및 세무 법, 물류, 은행 절차의 충분한 이해이다. 우크라이나와 관련해서 나는 현지에서 시행착오를 겪으면서 많은 부분을 이해했고 이제는 물류 분야만 남겨 두고 있다.

그리고 시간이 나는 대로 우크라이나 별들의 이야기 기록도 계속해 나갈 것이다.

　마지막으로 머리말에서 잠깐 설명해 드렸듯이 우크라이나에는 외지인을 잡아 두는 마력이 있기에 당신도 일단 이곳에 발을 디디면 오래 머무르게 될 것이다.

　당신도 나처럼, 한국에서는 이제는 사라져 버린 모든 아름다운 것들과 당신이 느껴 보고 싶던 모든 것들을 여기서 다시 발견할 거고 무한한 행복을 느낄 것이며, 어떤 야만적 침략이 닥쳐도 우크라이나 전사들처럼 이 땅을 떠나지 않고 지키려고 할 것이다.

　이 책이 작은 도움이 되어 새롭게 탄생될 우크라이나에서 힘차고 바쁘게 뛰어다닐 여러분을 많이 만나 뵙기를 기대하면서 이만 줄이겠다. 끝.

아름다운 우크라이나로 가는 길

ⓒ 나길주, 2024

초판 1쇄 발행 2024년 2월 27일

지은이   나길주
펴낸이   이기봉
편집   좋은땅 편집팀
펴낸곳   도서출판 좋은땅
주소   서울특별시 마포구 양화로12길 26 지월드빌딩 (서교동 395-7)
전화   02)374-8616~7
팩스   02)374-8614
이메일   gworldbook@naver.com
홈페이지   www.g-world.co.kr

ISBN   979-11-388-2791-1 (03810)